Susanne Rüster Abgedreht

Susanne Rüster arbeitet als Richterin in Potsdam. Weil sie literarische Fremdgänge liebt, entstanden etliche in Zeitschriften und Anthologien veröffentlichte Kriminalgeschichten. Für ihren Kurzkrimi *Einladung zum Dinner* erhielt sie 2011 den Karo-Krimipreis. Sie ist Mitglied der »Mörderischen Schwestern« und des Syndikats. Sie lebt mit ihrer Familie in Berlin. *Abgedreht* ist ihr dritter Kriminalroman.

Susanne Rüster

Abgedreht

Ein Potsdam-
Babelsberg-Krimi

Bild und Heimat

ISBN 978-3-95958-015-1

3. Auflage

Umschlaggestaltung: fuxbux, Berlin
Umschlagabbildung: © fotolia, B. W. Schneider
Druck und Bindung: Printed in EU

Ein Verlagsverzeichnis schicken wir Ihnen gern:
BEBUG mbH / Verlag Bild und Heimat
Axel-Springer-Straße 52
10969 Berlin
Tel. 030 / 206 109 – 0

www.bild-und-heimat.de

Das Filmprojekt der Schauspielerin und Produzentin Sophie Graf, das sie infolge ihres gewaltsamen Todes nicht mehr verwirklichen konnte, dreht sich um Aufstieg und Absturz der Filmschauspielerin Elly Bartók im Berlin der neunzehnhundertzwanziger Jahre.

Titel: *Bestes Mädchen*
Genre: *Melodrama*

Schauspielerin werden, das ist alles, was ich möchte.

Für die Filmkarriere ist Elly Bartók bereit, über Leichen zu gehen.

Produzenten, Regisseure, Kollegen, auch Familie und Freunde halten sie für das Beste Mädchen.

Nur einer kennt ihre Ränkespiele.

Er ist ihr Feind.

Der Scheinwerfer, der ihr schönes Gesicht ausgeleuchtet hat, wird zur zentnerschweren Waffe.

Sie liegt am Boden.

Alles wird dunkel.

Der Tod ist angekommen.

Samstag, 29. August 2015, Mitternacht

Leon hatte seine Haare zum zweiten Mal heute gegelt, damit sie stachlig vom Kopf abstehen sollten. Er hatte etwas Aufregendes vor. Mit angehaltenem Atem schlich er in den Flur, drehte den Hausschlüssel vorsichtig zweimal nach links, steckte ihn in die Tasche, öffnete die Tür, zog sie so leise wie möglich ins Schloss und schlich durch den Vorgarten auf die Straße. Nur fünfundfünfzig Schritte, er zählte mit, und mit jedem Schritt kam er seinem Ziel näher. Das Haus war sehr groß und rosa angestrichen, es erinnerte ihn an ein Märchenschloss, mit einem riesigen Garten drumherum und ohne Zaun. Das zog ihn geradezu auf das Grundstück, bis in die äußerste Ecke, wo der Pavillon stand, und der war *sein* Schloss, und heute um Mitternacht würde das Schloss Maria und ihm gehören.

Leon wusste, dass im rosafarbenen Haus eine Filmschauspielerin wohnte. Manchmal, wenn er zur Schule ging, stieg sie in ihren BMW, und sie hatte immer eine große Sonnenbrille auf, egal ob die Sonne schien oder nicht. Wahrscheinlich fuhr sie dann zum Set. Die Frau hatte auch einen Mann, der trug meist bunte T-Shirts und fuhr mit einem Rennrad, obwohl sie doch bestimmt viel Geld hatten.

Auf dem Weg zum Pavillon blickte Leon sich um. Es war still. Nur aus einem kleinen, nach hinten versetzten Haus schräg gegenüber sah er bläuliches Licht in der Dunkelheit, wahrscheinlich ein

Fernseher. Jetzt hatte er sein Ziel erreicht, da war die Lücke im Gebüsch, wo er durchschlüpfen konnte. Dann nur ein Stückchen über den Rasen, da musste er sich am Rand entlangdrücken, um nicht ins Licht der Scheinwerfer zu geraten, und dann wäre er an ihrem gemeinsamen Schloss. Maria würde gleich kommen, es war noch nicht ganz Mitternacht. Leon tastete in seine Tasche, fühlte, dass die weißen Pralinen mit der Haselnuss anfingen, weich zu werden. Süßigkeiten für Maria, die sie so liebte. Und er liebte Maria. Sie war schon vierzehn, ein Jahr älter als er. Und sie sollte bei ihm sein.

Leon trat ein und setzte sich auf die Holzbank, sein übergeschlagenes Bein wippte auf und ab. Das Schwierigste war geschafft. Sich wach halten, nachdem er sich um elf, als seine Mutter nach ihm sah, schlafend gestellt hatte, mit dem I-Phone unter der Bettdecke, dabei alle fünf Minuten die Zeit checken. Und das Ganze in Klamotten, denn er fürchtete, Lärm zu machen, wenn er seine Lieblingsjeans und das frische Hemd erst kurz vor Mitternacht zusammensuchte.

Sein I-Phone stand auf Aufnahme. Er wollte die zwölf Schläge der Kirchturmuhr aufnehmen, als Auftakt für sein romantisches Date. Ein Geräusch ließ ihn zusammenfahren, er lauschte. War das Maria, die ihn rief? Aber es war eine andere Stimme, hoch und wütend, die zu ihm herüberdrang. Die Stimme der Schauspielerin.

Shit, hätte er sich ja denken können, dass die noch wach war. Leon spähte hinaus. Von Maria keine Spur. Aber es war ja auch gerade erst zwölf. Anrufen wollte er sie noch nicht.

Die Stimme wurde immer lauter, verstehen konnte er nichts, aber jetzt trat die Frau auf die Terrasse, von da führte eine große Treppe hinunter auf den Rasen. Sie hatte einen weißen Bademantel an. Hoffentlich ging sie jetzt endlich ins Bett. Aber die Tante dachte nicht daran. Und dann kam ihr Mann hinterher, noch angezogen, im orangefarbenen T-Shirt und Jeans. Die beiden stritten, das hatte Leon schon öfter gehört. Vor ein paar Tagen hatte der Mann, als die Frau in ihrem Cabriolet wegfuhr, hinterhergebrüllt: »Fahr zur Hölle!« Machte denen wohl nichts, wenn alle mithörten. Wenn's bei ihm zu Hause Zoff gab, raste seine Mutter immer zum Fenster und knallte es zu. Aber die da drüben seien halt Künstler, sagte Mutter, und das kam gleich nach den Leuten, die seine Mutter als ›Harzer‹ bezeichnete. Was das war, wusste Leon nicht so genau.

»Das Ding kannst du dir abschminken!«, schrie die Frau.

Dann brüllte der Mann: »Das kannst du nicht mit mir machen.«

Er packte die Frau bei den Schultern und schüttelte sie. Nun holte die Frau aus und gab dem Mann eine Ohrfeige, dass es klatschte.

»Schlampe!«

»Du mieser Versager!«

Leon hielt sich die Ohren zu. »Haut endlich ab«, flüsterte er. Wie sollte er sich mit Maria Liebe für immer schwören, wenn die Erwachsenen sich fast umbrachten.

Endlich lief die Schauspielerin ins Haus und der Mann ging ihr nach. Leon hörte die Kirchturmuhr zwölfmal schlagen, er beschloss, sich noch einmal zurückzutasten, um vom Bürgersteig aus nach Maria Ausschau zu halten. Da rannte die Frau wieder auf die Terrasse, fuchtelte mit den Armen. Jetzt kam der Mann hinterher. Er hatte etwas in der Hand, hob den Arm. Leon hielt den Atem an. Der Mann schlug der Frau von hinten mit einer Flasche auf den Kopf. Sie begann zu schreien, dann kämpften sie, die Frau schlug mit Fäusten auf den Mann ein, aber sie war zu schwach. Leon hörte, wie ihr Schreien in ein Gurgeln überging. Mit angehaltenem Atem starrte er hinüber. Jetzt gab der Mann der Frau einen Stoß und sie stürzte die lange Steintreppe hinunter. Leon hörte einen hohen, langen, furchtbaren Schrei, den er nicht vergessen würde.

Musste er der Frau helfen? Sie lag so komisch verrenkt vor den Stufen und stand nicht mehr auf. Aber Leon traute sich nicht zu ihr, er hätte mitten im hellen Licht gestanden, und vielleicht würde der Mann ihn dann auch mit der Flasche schlagen, obwohl Leon ihm nichts getan hatte. Und es durfte niemand außer Maria wissen, dass er nachts auf dem fremden Grundstück war. Schnell versteckte er sich hinter dem dicken Stamm der riesigen Blutbuche.

Mit aufgerissenen Augen spähte Leon hinüber. Jetzt kam der Mann aus der Haustür. Er hatte ein schwarzes Baseball-Cap auf, blickte ein paarmal rundum. Leons Finger kratzten am Stamm. Hoffentlich war er hinter dem Baum nicht zu sehen. Der Mann ging zur Garage, nahm sein Rennrad, stieg auf und fuhr in die Nacht davon.

Leon stand wie erstarrt. Es war plötzlich so still, das Schimpfen und Schreien der Frau hatte schon lange aufgehört. Sie lag immer noch so da, Hals und Kopf verdreht, ein Bein angezogen. Er traute sich nicht näher. Vielleicht kam der Mann schnell wieder zurück. Er legte sich lang hin und robbte zurück ins Gebüsch. Als er weit genug entfernt vom Grundstück der Schauspielerin war, erhob er sich vorsichtig und schlich nach Hause.

Plötzlich bemerkte er, dass er sein I-Phone verloren hatte. Der Schreck fuhr ihm durch die Glieder. Er musste zurück. Er drückte sich an den Hecken entlang, blickte sich immer wieder um. Im Mondlicht sah er sein I-Phone auf dem Rasen liegen. Er hechtete hin, griff es, eilte wieder zurück auf die Straße. Plötzlich kam der Mann auf seinem Rennrad zurück. Leon drückte sich an einen Baum. Der Mann fuhr vorbei, in die andere Richtung. Leon rannte nach Hause, schlug das Gartentor hinter sich zu, steckte den Schlüssel mit zitternden Fingern ins Türschloss.

Maria war nicht gekommen, aber das fiel ihm erst ein, als er wieder im Bett lag, noch in Straßenklamotten und die Decke bis zum Kinn gezogen. Oder war Maria später gekommen? War sie etwa auch dem Mann begegnet? Er hörte seinen keuchenden Atem und spürte, dass er eingepinkelt hatte. Aber er schaffte es nicht, sich zu rühren und die Jeans auszuziehen. Alles, was er wusste, war, dass er mit niemand über sein Erlebnis sprechen durfte.

»Lieber Gott, lass die Frau nicht tot sein«, flüsterte er. »Und lass Maria nichts passieren.«

Sonntag, 30. August

1

Kriminalhauptkommissar Uwe Wolff war dabei, die Schweine auf dem Bauernhof seiner Mutter im Fläming zu füttern. Er entleerte aus einem Metalleimer eine Mischung aus Sojaschrot, Ackerbohnen, Getreide, dazu den Küchenabfall der letzten Woche, der zwar nicht zum artgerechten Futter in ökologisch lizenzierter Qualität gehörte, von den Schweinen aber gern genommen wurde. Suse hatte seit seinem letzten Besuch Ferkel geworfen, die jetzt dicht nebeneinander an den Zitzen der Sau lagen.

»In sechs Wochen geht's weg von Muttern in die Mast und dann zum Schlachter«, sagte Wolff, der immer mit den Tieren sprach. »Aber bis dahin sollt ihr's gut haben.« Er verfütterte mehrere Eimerfüllungen, bis im Stall nur noch Schmatzen und Schlürfen zu hören war, und strich Suse, die ihre Ferkel für kurz abgeschüttelt hatte, um selbst zu fressen, über den rosa-schwarzen Rüssel. »Na, altes Hybrid-Schwein, gleich geht's an die frische Luft.« Nach dem Fressen würde er die Schweine hinaustreiben auf die Wiese, wie er das auch schon vor fünfundvierzig Jahren als Siebenjähriger getan hatte.

Wolff trat aus dem Stall, betrachtete die Kühe und Pferde, die übers Sommerhalbjahr draußen weideten, sog die vertraute würzige Luft ein. Den Hof der Mutter zu übernehmen, hatte er nie ernsthaft überlegt. Wolff brauchte das Treiben und die Geräusche Potsdams, wo er bereits als Volkspolizist bei der 20. VP-Bereitschaft Dienst getan hatte. Aber Wolff genoss die freien Wochenenden auf dem Land, seit in Potsdam immer mehr Neubauten im Einheitsstil für die vielen zugezogenen Menschen errichtet wurden, immer mehr Bioläden und Latte-macchiato-Cafés eröffneten, immer mehr modisch und teuer gekleidete Mütter mit ebenso ausstaffierten Kindern herumspazierten. Nach Erledigung seiner bäuerlichen Pflichten ging er gern in die Wirtschaft im Dorf, und das war immer noch dasselbe Gasthaus, was man von seiner alten Kneipe in der Potsdamer Altstadt nicht mehr sagen konnte.

Nur seine Freunde wussten, dass ihn keine Frau mehr in Potsdam hielt, seit Eleonore ihm vor ein paar Jahren, noch dazu an seinem fünfundzwanzigjährigen Dienstjubiläum, wegen der ständigen Schichtarbeit die Ehe aufgekündigt und sich mit einem Finanzbeamten zusammengetan hatte. Er mietete eine kleine Wohnung in Potsdam, genoss, dass die Ermahnungs- und Kontrollanrufe auf seinem Privathandy abgeebbt waren, und fühlte doch Verlassenheit, Enttäuschung, Wut.

»Uwe, ich denke, das Ding geht am Wochenende nicht!«

Seine achtzigjährige Mutter kam in Schürze und Gummistiefeln durch die Hintertür aus der Küche, sein Handy in der hocherhobenen Hand. Wolff hatte sich Anrufe außerhalb seiner Schicht verbeten, es sei denn, es ginge um Leben und Tod, was bei einem für Tötungsdelikte zuständigen Kommissar keine wesentliche Reduzierung der Anrufe bedeutete.

»Die Sophie Graf is ermordet worden«, schleuderte ihm seine Kollegin, Oberkommissarin Katja Eickelbaum, in einer Lautstärke entgegen, dass er sein Gerät vom Ohr riss. Nach einer Weile, in der sie unentwegt und aufgeregt geredet hatte, stellte er seine knappen, üblichen Fragen, die immer damit endeten, ob nicht sie oder der mit frischer Bachelor-Urkunde aus Nordrhein-Westfalen versehene Kommissar Sven Noack zum Tatort fahren könnten.

»Doch nich bei Sophie Graf«, sagte Katja erregt, und da Wolff schon seit einiger Zeit mit seiner Kollegin zusammenarbeitete, wusste er, dass sie wirklich aufgeregt war.

»Is Sophie Graf jemand, den ich kennen müsste?«

Wolff beobachtete die Nachbarin, die auf der Wiese nebenan in hellen engen Hosen und grasgrünem Poloshirt mit ihrem Gaul in einem großen Oval herumtrabte. Seine Mutter hatte einen Teil ihrer Wiesen an einen Filmfritzen aus Babelsberg verkauft, der sich bodenständig gab und Frau und Kinder auf dem Land leben und reiten ließ. Den Typen selbst hatte Wolff nur einmal beim Notar gesehen.

»Na, die Schauspielerin.« Katja zählte ungeduldig eine Reihe von Titeln auf, wahrscheinlich Filme und Fernsehserien der Graf, und endete triumphierend: »*Die Tierärztin.* Fällt jetzt der Groschen?«

Kenn ich trotzdem nicht, dachte er und sagte: »Ich denke, mit der kommt ihr allein klar.« Katja rief aber eigentlich nur an, wenn es dringend war.

»Die Graf liegt vor ihrer Villa. Is die Treppe runtergestoßen worden, Genickbruch. Der Gärtner hat sie gefunden. Tatortsicherung hab ich schon angeordnet, der Gärtner is verdonnert, auf keinen Fall mit der Presse zu sprechen. Hier stehn nämlich schon Babelsberg-Touris vorm Grundstück. Wenn du dich gleich auf den Weg machst, kannst du in 'ner Stunde hier sein. Tschüss.« Es knackte.

Also Wochenende abschreiben, dafür unzählige Stunden Freizeitausgleich, die er an Sankt Nimmerlein abbummeln würde, oder vor seiner Pensionierung, was aufs selbe hinauskam. Wolff schnaufte und machte einen ärgerlichen Schritt beiseite, wobei er neben das Brett trat, das schlammfrei aus dem Stall führen sollte, und umknickte. Der Schmerz schoss durch und durch. Sprunggelenk, wieder das kaputte Gelenk. Er zog den Atem scharf ein und wartete auf Linderung. Musste er wickeln. Zur Ablenkung warf er einen letzten Blick auf die Nachbarin, die mit ihrem Gaul die Richtung wechseln wollte, links Druck gab, den Zügel kurz nahm, aber das Tier wollte wohl nicht linksherum laufen, was Wolff nachvollziehen konnte.

»Hast du es wieder mit dem Gelenk?«, fragte seine Mutter, als er in die Küche hinkte. »Arthur hat heute frei.«

Wenn der Hofarbeiter frei hatte, fiel noch einiges an schwerer Arbeit an. Ausmisten und die Tröge für die Zufütterung der Weiderinder vorbereiten, Grundfutter und Proteine, nicht ökologisch optimal, aber Standard bei den meisten Landwirten, wegen der Milchproduktion. Die Nachbarin verwendete für ihre Pferde Getreide aus biologisch korrektem Anbau, wie Wolff bei der stellvertretenden Entgegennahme einer Lieferung gesehen hatte.

»Geht schon.« Er nahm seine zierliche, befehlsgewohnte Mutter in die Arme und gab ihr einen Schmatz auf den weißen Dutt. Je älter er wurde, je wohler fühlte er sich hier, ab und an jedenfalls, und seit Eleonore weg war, umso öfter.

Er wickelte den Fuß und machte sich an die Arbeit. Länger würde sie dauern, als wenn Arthur sie erledigte. Wolff hinkte ein wenig, seit er als junger NVA-Soldat gestürzt und sich einen komplizierten Sprunggelenksbruch am rechten Fuß zugezogen hatte. Damit war seine Karriere als Mitglied der Handball-Nationalmannschaft beendet. Wie der Unfall sich tatsächlich abgespielt hatte, wusste niemand: Wolff hatte sich aus seiner Kaserne in die Kneipe gestohlen und war nach mehreren Bieren und Klaren auf dem Rückweg über eine Wurzel gestürzt. Es war ein Dienstvergehen, unangemeldet die Kaserne zu verlassen. Und es war Dienstpflicht, nach genehmigten Ausgängen nicht den kurzen Weg zur Kneipe durch den Wald zu nehmen, sondern den längeren über die gepflasterte Straße.

Von da an war Wolff nicht mehr Teil der Handball-Nationalmannschaft, außerdem trennte sich seine Freundin von ihm, und das schmeichelhafte Interesse mehrerer junger Frauen aus der Gegend an dem jungen, athletischen Mann erlosch schlagartig. Er wurde mehrmals operiert, aber nie erfolgreich, und seitdem hinkte er. Unfall im Betriebssport, so nannte er seine Gehbehinderung. Seine Legende hatte sich bis heute gehalten. Ob seine Mutter auch daran glaubte, hinterfragte er nicht. Und dass in alten NVA-Akten, so es sie noch geben sollte, was von einer Disziplinarstrafe wegen unerlaubten Entfernens von der Kaserne stand, war nicht einmal bei seiner Einstellung in die Volkspolizei aufgefallen.

Wolff holte, so schnell es ging, die Säcke mit dem Kraftfutter. Es zog ihn nun doch zum Tatort. Das würde sozusagen seine ganz persönliche Premiere werden: Mord in Babelsberg.

2

Neu-Babelsberg. Das einstige Nobelviertel Potsdams, errichtet in den siebziger Jahren des vorletzten Jahrhunderts hinter dem Schloss, war Wolff immer fremd geblieben. Die Villen, in denen einst Industrielle, Bankiers, Künstler oder Wissenschaftler gewohnt hatten, lagen in großem Abstand voneinander, weit hinten inmitten parkähnlicher Gärten. Es gab nur wenige Geschäfte und Autos. Wälzte sich keine Touristengruppe zum Park hinunter, war es still.

Zwei Stunden nach dem Anruf von Oberkommissarin Eickelbaum war Wolff auf seinem Motorroller, den er bei schönem Wetter gern auch für lange Fahrten benutzte, in Babelsberg angelangt. Die Bemühungen Katjas um Absperrung des Tatorts waren vergeblich gewesen. Eine Gruppe älterer Menschen mit Wanderschuhen und Rucksäcken stand vor dem Grundstück, und alle starrten in dieselbe Richtung. Einen Augenblick dachte Wolff an

Dreharbeiten in der Villa, aber dann sah er, wie die Schutzpolizei das rot-weiße Absperrungsband zog und ein weiterer Polizeiwagen mit Verstärkung herankam.

»Ge-hen Sie bit-te wei-ter«, befahl eine Megaphonstimme. Niemand ging weiter. Wolff parkte seinen Roller, nahm den Helm ab und genoss das Gefühl, wie der Wind durch sein Haar fuhr. Das konnte sich immer noch sehen lassen, mittlerweile zwar grau, aber dicht und gelockt.

»Willst du 'nen Kamm? Der RBB is vor Ort.« Katja trat auf ihn zu, ihre rote, sackartige Tasche über der Schulter.

»Nee, danke. Meine Haare kommen zerzaust am besten zur Geltung.«

»Wer sagt das?«

»Meine Friseuse. Die is ganz verliebt, jedenfalls in meine Haare.« Wolff musterte grimmig die Passanten, die sich das unerwartete Schauspiel einer vor ihrer Villa liegenden toten Schauspielerin nicht entgehen lassen wollten. Am Tatort tolerierte er nur die Leute von der Spurensicherung und im Hintergrund einen Polizeiwagen. Am liebsten war er mit der Leiche allein.

»Auf in den Kampf.« Katja zog die nachgemalten Brauen hoch. Ihre Haare trug sie kurz und derzeit in Schwarz mit einer blonden Strähne, die ihr bis über die Augenbrauen fiel. Welche Farbe das Haar seiner Kollegin wirklich hatte, wusste Wolff nicht. Zu Katjas grünen Augen hätte Rotblond gepasst, aber das ging ihn nichts an.

Wolff ging zu Sven Noack, der ihm neu zugeteilte dreiundzwanzigjährige Kommissar aus Nordrhein-Westfalen. Er sprach gerade etwas in sein Diktiergerät.

»So, da bin ich«, sagte Wolff, was überflüssig war, aber bei dem jungen Kollegen ein erleichtertes Lächeln hervorrief.

»Die Touristengruppe erreichte den Tatort unmittelbar vor unserem Eintreffen«, berichtete Sven in seinem perfekten Polizeischul-Deutsch.

»Sagen Sie dem Führer, er soll mit seiner Kolonne weitermarschieren.«

Sven ging auf einen Mann zu, der einen Stab mit Fähnchen in der Hand hielt und sprach ihn an.

»Be-hin-dern Sie bit-te nicht die Arbeit der Po-li-zei!«, dröhnte es aus dem Megaphon.

Das Haus der Sophie Graf war eine rosa angestrichene Villa von 1912, wie die Jahreszahl über dem Eingang auswies. Es lag in einem großen, für Wolffs Geschmack allzu durchgestalteten Garten. Er trat durch das schmiedeeiserne Gartentor. Auf beiden Seiten stand auf einem Sockel eine nackte Frau aus Stein, die sich notdürftig mit Haar und faltenwerfendem Tuch bedeckte. Am linken vorderen Ende des Grundstücks befand sich, eingerahmt von Koniferen, ein Pavillon, der sicher nicht zum Abstellen von Gartengeräten oder Düngemitteln diente. Wolff ging den Kiesweg entlang, eingegrenzt von blühenden Rosenbüschen, alle in Rosa, dahinter englischer Rasen. Vor der Garage, die selbst so groß wie ein Einfamilienhaus war, parkte ein nachtblaues BMW-Cabriolet. Er pfiff durch die Zähne.

Ein paar Jungs standen herum, die Hände in den Hosentaschen, und grinsten ihn schief an. Ein Sportlicher hatte sich einen Logenplatz auf der Astgabelung einer riesigen Blutbuche verschafft.

»Haut ab, das ist Hausfriedensbruch«, bellte Wolff sie an. Auf seine Stimme, die er überfallartig einsetzte, konnte er sich verlassen. Der Typ sprang vom Baum, die anderen Jugendlichen schlenderten langsam in Richtung Straße, wobei einer auf den Rasen spuckte. Nur ein hübscher Junge mit stachligen braunen Haaren blieb stehen. Er sah Wolff aus unglücklichen dunklen Augen an und senkte dann den Blick.

»Wohnst du hier?«, blaffte Wolff ihn an.

Der Junge schüttelte den Kopf. »Nein, nebenan.«

»Raus hier!« Wolff machte eine energische Kopfbewegung in Richtung Straße. Der Junge warf einen letzten Blick auf die Leute von der Spurensicherung in ihren weißen Schutzanzügen und rannte davon.

Wolff stand an der Freitreppe, die Sophie Graf hinabgestürzt war. Auf der Veranda hatte Katja Position bezogen und befehligte wie eine Dirigentin ein eingeübtes Orchester. Wolff sah, dass sie einen dazutretenden RBB-Reporter am Ärmel packte und ihn weg von der Leiche in eine ruhige Ecke zog.

Sophie Graf lag auf dem Rücken vor den unteren Treppenstufen. Jemand hatte ihre Leiche mit einem grünen Tuch zugedeckt, aber Wolff sah noch eine nackte Fußsohle. Der Polizeifotograf lief herum und schoss Aufnahmen, und ein Typ mit einem Notizbuch machte eine Tatortskizze.

»Es muss einen heftigen Streit zwischen der Toten und einer anderen Person gegeben haben, der in einen Zweikampf ausgeartet ist.« Sven war hinzugekommen und berichtete in seinem geschmeidigen Hochdeutsch. »Im Verlauf des Kampfes wurde die Frau die Treppe hinuntergestoßen. Genickbruch.«

Wolff schaltete sein Gehirn auf detaillierte Sicht. An einem Tatort in so ungewohntem Umfeld war noch mehr Aufmerksamkeit nötig. Er hockte sich hin und zog das grüne Tuch weg.

Sophie Graf lag auf dem Rücken, Hals und Kopf schräg nach oben verdreht, ein Bein angewinkelt. Ihre blauen Augen waren offen und trüb. Der Blick in tote Augen war das Schlimmste. Immer stand darin etwas Ungläubiges, Verzweifeltes. Wolff registrierte die Touristen nicht mehr, nicht den Wagen des RBB, nicht die Schutzpolizei. Niemals würde er zugeben, dass auch er dieses Kribbeln, den schnellen Herzschlag kannte. Alte Hasen spielten halt den abgebrühten Kriminalisten, und bestimmt erwartete Sven das auch von ihm.

Die Tote trug nichts als einen weißen Bademantel, der offen

und zur Seite gefallen war. Sie wirkte sehr gepflegt, die Haut glatt und weiß. Umso deutlicher hoben sich die lila-roten Totenflecke an der Rückseite des Körpers ab. Wolff schätzte die Frau auf Mitte dreißig. Eine Stelle am Hinterkopf mit blutverkrusteten Haaren fiel ihm auf. Er ließ sich von einem Mitarbeiter der Spusi dünne Handschuhe geben, fuhr mit dem Finger über die Kopfhaut und tastete eine massive Beule.

»Hast du das gesehn?«, fragte er Sven.

»Der Defekt sieht nicht nach einer Verletzung aus, die vom Treppensturz herrührt. Zu eng begrenzt und zu rund.«

»Sag der Spusi, sie solln nach 'nem Schlagwerkzeug Ausschau halten.«

Der junge Kommissar nickte, als sei dies ein besonders guter Gedanke, und rieb sich vorsichtig die Augen. Er war kurzsichtig und trug meist Kontaktlinsen, hatte aber empfindliche und häufig gerötete Augen. Sven ging in die Villa, wo die Kollegen von der Spusi das gesammelte Material für die Untersuchungen in spezielle Behälter verpackten.

Wolff konnte sich denken, dass Sven dieselbe Anweisung bestimmt schon gegeben hatte, aber ihm das nicht gesagt hatte. Die jungen Kommissare waren heute mit der Bachelor-Urkunde und viel kriminalistischem Wissen ausgerüstet und anscheinend gehörte Sozialkompetenz zu den Unterrichtsfächern.

Wolff wandte sich wieder der Toten zu. Die Brüste standen hoch und waren nicht zur Seite gefallen. Kunstbusen. Die Augenbrauen waren dünn ausgezupft und verliefen in einer schwungvollen Linie, die Lippen waren auffallend voluminös. Und jetzt braun.

Schauspielerin, dachte Wolff, festgelegt auf Rollen von zehn Jahre jüngeren Frauen. Sie hatte vor ihrem Tod einen Bademantel getragen und sonst nichts. Das konnte zweierlei bedeuten: Entweder war Sophie Graf von ihrem Mörder überrascht worden. Oder der Mörder war jemand, den sie sehr gut kannte.

»Sei erfolgreich, werde reich und zeige es«, rief Katja von ihrem Podestplatz auf der Terrasse herunter. »Zehn-Zimmer-Villa.«

»Na, viel hat die Graf nicht mehr davon.«

»Hab schon mal den Gärtner vernommen. Kann im Büro gleich getippt werden.« Die Kollegin war stolz auf jede technische Neuerung wie die elektronischen Diktiergeräte.

»Hat der Mensch was gesagt?«

»Heute früh waren Ehemann und Rennrad verschwunden.«

»Verreist?« Vielleicht war der auch Schauspieler und hatte irgendwo ein Engagement.

»Gestern Abend war er noch da.« Katja stieg mit leicht nach außen gedrehten Fußspitzen die Stufen hinunter. Sie ließ Arme und Hände schweben, als wolle sie jemanden umarmen. Nicht ihn, das war Wolff klar. Außerarbeitsbeziehung – die Akte hatten die beiden gar nicht erst angelegt, als Katja vor zwei Jahren zur Mordkommission Potsdam versetzt worden war. Oberkommissarin Eickelbaum, tatkräftige Frau von sechsunddreißig, Film- und Fernsehfan und absolut verschlossen, was ihr Privatleben anging.

»Der Gärtner hat gesagt, dass er gestern Abend sprengen kommen wollte, und da haben die Graf und ihr Mann sich so angebrüllt, dass er am liebsten schnurstracks umgekehrt wäre.« Katja machte eine ausgreifende Armbewegung.

Typisch für die geborene Berlinerin war ihr großzügiger Umgang mit Mimik und Gestik. Katja gestikulierte gern wild und machte auch auf kleinem Raum weit ausladende Bewegungen. Das wirkte auf Menschen, die sie nicht kannten, manchmal unsachlich und wenig souverän. Aber Wolff wusste, dass seine Kollegin wunderbar die Naive geben konnte. Unschlagbar war sie bei der Durchsuchung von Kleidung. Über Mode quatschen und gleichzeitig mit scharfem Blick und sicherem Griff ein Beweisstück aus einer Tasche herausholen – das war typisch Katja.

»Wie heißt der Mann?« Auf dem Klingelschild am Tor standen nur die Initialen der Schauspielerin: S. G.

Katja hatte auch das bereits herausbekommen. »Daniel Brandt. Is nich von hier, hat der Gärtner gesagt, wohl aus Süddeutschland. Aber das Tollste …, sie machte eine ihrer typischen dramatischen Redepausen, »… du ahnst nich, was der ist.«

»Kapitalanlagenbetrüger?«

»Nee. Schriftsteller. Der Gärtner hat gesagt, dass er 'ne Krise hat und dann manchmal in sein Häuschen am See fährt.«

»Welcher See?«

»Konnte der Gärtner nich sagen. Aber das kriegen wir schon raus.«

Daniel Brandt. Wolff schloss kurz die Augen. Heftiger Ehekrach. Der Typ haut ab. Und dass Sophie Graf sich nicht mit einem harten Gegenstand selbst auf den Kopf schlägt und sich dann die Treppe hinabstürzt, ist auch ziemlich klar. Wird eine Ehefrau ermordet, gerät als Erstes der Partner in den Focus.

Dann verbot Wolff sich solche Gedanken, denn oft kam es anders.

3

Zur selben Zeit, als Hauptkommissar Uwe Wolff sich mit der Leiche Sophie Grafs beschäftigte, warf Rechtsanwältin Verena Starke ihre Judo-Partnerin mit dem Schulterwurf auf die blaue Matte. *O-Goshi* war genau richtig für ihre psychische Verfassung, einer der bekanntesten Würfe des Judo und von ihr bereits in Wettkämpfen erprobt.

Verena stellte sich zwischen die Beine ihrer Gegnerin, die nunmehr *Uke* war, die Angegriffene und Geworfene, während sie *Tori* war, die Angreiferin. Sie hebelte das hintere Bein ihrer Gegnerin aus und warf sie mit kräftigem Zug am linken Arm und viel Druck nach vorn über die Schulter. Kein Problem, obwohl Verena mit ihren 1,58 Metern einen Kopf kleiner war als ihre Partnerin. Zierlich, dazu noch hellblond, das war wirklich der Gipfel der Herausforderung. Verena hatte Erfahrung im Unterschätztwerden. Vielleicht trainierte sie deshalb seit ihrer Kindheit Judo. Ihr Mantra war: Ich bin Verena, klein, blond, geschickt und wendig.

Ihre Judo-Partnerin erhob sich schnaufend von der Matte, aber Verena wusste, dass sie mithalten konnte. Das zeigte ihr blauer Gürtel. Verena hatte es vor Jahren sogar bis zum Braungurt geschafft, dann aber das Training im Stress ihres Jura-Examens aufgegeben. Da sie nicht mehr über das Können für den Braunen verfügte, begnügte sie sich jetzt mit Blau.

»Hast du was abzuarbeiten?«, fragte ihre Partnerin lachend.

»O ja, frisch getrennte Single-Frau. Von München nach Babelsberg geflüchtet.«

Verena war froh, gleich nach ihrem Umzug das Sportstudio SATORI, in dem asiatische Kampfsportarten und Yoga gelehrt wurden, gefunden zu haben. Nach stundenlangem Sitzen beim Aktenstudium brauchte sie einen festen Ort, um ihren Ärger über juristisch schwierige Fälle oder nervige Mandanten wieder loszuwerden. Hier in der Kampfsporthalle im Souterrain traf sie Judoka, denen es egal war, welchen Beruf sie ausübte, wie viel Geld sie verdiente, ob sie Ehefrau und Mutter war oder eben die Abgehalfterte, die keinesfalls mehr mit ihrem Kollegen und Exfreund zusammen in der Münchener Anwaltskanzlei Abraham & Partner arbeiten wollte. Ja, sie war verlassen worden. Nicht, weil ihr Freund »eine Jüngere hatte«, so wie Frauen in Scheidungsverfahren ihr öfter schluchzend mitteilten. Nein, Verena dreiunddreißig Jahre alt, war die letzten drei Jahre mit dem gleichaltrigen Anwalt Klaus Niedhammer liiert gewesen, bis er sich in eine achtundvierzigjährige Rechtsanwältin verliebte, die ausgerechnet auch noch seine Prozessgegnerin war. Die Frau war entsetzlich unsportlich, wog bestimmt zehn Kilogramm zu viel, brauchte eine Lesebrille und war so etabliert, dass sie sich ihre Mandanten selbst auswählen konnte. Sie wisse so viel vom Leben, war die Begründung von Klaus, und der Fairness halber hatte er noch hinzugefügt, dass es mit Verena auch schön gewesen war.

Verena machte *Shime Waza*, eine Würgetechnik, deren Ziel es war, dem Gegner die Luft abzuschneiden, ohne den Kehlkopf anzugreifen. Zu Schaden kam ein erfahrener Judoka nicht, da das Abschlagen mit der Hand auf die Matte dem Gegner signalisierte: ›Ich gebe auf. Lass ab von mir.‹ Judo war der ›sanfte Weg‹.

Nur in Verenas Beruf gab es keine Farben, die signalisierten: ›Achtung Anfängerin‹. Sie konnte ja schlecht sagen, im Urheber- und Medienrecht trage ich die Farbe Grün, im Familienrecht etwas weniger, also Orange. Im Strafrecht würde sie den weiß-gelben Anfängergürtel nehmen müssen. Sie konnte nach den drei Wochen, die sie jetzt in Babelsberg war, nicht annähernd abschätzen, was für Mandate auf sie zukommen würden. Außerdem war der Aufbau der Babelsberger Dependance von Abraham & Partner bei ihrem Eintreffen bereits in vollem Gang. Ihr Babelsberger Anwaltskollege hatte seinen nach einem Jahr harter Arbeit wirklich verdienten Urlaub genommen, und sie war für die nächsten zwei Wochen auf sich allein gestellt.

Vorwärts, dachte Verena und ballte die Faust. So viel Beschäftigung und Arbeit wie möglich, um die Lücke in ihrem Leben zu füllen. Und Judo lehrte, nicht durch maximale Kraftanwendung zu siegen, sondern durch kluges und faires Taktieren.

4

Wolff machte das, was ihm schon oft geholfen hatte: Er ging eine Runde. Tatorte gaben oft darüber Aufschluss, warum ein Mensch an diesem Ort umgebracht worden war. Das, was ihn hier in der Babelsberger Villa ansprang war: Geld, Geld, Geld. Die zweistöckige Eingangshalle, dann ein Speisezimmer mit einer langen Tafel und Stühlen mit hohen Lehnen. Das Herrenzimmer. So etwas hatte Wolff in einem Schloss gesehen, auf einem der wenigen Sonntagsausflüge mit Eleonore. Bücherwände, aber das erwartete man ja wohl von dem Schriftsteller Daniel Brandt, ein Kamin, davor ein mit Intarsien verzierter Rauchtisch und eine Sitzecke aus weichem Leder. Auf dem Kaminsims lag ein Holzkästchen. Wolff öffnete es: kubanische Zigarren, obenauf ein Zigarrenschneider. Obwohl er kein Raucher war, fand er den holzigen Geruch angenehm.

Fast hätte er das Stück Papier übersehen, das auf der Klappe eines Sekretärs lag: Die ASTRA-Produktionsgesellschaft kündigte eine Schadensersatzklage gegen Sophie Graf an, da diese ohne anzuerkennenden Grund von dem Vertrag über die gemeinsame Produktion des Filmprojekts *Bestes Mädchen* zurücktreten wolle.

Wolff steckte das Papier ein.

Dann stieg er die Treppe ins Obergeschoss hinauf, um Katja zu suchen. Sie musste nun mittlerweile schon vier Stunden dabei sein, die Villa zu durchsuchen. Von den Wänden starrten Männer- und Frauengesichter, festgehalten in großen Schwarzweißfotografien, auf ihn herab wie überdimensionale Wächter. Wolff trat näher und las die Namen von UFA-Stars: Henny Porten, Willy Fritsch, Magda Schneider, Heinz Rühmann. Da hörte er eine dramatische Frauenstimme irgendwelche Drohungen ausstoßen. Gab es hier Bilder mit Tonaufnahmen? So ähnlich wie die beknackte Karte, die die Kollegen ihm zum fünfzigsten Geburtstag geschenkt hatten, mit 'ner Blonden, die zwinkern konnte und hauchte: »I wonna be loved by you«.

Aber die Stimme gehörte nicht zu den Bildern. Wolff ging ins Schlafzimmer der Graf, wo die Laute herkamen. »Ich liebe dich nicht mehr«, hörte er Katja schmettern. »Ich gehe für immer weg.«

Die Kollegin saß auf einem Schemel im Kleiderschrank, der so groß war wie eine Kammer. Überall waren Stücke vom Bügel gerutscht. Ein rosafarbenes Kostüm, ein weißer Seidenpullover, ein Kleid, dessen Reiz offensichtlich im Weglassen von Stoff bestand.

»Was machst du denn im Schrank?«

»Ich vollziehe das Leben der Toten nach. Die Graf hat sich zum Textlernen in den Schrank gesetzt.« Katja wies auf ein Drehbuch, das auf dem Boden lag. *Bestes Mädchen.*

Er musste wohl so verständnislos reagiert haben, dass sie die Schranktür zuzog. Jetzt hörte er eine leise Stimme in dramatischem Tonfall etwas faseln, das so klang wie: »Ich lasse nicht zu, dass du gehst.« Dann stieß Katja die Tür wieder auf.

»Klar? Wahrscheinlich hat's ihr Daniel nich mehr ertragen. Eifersucht, Neid auf ihre Schauspielkarriere. Hätte er ganz schön viele Bücher schreiben müssen, um sich das hier zu leisten.«

»Und alles is jetzt seins«, sagte Wolff. Er würde sich den Hausanwalt vornehmen, ob schon was über das Testament bekannt war. »Hatten die Kinder?«

Katja schüttelte den Kopf. »Hab schon einiges vom Gärtner rausgequetscht.«

Wolff hörte Schritte auf dem Parkett und sah unten im Entree den Assistenten des Pathologen, einen jungen sommersprossigen Mann, und stieg zu ihm hinunter.

»Na, war's denn der Brandt?«, fragte der Assistent.

»Willst du damit sagen, es war Mord?«, fragte Wolff zurück.

Der Assistent zuckte mit den Schultern und grinste vielsagend. Er würde sich nicht festlegen, ehe die Rechtsmedizin nicht ihre Schlüsse gezogen hätte. »Die Frau hat eine massive und frische Beule am Hinterkopf.«

»Ausreichend, um sie zu töten?«

»Jedenfalls, um sie bewusstlos zu machen. Sie hat eine Delle im Schädel.«

»Könnte sie nich einfach gestolpert, die Treppe hinabgestürzt sein und sich dabei den Kopf angeschlagen haben?«

Der Assistent schüttelte den Kopf. »Dagegen spricht die Form und Lokalisation der Beule. Wer die Treppe hinunterstürzt, schlägt üblicherweise mit Stirn und Vorderkopf auf, und die Verletzungen sind ausgedehnter als bei einem Schlag mit einer begrenzten Aufprallfläche.«

»Wie lange is sie schon tot?«

Der junge Mann legte die Stirn in Falten. »Grob geschätzt zehn bis zwölf Stunden. Die Totenstarre ist voll ausgeprägt. Willst du mal versuchen, den Arm zu beugen?«

»Nein, danke«, sagte Wolff. »Gibt's 'nen Hinweis darauf, was die Beule verursacht hat?«

»Wir haben eine größere Glasscherbe, wohl von einer Flasche, auf der Treppe gefunden. Die untersuchen wir nach Haaren, Fingerabdrücken, Blut. Hoffen wir, dass was dran klebt. Sonst gab's nichts. Anscheinend hat der Mörder das Tatwerkzeug mitgenommen.«

»Hatte sie getrunken oder Medikamente intus?«

Der Assistent zog die Nase kraus. »Warte bis morgen nach der Analyse. Alkohol und Medikamente zeigen im Blut immer den Spiegel vom Todeszeitpunkt. Mit Eintritt des Todes baut der Körper nichts mehr ab.«

Wolff bedankte sich. Eben verteilten sich die Leute von der

Spusi mit ihren Untersuchungsutensilien im Salon. Ihm fiel ein, dass er Katja von dem Drohschreiben der ASTRA erzählen könnte. Wolff stieg wieder hoch zum Boudoir. Katja stand für ihre Verhältnisse recht reglos und konzentriert vor einem Bild, das über dem Bett der Graf hing. Eine Frau mit weißer Haut auf einer Chaiselongue liegend. Kein Stoff, kein Schmuck, ein nackter, ruhender Körper. Ein roter Mund, der fast das ganze Gesicht ausfüllte, rostrotes Haar, das über die Schultern und den weißen Körper bis zu dem rostroten Dreieck des Schamhaars fiel.

»Guck dir mal das Herz an«, sagte Katja.

Wolff runzelte die Stirn. Er mochte keine Bilder, er sah sich lieber lebende Menschen und echte Landschaften an.

»Das Herz schimmert durch die Brust hindurch. Das bedeutet was. Die Graf hat ihr Innerstes nach außen gekehrt. Oder sie is schwer verwundet worden.«

»Du kannst dir ja übers Wochenende die Filme der Graf reinziehn. Um ihre verletzte Seele zu verstehn.« Wolff suchte im Kopf nach einem anderen Rot als dem von diesem verletzten Frauenherz. »Könnte mal wieder ein Stück Kirschtorte essen gehn.«

»Du hinkst heute ziemlich.«

Wolff warf seiner grinsenden Kollegin noch einen Blick zu und zuckte mit den Schultern.

Im Wintergarten plätscherte ein Brunnen, die kühle, feuchte Luft und die Ruhe hier taten ihm gut. Wolff blickte aus dem Fenster und sah mehrere halbnackte Steinfrauen, die den Rasen einfassten, aber zum Glück keine Babelsberg-Touristen mehr. Die Polizisten schienen ihre Arbeit zu verstehen.

Sven Noack trat ein. Er hielt einen Tablet-Computer in Händen. »War im Stand-by-Modus.« Er lachte zufrieden. Ein gut bestücktes Mail-Adressbuch ersparte tagelange Sucharbeit.

»Im Drucker lag eine E-Mail«, sagte Sven. »Es gibt offensichtlich jemanden, der Frau Graf verfolgt hat.« Er zeigte Wolff die Mail.

Es ist fünf vor zwölf!

»Vielleicht hatte sie eine Entscheidung getroffen, und derjenige wollte, dass sie die Entscheidung rückgängig macht«, sagte Wolff.

Noch können Sie Ihr Leben ändern. Einer, der es gut mit Ihnen meint.

»Vielleicht hat sie eine Nacktszene gespielt, und so ein Moralist wollte die Frau von ihrem sündigen Weg abbringen.«

»Vielleicht auch ein abgeblitzter Verehrer ihrer Schauspielkunst, der aus Enttäuschung zum Stalker geworden ist?« Wolff grinste. »Und weil er sie nich bekommen hat, hat er sie umgebracht.«

Beide lachten, und Wolff merkte, wie ein wenig Anspannung abfiel.

»Fahr aufs Revier und schau dir das Tablet mal genauer an, Sven.«

Wolff wusste, dass die Auswertung sichergestellter Daten genau die richtige Arbeit für den jungen Polizisten war. Wenn einer das Passwort knacken würde, dann er. Anders als viele seiner Kollegen und auch als Wolff selbst war Sven ein Tüftler. Er ermittelte am liebsten vom Büro aus und ließ bei körperlich aktiven Polizeihandlungen wie dem Verfolgen und Stellen des Täters anderen den Vortritt.

Als Sven weggefahren war, klingelte Wolff am Nachbarhaus zur Linken. Thea Vogel, eine Brünette von etwa vierzig Jahren, die ihn in ihrer oberflächlich freundlichen Art an die Reiterin neben dem Hof seiner Mutter erinnerte, war mit ihrer Familie erst vor ein paar Monaten zugezogen.

»Mir kam es so vor, als würden die ständig streiten«, erzählte

Frau Vogel genervt, kaum dass Wolff seinen Kripoausweis gezeigt hatte. »Man will ja positiven Kontakt aufbauen«, fügte sie schnell hinzu. »Aber die nehmen überhaupt keine Rücksicht. Partys bis in die frühen Morgenstunden, aber beschweren sich, wenn morgens Schulkinder vorbeigehen. Gärtner und Putzfrau kommen und gehen, wie es ihnen passt, dieses ewige Rasenmähen am Wochenende, nachts das Rauschen von der Sprinkleranlage. Aber vor allem die Beschimpfungen. Dass die Graf solche Ausdrücke verwendet, gut, sie ist Schauspielerin, und ich glaube …«, die Zeugin neigte sich vertraulich zu Wolff und zwinkerte, »sie kommt nicht aus diesem Milieu hier. Aber der Mann soll ja Schriftsteller sein. Da denkt man doch, dass er einen reichhaltigen Wortschatz hat. Aber ständig fallen diese Sch-Wörter, Sie verstehen, was ich meine?« Zur Illustration fügte sie noch hinzu: »Scheiß-dies und Scheiß-das.«

Wolff fand, dass es schlimmere Vergehen gab, als sonntags seinen Rasen zu mähen oder Sch-Wörter zu benutzen, wollte aber der Zeugin eine brauchbare Aussage entlocken. »Haben Sie denn mal eine Drohung gehört, etwa: ›Ich bring dich um‹?«

Thea Vogel fuhr sich mit gespreizten Fingern durch ihr halblanges Haar. »Also, dass sie sich geprügelt hätten, habe ich nun nicht beobachtet. Außer, warten Sie, vor ein paar Wochen, da musste die Polizei kommen.« Sie brach ab, weil jetzt ihr Sohn hinter ihr auftauchte.

»Was will der Mann denn?«

»Geh ins Haus, Leon, das hier ist nichts für dich.«

Wolff erkannte sofort den Jungen, der vorhin so verschämt den Blick gesenkt hatte. »Vielleicht hatte Ihr Sohn auch schon mal Ärger gehabt mit den Nachbarn?«

Frau Vogel schüttelte energisch den Kopf. »Leon hat geschlafen, als es geschah. Sie meinen doch das … nun ja, das Ereignis gestern Abend? Leon kam vom Fußballtraining, er ist Kapitän der

A-Jugend im SV Babelsberg ...« Sie machte eine Pause, um ihre Worte wirken zu lassen. »Nun geh schon, Leon, heute ist doch dein großes Spiel.«

Der Junge drehte ab und ging, ohne ein Wort zu sagen, wieder ins Haus. Wolff fand sein Verhalten auffällig ruhig, war sich aber nicht sicher, ob Leon tatsächlich etwas aussagen könnte, und in Anwesenheit der energischen Mutter würde er ohnehin nichts Brauchbares abliefern.

»Also ein Polizeiwagen kam? Wissen Sie noch den genauen Tag?« Vielleicht konnte er im Einsatzplan der Schutzpolizei das Ereignis rekonstruieren.

»Nein, aber es war ein Freitagabend. Wir sind danach noch ins Kino gegangen, und das machen wir nur freitags.«

»Ist Ihnen an dem Freitagabend noch etwas aufgefallen?«

Frau Vogel blickte Wolff sinnierend mit schwarzumrandeten Augen an. Dann sagte sie: »Die Graf war ja immer recht laut, selbst wenn sie mit ihren Hausangestellten sprach, das kommt von der Schauspielerei. Sie wirkte immer gehetzt und angespannt.«

Wolff dachte daran, dass die Graf ihre Texte im Schrank geübt hatte, das passte nicht zum Lautsein.

»Ich hab auch mal gehört, dass Dinge zu Bruch gegangen sind«, sagte Frau Vogel triumphierend.

»Als hätte jemand mit Geschirr geworfen?«

»Genau! Wenn versehentlich was aus der Hand fällt, dann klingt das anders.«

»Wissen Sie, wer die Polizei gerufen hat?«

»Wenn Sie es genau wissen wollen: Ich war es. Aber das brauchen Sie ja nicht aufzuschreiben. Ich hatte Angst, dass jemand ernsthaft verletzt worden ist.« Die Frau senkte den Kopf.

»Ist doch okay. Besser man ist vorsichtig. Und Sie hatten ja allen Grund, bei dem fürchterlichen Ende dieser Streitigkeiten«, sagte Wolff so gutmütig und verständnisvoll wie möglich. Immerhin hatte er hier seine erste Zeugin. »Haben die Polizisten Sie damals auch befragt?«

Die Frau schüttelte den Kopf. »Aber die beiden da drüben hatten so eine Ahnung, dass ich es war. Seitdem haben sie mich nicht mehr gegrüßt. Ach so, mir fällt noch ein, dass ich damals drüben angerufen habe, ob alles in Ordnung sei. Es war der Mann dran, und er sagte, alles bestens, das Ganze war nur ein Missverständnis.«

»Missverständnis?«

»Hab ich auch nicht so recht verstanden, aber er wollte nicht drüber reden.«

Wolff glaubte nicht, dass das alles war. »Haben Sie denn gestern Abend etwas von dem Streit gehört?«

»Ich hab nur den Brandt mit seinem Rennrad kommen sehen, so gegen sechs, als ich mit dem Müll raus bin. Ich hatte Besuch und habe nicht drauf geachtet, was nebenan geschieht. Mit so etwas rechnet ja auch keiner.« Sie schüttelte sich demonstrativ.

»Wie sieht Herr Brandt aus? Irgendetwas Auffälliges?«

»Hager, sportlich. Trägt immer Freizeitkleidung, bunte T-Shirts und Caps. Gestern hatte er ein orangefarbenes Hemd an. Eigentlich war er der Ruhigere von beiden, hat auch netter mit dem Gärtner gesprochen. Mal hat er mit Leon auf dem Rasen gekickt. Also, ich kann einfach nicht glauben, dass der Mann sie umgebracht hat.« Sie schüttelte den Kopf. Dann blickte sie Wolff verschwörerisch an. »Aber er muss es ja getan haben, nicht?«

5

Um 14 Uhr begann das Auswärtsspiel in Potsdam. In roten Trikots die Potsdamer, in Grün die Babelsberger. Der Fußballplatz war mit rot-weißen Fahnen in den Farben des Potsdamer Vereins geschmückt. Auf der Terrasse der Vereinsgaststätte stand ein langer Tisch, darauf Kuchen, belegte Brötchen, Getränke. Viele Zuschauer saßen auf der Tribüne, um die jungen Spieler anzufeuern, und die winkten ihren Eltern und Freunden zu. Nur Leon blickte sich nicht um, obwohl er wusste, dass seine Mutter da oben saß.

So ein schöner sonniger Tag, nur nicht für Leon. Er war der Kapitän seiner Mannschaft und hätte am liebsten gekniffen. Er fühlte sich kraftlos, war in Gedanken weit weg und hundemüde. Nachts hatte er was Schreckliches geträumt. Er wollte Maria im Schloss treffen, sie stand ganz oben an der hohen Treppe, die in den Garten führte, hatte ihm den Rücken zugewandt und weiße Sachen an. Er ging auf sie zu, gleich würde sie sich umdrehen. Da erschauerte er. Die weiße Bluse rot, der Rock rot. Und Blut floss ihr aus dem Mund. Da war Leon im Bett hochgefahren, und sein Herz hatte so heftig geschlagen, dass er kaum atmen konnte.

»Na, Jungs, alle frisch?«, fragte Rolf, der Trainer. »Jetzt kommt's drauf an.«

»Was gibt's eigentlich zu gewinnen?«, fragte ein Mittelfeldspieler. »Einen Satz Trikots, ein paar neue Fußbälle und Sporttaschen«, sagte ein anderer.

»Könnt ich alles brauchen.«

»Die fegen wir doch vom Platz, was meinst du?« Der Torwart gab Leon einen freundschaftlichen Stoß in die Seite.

Leon nickte zerstreut.

»… heute zwei Spiele. Der jeweilige Sieger kommt weiter, kapiert?« Der Trainer hatte gesprochen und Leon hatte es nicht mitbekommen. »Noch Fragen, Jungs?« Alle schüttelten den Kopf. »Los, Leon«, Rolf knuffte ihn in den Rücken, »führ deine Mannschaft aufs Feld.« Er klemmte sein Clipboard, auf dem er die Mannschaftsaufstellung geladen hatte, untern Arm und ging zur Trainerbank.

Für die Babelsberger wurde es keine gute erste Halbzeit. In der fünften Minute erzielte Marcus, der Angstgegner, nach einem Eckball mit einem Kopfballtreffer das erste Tor und erhöhte kurz vor Ende der ersten Halbzeit nach der Flanke eines Mittelfeldspielers auf 2:0.

»Boah, die waren echt hart«, sagte einer der Babelsberger Spieler nach dem Halbzeitpfiff.

»Echt der Hammer«, sagte ein anderer. »Die haben vielleicht gemauert. Keine Torchance rauszuholen.«

Der Torwart ging still und mit gesenktem Kopf. Dem geht's wie mir, dachte Leon und ging auf ihn zu. »Du hast nichts versemmelt. Die Bälle waren nicht zu halten.«

Die Jungs ließen sich auf den Rasen fallen, schütteten Iso-Drinks in sich hinein und kneteten ihre Waden.

»Mist!« Rolf war zu seinen Schützlingen getreten. »Die Potsdamer gehn ganz schön zur Sache. Wenn wir jetzt verlieren, wird's verdammt eng mit dem Turnier.«

»Wir packen das«, sagte einer.

Leon dachte, dass er als der Kapitän das hätte sagen müssen. Dabei wäre er am liebsten im Boden versunken.

Schon trat Rolf zu ihm. »Was is los? Ihr habt mehrere Chancen gehabt, die Verteidigung zu knacken.«

»Ich mach jetzt mehr Druck, versprochen.« Leon ging beiseite und tat so, als brauche er jetzt Lockerungsübungen. Wie ein Hampelmann kam er sich vor, mit den Armen kreisen, die Beine abwechselnd hochziehen, in die Grätsche gehen, um die Oberschenkel zu dehnen. Alles war ihm recht, um sich vor dämlichen Fragen zu retten. Er dachte nur eines: Muss ich meiner Mutter sagen, was ich gestern Nacht gesehen habe? Aber dann muss ich auch sagen, dass ich mich aus dem Haus geschlichen habe. Und warum. Und dann kriege ich Hausarrest und kann Maria nicht treffen. Was sollte das jetzt noch bringen, wenn er zu seiner Mutter ging? Die Polizei war ja sowieso da gewesen. Die würden den Mörder schon finden. Er hätte der Schauspielerin sowieso nicht helfen können. Nie hätte er gedacht, dass Mann und Frau sich so schlagen konnten und die Frau einfach die Treppe hinunterfiel. Und dann war's schon zu spät.

»Los geht's«, rief Rolf.

Die beiden Mannschaften wurden über Lautsprecher zur zweiten Halbzeit aufgerufen. Die Jungs liefen aufs Spielfeld und nahmen ihre Position ein. Zwei Tore mussten sie schießen, um überhaupt eine Chance zu haben. Leon versuchte, seine Gedanken zusammenzunehmen. Zum Glück hatte Rolf ihn nicht ausgewechselt.

Der Pfiff des Schiedsrichters. Leon versuchte, zur alten Form aufzulaufen, eroberte den Ball, dribbelte in Richtung Tor, zögerte. Schießen oder weiterlaufen? Aber schon grätschte ein Gegner ihm den Ball weg. Verdammt! Leon spurtete hinterher. Zum Glück eroberte einer seiner Mittelfeldspieler den Ball zurück. Er gab ihm ein Zeichen, ihm zu folgen. Sie liefen auf das gegnerische Tor zu, umspielten einen Verteidiger, zwei weitere, und … »Tor!« Jubel von der Tribüne. Ein Lächeln flog über Leons Gesicht. Weitermachen, du schaffst es!

Beim nächsten Angriff Leons kam ein gegnerischer Verteidiger ihm näher, Leon versuchte ihn auszudribbeln, aber es reichte nicht. Jetzt holte der Gegner aus und drosch den Ball in Richtung Tor. Der Torwart lauerte wie ein Tiger im Vorraum, jeden Muskel angespannt. Bitte nicht, flehte Leon, und schloss kurz die Augen. Klatschen. Niemand schrie ›Toor!‹. Leon öffnete die Augen, sah seinen Tormann strahlend mit dem Ball in der Hand. Leon lief hin und klatschte ab. »Super!«

Der Torwart schlug den Ball längs über das Spielfeld bis weit über die Mittellinie. Einer seiner Jungs gab Gas, lief dem Ball entgegen, erwischte ihn, dribbelte bis kurz vors gegnerische Tor und schob ihn in die rechte Ecke. Leon war fassungslos über das Glück.

»2:2«, tönte es durch den Lautsprecher.

Fünf Minuten vor Spielende eroberte Leon den Ball, rannte wie um sein Leben, Marcus raste auf ihn zu, wollte ihm den Ball abnehmen. Leon sah nur noch das dunkelrote Trikot seines Gegners auf sich zukommen, schloss die Augen. Das Bild aus seinem Alptraum. Rot. Dunkelrot. Das Blut auf dem weißen Kleid von Maria.

Da verlor er den Ball an Marcus, der jetzt in Richtung Tor rannte. Der Rest war einfach. Der Potsdamer spielte einen langen Pass zu einem Mitspieler, der schoss mit voller Wucht. Unhaltbar. Der Babelsberger Torwart hechtete entgegen, streckte die Arme aus, doch es brachte nichts. Der Ball landete in der rechten Ecke.

Aufstöhnen bei den Babelsbergern, Jubeln bei den Potsdamern. Der Torwart fischte frustriert den Ball aus der Ecke. Leon schlug die Hände vors Gesicht. Er hatte sich seinen sicheren Ball wegnehmen lassen.

»3:2 für Potsdam«, verkündete der Stadionlautsprecher am Spielfeldrand.

Anstoß. Noch eine Minute, zu wenig, um noch was zu reißen. Rolf lief kopfschüttelnd am Spielfeldrand auf und ab. Leon machte keinen Versuch mehr, nochmal in Ballbesitz zu kommen. Er sah seine Kumpels von der Ersatzbank mutlos auf- und ablaufen, manche standen einfach nur da, die Hände in die Hüften gestützt, einer fingerte an seinen Fußballschuhen herum.

Allen war klar: Das Spiel war gelaufen. Das Turnier auch.

6

»Sophie ist tödlich verunglückt?« Daniel Brandt starrte Wolff aus tief liegenden, umschatteten Augen an.

Wolff hatte absichtlich noch nichts von einem Mordverdacht gesagt, um die erste Reaktion vom Ehemann der Toten zu beobachten. »Ich möchte Ihnen mein Beileid aussprechen.« Er zeigte seine Dienstmarke, aber Brandt sah sie sich nicht an. »Die näheren Umstände des Todes sind noch unklar.«

»Bestimmt hat sie was genommen.«

Wolff stutzte. Entweder verschwendete Brandt keinen Gedanken daran, dass es ein Mord gewesen sein könnte, oder er reagierte verdammt schlau. »Darf ich reinkommen?« Während Wolff die Hütte betrat, sah sich Sven Noack in der Umgebung um.

Brandt ging mit hängenden Schultern voran in den kleinen Wohnraum, in dem ein schwerer Holztisch vor einer Eckbank stand. Darauf eine halbvolle Flasche Bier. Wolff setzte sich ohne Aufforderung. Er fühlte sich ein wenig erschöpft und war zugleich stolz, dass er den Ehemann der Ermordeten so schnell aufgespürt hatte. Dass der Schriftsteller gern an einen See fuhr, um ungestört zu arbeiten, hatte Katja heute früh bereits vom Gärtner erfahren. Aber welcher See? Um Potsdam herum gab es viele Gewässer. Vorhin hatte Katja, die es liebte, Kleidung zu durchsuchen, in einer Jeans den zerknitterten Bon einer Gaststätte in Seddin gefunden. Dort kannte man den Schriftsteller, der viel Zeit in seiner Hütte verbrachte. Wolff dankte im Geist seiner Kollegin, was nicht so oft vorkam.

Die Gegend war in Mode geraten. Es gab einen Golfplatz nebst Countryclub, es gab den Gasthof *Zur Linde* mit Nobelgastronomie und die Kulturscheune mit wechselnden Ausstellungen. Allerdings waren es mehr als zehn Kilometer rund um den See, so dass Wolff und Sven etliche Zeit brauchten, die Häuser im Umfeld abzulaufen und endlich diese Fischerhütte aufzuspüren. Es war jetzt Nachmittag, und Wolff hätte einiges für einen starken Kaffee und ein Stück Kirschtorte gegeben, aber beides würde er wohl entbehren müssen. Er musste beharrlich sein am ersten Tag nach einem Mord. Sein kaputtes Fußgelenk schmerzte trotz Bandage.

Brandts Gaststättenbon wies lediglich 8,50 € für Schnitzel und Bier auf. Der Mann schien bescheiden zu leben, wodurch er sich vorerst positiv von seiner verstorbenen Frau abhob. Aber etwas ließ sich nicht leugnen: Brandt, der laut Angaben der Nachbarin Vogel häufig in lautstarkem Streit mit seiner Ehefrau gelegen und offensichtlich Reißaus genommen hatte, war Mordverdächtiger. Trotzdem entschied Wolff sich, den Mann nicht gleich damit zu konfrontieren. Traf seine Vermutung nicht zu, hätte er einen wichtigen Zeugen verprellt.

»Haben Sie geschrieben?« Wolff blickte zu dem Laptop, der auf einer Vitrine stand. Vielleicht war ja eine frische Datei drin, von gestern, am besten aus der Zeit um Mitternacht. Dass sich ein Schriftsteller an den PC setzte, nachdem er seine Ehefrau ermordet hatte, mochte Wolff nun doch nicht glauben.

»Nein, ich habe nicht geschrieben.« Brandts sonnengebräunte Haut wirkte fahl. »Ich war zu aufgewühlt. Sophie und ich hatten einen heftigen Streit. Das war eigentlich nichts Neues, aber dann hat sie mir eröffnet, dass sie die Scheidung will.«

Wolff konnte nicht glauben, dass sich der Mann so freimütig selbst belastete. Sollte er jetzt schnell die Beschuldigten-Belehrung nachschieben? Der Tod eines Partners lenkte den Verdacht als Erstes auf den noch lebenden Partner. Insbesondere wenn es um Geld ging. Wolff dachte an die Zehn-Zimmer-Villa und das BMW-Cabriolet. Aber es war zu verführerisch, den Mann einfach reden zu lassen, seine Verletzlichkeit auszunutzen.

»Sie wollten sich also nicht von ihr scheiden lassen?«

Brandt zuckte langsam mit den Schultern. »Manchmal schon. So wie gestern Abend, da bin ich einfach weg von zu Hause, habe mir hier die Wut aus dem Leib gelaufen und bin geschwommen. Danach tat's mir leid. Wieder eine Chance für ein Gespräch verpasst.«

»Sie wollten die Scheidung also nicht?«

Brandt lächelte weltvergessen. »Ich weiß nicht. Manchmal denke ich, ich liebe sie noch, jedenfalls zu den Zeiten, wo wir nicht streiten.« Unwillkürlich verfiel er in die Gegenwart. »Am meisten liebe ich Sophie zu den Zeiten, in denen wir nicht zusammen sind. Sie auf Dreh. Oder ich hier draußen.«

Wolff dachte, dass er seine eigene gescheiterte Ehe wahrscheinlich deshalb so lange für glücklich hielt, weil er so selten Zeit mit Eleonore verbracht hatte.

»Die Sophie ist in einer künstlerischen Krise. Siebenunddreißig Jahre alt und die Rollen der jungen Frauen laufen ihr davon. Während ich als Schriftsteller …« Er brach ab und starrte ins Leere.

»Was schreiben Sie denn so?«

»Thriller.« Brandt lachte schallend, als habe er einen guten Witz gemacht. »Psychothriller«, setzte er noch hinzu. »Muss ja schließlich auch Geld verdienen.« Er ging zu einem Regal und zog einen dicken Band hervor, dessen Cover eine junge Frau mit einem flatternden roten Schal und einen grauen Schatten hinter ihr zeigte. *Fehl am Platz!*

»Aber jetzt habe ich ein anderes Projekt. Ein Buch ohne Thrill. Über Menschen in einem Dorf in einer märkischen Landschaft. Es hat mich etwas inspiriert.« Er lächelte unbestimmt.

Wolff blätterte in dem Buch, um seinen Verdächtigen bei Laune zu halten.

»Ist denn Ihre Frau auch manchmal hierhin rausgekommen?«

»Nein«, sagte Brandt kurz. »Sophie stammt vom Land, und sie hasst es.«

»Das war aber kein großes Problem?«

»Nein, ich bin oft in ihrer Villa.«

Also, die Villa der Graf, dachte Wolff. Aber schon wurde er wieder hellhörig.

»Sophie wollte jemanden, der normal war.« Wieder lachte der Mann auf.

»Normal?«, fragte Wolff irritiert.

»Normal im Sinne der Babelsberger Filmgesellschaft. Begierig nach Geld, nach Erfolg. Für Charaktere wie meine Frau ist das der Sinn des Daseins. Mich interessiert Geld nicht wirklich. Ich will das schreiben, was ich schreiben will.«

Wolff betrachtete den Mann, der im Raum stand, als wolle er sich nicht mit einem Kommissar an seinen Tisch setzen. Nach der Todesnachricht hatte er fast keine Reaktion gezeigt. Aber Wolff wusste, dass es Menschen gab, die Schreckensnachrichten mit unbewegtem Gesicht aufnahmen, dann aber zusammenbrachen oder anfingen zu schreien oder Gegenstände zu zertrümmern.

»Was haben Sie denn gestern Abend gemacht, nachdem Sie sich Ihre Wut aus dem Leib gelaufen und geschwommen haben?«

»Ich war hier. Gestern Abend und die ganze Nacht und auch jetzt bin ich hier.« Brandt hob sein stoppeliges Kinn.

Zwei Tage nicht rasiert. »Sie waren die ganze Zeit allein?«

»Ja. Ich fahre oft hier raus, um in Ruhe zu arbeiten. Oft bleibe ich mehrere Tage.« Der Mann blickte Wolff mit zusammengekniffenen Augen an. »Warum fragen Sie das überhaupt?«

Reine Routine, wollte Wolff sagen. Aber dazu kam er nicht.

Unvermittelt schrie Daniel Brandt ihn an: »Ich glaube das alles nicht. Das kann nicht wahr sein!«

Dann rannte er aus der Hütte. Wolff sprang hoch, aber der Schmerz im Fuß ließ ihn wieder auf die Sitzbank fallen. Er rappelte sich auf, hinkte zur Tür, sah aber nur Brandts rotes T-Shirt hinter Büschen verschwinden. Verblüfft starrte er dem Flüchtenden hinterher. War Daniel Brandt erst in diesem Augenblick klar geworden, dass seine Frau tot war, und der Schmerz hatte ihn übermannt? Oder war ihm plötzlich bewusst geworden, unter welchem Verdacht er stand?

Aus dem Gebüsch kam ihm nach einer Weile Sven entgegen, der den Flüchtenden verfolgt hatte. »Nacheile erfolglos.« Svens Gesicht war erhitzt und gerötet. »Der Mann kennt sich hier im Wald aus.«

Wolff entschloss sich zu einer Durchsuchung der Hütte. Gefahr im Verzug, flüchtiger Verdächtiger, würde er in seinen Bericht fürs Gericht schreiben. Im Bauernschrank fand er einen liederlich zusammengelegten Haufen bunter T-Shirts. Wolff schob ein paar Bügel beiseite, an denen Jeans und Jacken hingen, und entdeckte dahinter Frauenkleidung.

»Die Graf war angeblich nie hier«, sagte er zu seinem Kollegen. Er nahm ein Sommerkleid mit dünnen Trägern heraus, buntgemustert, hübsch und sehr schmal. »Da passt Sophie allerdings nicht rein.«

»Vielleicht war sie früher dünner.« Sven grinste ein wenig, offensichtlich in Gedanken an die aufgepolsterte Oberweite der Schauspielerin.

»Nehmen wir mit.«

Sven holte sein Smartphone heraus und schrieb eine Liste der beschlagnahmten Gegenstände: Ein buntes Sommerkleid, ein Paar Sandalen, ein Bikini, ein nach süßlichem Parfüm duftendes Badetuch. Und ein mit Sommerblumen bedruckter Briefumschlag. Eine Haarsträhne fiel heraus, glatt, lang, schwarz.

»Sieht so aus, als ob unser Mann nicht der einsame Cowboy ist, für den er sich ausgibt.« In Wolffs Kriminalistengehirn erschien groß und breit: ›Brandt hat Geliebte‹.

Sven schaute in seinem Smartphone nach der Nummer der örtlichen Polizeidienststelle. »Soll ich den Kollegen sagen, dass uns ein Mordverdächtiger abgehauen ist?«

Wolff nickte. In diesem Augenblick ertönte aus dem Golf- und Countryclub Musik von mehreren Jagdhörnern.

»Halali«, sagte Wolff.

Irgendwann würde Brandt in seine Hütte zurückkehren und die Kollegen vor Ort würden ihn festnehmen.

7

Zwei Frauen tanzten mit einem Mann. Beide trugen schwarze Trikots, und ihre Gesichter glänzten vor Schweiß. Die eine von beiden war größer und fülliger und warf ihre langen braunen Locken über den Mann. Sie lächelte, aber plötzlich wurde das Gesicht zu einer lachenden Fratze. Die andere war zierlich und ließ ihren goldblonden Pferdeschwanz wie eine Peitsche schwingen. Ihre Bewegungen waren zurückhaltender, aber voll verbissener Kraft. Die Musik hatte etwas Schweres mit hohen Energieschüben. Es war etwas im Gang, und es würde ein schlimmes Ende nehmen. Zwei Frauen kämpften gegeneinander und kämpften um denselben Mann. Er stand in der Mitte, trug schwarze Hosen mit Hosenträgern über dem nackten Oberkörper, ließ sich von den Frauen mit denselben spiegelverkehrten Bewegungen umtanzen, sein Gesicht schaute abweisend und verärgert. Plötzlich wurden die Frauen drängender, sie bedrohten den Mann zu einer nervösen, dissonanten Melodie, umkreisten ihn, schnitten seine Fluchtversuche ab, wollten ihn fesseln, ließen von ihm ab, umtanzten ihn wieder spielerischer, um dann aus dem Hinterhalt über ihn herzufallen. Aber da hatte der Mann plötzlich ein Messer in der Hand, eine scharfe Klinge blitzte auf, schnellte vor, stieß zu. Die Frau mit den braunen Locken stürzte zu Boden. Jetzt lachte die Blonde siegessicher, aber der Mann stürmte zu ihr und versetzte ihr einen Stich, sie wand sich, fiel und blieb leblos liegen. Der Mann wischte sein blutiges Messer an der Hose ab und tanzte mit ausgreifenden Schritten in die Ferne.

Ivana Stankovic tauchte aus ihrer Meditation auf, die sie seit ihrem Drogenentzug vor fünf Jahren morgens und abends machte, wenn Zeit war auch nachmittags, wie jetzt, und atmete langsam aus. Sie saß im Lotussitz auf ihrer Yogamatte und befahl sich, ruhig zu atmen, doppelt so lange aus wie ein. Sie hatte diese Situation beim Meditieren schon öfter erlebt. Gedanken kamen und gingen, und wenn sie versuchte, tiefer zu meditieren, fanden sich die merkwürdigsten Gedankenfetzen zu einem neuen Bild zusammen.

Es hat nichts mit der Wirklichkeit zu tun, sagte Ivana sich. Sie fuhr mit dem Klöppel um die Klangschale, hörte dem sanften schwingenden Ton zu. Dann erhob sie sich mit ruhigen Bewegungen von ihrer Matte. Sie war eine Suchende auf einem weiten spirituellen Weg, aber sie war ja erst fünfundzwanzig.

8

Verena Starke hörte das Klingeln ihres Smartphones unter der Dusche. Aber es war so viel angenehmer, sich warmes Wasser über Nacken und Schultern plätschern zu lassen, als nass und frierend nach dem Handy zu hechten. Wer sie erreichen wollte, schaffte das schon. Schließlich war sie von München nach Babelsberg gezogen mit dem Vorsatz, ihrem mit Glaswänden umgebenen Anfängerbüro in der Anwaltssozietät Abraham & Partner zu entfliehen und nicht immer und überall erreichbar zu sein. Zumindest ein Vorteil einer frisch getrennten Frau. Das andere Bild versuchte sie zu verdrängen. Rechtsanwältin Verena Starke, angekommen auf dem Berliner Hauptbahnhof, auf dem Boden sitzend und trotzdem nicht ganz von ihrem großen Rucksack verdeckt, Kopf gesenkt, Schirmmütze tief im Gesicht, aber nicht tief genug, um die Tränen zu verdecken, die sich zeitversetzt, dafür aber umso heftiger Bahn brachen. Nach dem Weinkrampf war es ihr besser gegangen.

Es klingelte wieder, und zwar gleichzeitig auf dem Festnetz und Smartphone. Verena stellte die Dusche ab, griff ein weiches Badetuch, schöne Dinge, bunte Farben nach der grauen Abschiedszeit. Auf ihrem Smartphone war die Nummer von Abraham & Partner zu sehen, und zwar die Durchwahl von Klaus Niedhammer, ihrem Ex und dem Abraham-Partner in spe. Instinktiv griff Verena nach dem Festnetzapparat, dessen Display kaputt war.

»Endlich«, sagte Klaus. Ihr Smartphone hörte auf zu läuten.

»Keine Zeit, jetzt.« Ein Schauer fuhr über ihre feuchten, nackten Arme.

»Anruf von der Polizeidirektion Potsdam. Du hast es bestimmt schon gehört?«

»Was?« Verena hatte außer Judo heute keinen Kontakt zur Außenwelt gehabt.

»Der Graf-Mord, natürlich. Sie haben den Mann festgenommen.«

»Welcher Graf …?«

»Sophie Graf ist ermordet worden«, sagte Klaus in seiner genervt-ruhigen Sprechweise.

»Die Schauspielerin?« Verena hatte die Graf zuletzt in einer Schmonzette über eine Frau im besten Alter gesehen, die aus ihrer unbefriedigenden Ehe flieht und sich mit einer Farm in Südafrika selbständig macht. Die Graf hatte öfter solche Rollen gespielt, die

Verena unter dem Motto ›Wie sie es trotzdem schaffte‹ einordnete. Seit ihrer Trennung von Klaus schaute sie sich an den einsamen Abenden in ihrer kleinen, von einem älteren Ehepaar möbliert angemieteten Einliegerwohnung ganz gern solche Filmchen an.

»Der Mord passiert bei dir um die Ecke, und ich in München muss dich aufklären«, stellte Klaus fest. Im Hintergrund hörte Verena Stimmen und Telefonklingeln. Für junge Anwälte war der Samstag im Büro ein normaler Arbeitstag, damit sie ihre mit den Mandanten abrechenbaren Stunden zusammenbekamen, und selbst sonntags waren manche da. Immerhin war am Wochenende gepflegte Freizeitkleidung erlaubt.

»Ihr Mann soll's gewesen sein.«

Verena schloss die Augen und dachte nach. »Der Mann ist Mandant von Abraham & Partner?«

»Nein, bisher nicht. Wir vertreten Sophie. Sie hatte einen Beratungstermin wegen Scheidung. Geht auch ums Testament. Eltern beim Autounfall ums Leben gekommen, keine Geschwister, keine Kinder. Der Mann heißt Daniel Brandt, Schriftsteller, lebte vom Geld seiner Frau. Erbt jetzt alles …«

»Dann mach du doch gleich den Mord mit, die Scheidung braucht es ja wohl nicht mehr«, sagte Verena, ärgerlich über sich selbst, dass sie sich so uninformiert gezeigt hatte.

»Die Polizei hat Brandt gerade festgenommen, an irgendeinem See bei euch da oben. Du übernimmst vorerst seine Verteidigung. Spätestens morgen muss er zum Richter.«

»Danke, hab auch Strafprozessrecht studiert.« Verena merkte, wie Anspannung in ihr hochstieg. Wenn sie ehrlich war, stammten ihre Kenntnisse über Kapitaldelikte aus einer Verhandlung im Schwurgericht, an der sie als Referendarin teilgenommen hatte. Ein klarer Fall. Mann lauert untreuer Frau auf und erschießt sie beim Verlassen ihres Arbeitsplatzes.

»Wer ist der ermittelnde Kommissar?«

Klaus sprach derweil mit jemand anderem im Büro. »Nicht jetzt, erst muss der Graf-Mord auf die Reihe gebracht werden.« Dann wieder zu ihr in die Leitung: »Den Kommissar musst du selbst herausfinden, gibt in Potsdam nur eine Direktion für Kapitaldelikte. Also übernimm erst mal. Und schick morgen das Protokoll vom Gericht. Tschau.«

Knapp, präzise, typisch Klaus. Unter seinem Einfluss war auch sie auf dem besten Weg gewesen, ein Workaholic zu werden. Getrennte Wohnungen, sie selbst auf dem Dorf, weil sie sich München nicht leisten konnte, wenig gemeinsame Freizeit. Der letzte Abend. Nicht mal einen anständigen Rückzug hatte Klaus ihr gegönnt. Er hatte sie versetzt, war über Nacht weggeblieben, bei dieser älteren Anwältin. Verena hätte ihm am liebsten auf dem Anrufbeantworter den Abschied verkündet. Aber sie nahm den Nachtzug nach Berlin, lag wach in der Schachtel von Abteil, hörte dem Rattern der Räder zu und ein Entschluss reifte. Morgen würde sie Klaus anrufen, ihm ihren neuen Standort mitteilen und dann so richtig Schluss machen.

»Du kannst deine Sachen aus meiner Wohnung abholen.«

»Hab ich schon gestern Abend gemacht. Der Schlüssel liegt im Briefkasten.«

Die Sekretärin hatte Klaus gesagt, dass Verena nach Babelsberg gehen würde. Das ganze Büro wusste es.

Verena verdrängte den Gedanken an ihren misslungenen Abschied. Jetzt stand anderes an. Im Kommissariat sich als Anwältin ankündigen, hinfahren, mit diesem Brandt sprechen, die erste Einlassung für den Richter entwerfen. Sie spürte ihr Herz klopfen. Überraschung über die unerwartete Mitteilung am Sonntag, Zufriedenheit, hier gleich so eine Chance zu bekommen, Panik, sofort in einen brisanten Fall springen zu müssen, der unbedingte Wille, dieses Mandat gut zu erledigen. Sie holte ihr hellgraues Kostüm aus dem Spiegelschrank, den sie meist offen ließ, weil sie den Blick auf ihre Kleidung gemütlicher fand, stolperte über den auf dem Teppich abgelegten Haufen Stickdeckchen, Stoffblumen, Plüschtiere, die von ihren Vermietern überall zur Verschönerung aufgestellt waren und die sie bald durch eigene Dekostücke ersetzen wollte. Und sie fühlte Wut in ihr hochsteigen. Also, übernimm den Fall erst mal, hatte Klaus gesagt. Und wie er das ›erst mal‹ betont hatte.

Sie stellte sich vor, wie sie ihn am Kragen – *Eri* – packen und ihm das Standbein weghebeln würde. *Gari.*

9

»Puh, Schauspielerei besteht meist aus Warten«, stöhnte Marlene Burger. »Schon vier durch.« Sie lag bäuchlings auf einem Klappsofa mit lila-grünem Rautenmuster und genoss die physiotherapeutischen Künste der Maskenbildnerin Ivana Stankovic. Das Sofa stand in einem Wohnwagen, den sie während der Dreharbeiten nutzte, um frühmorgens am Set zu sein. »Sechs Stunden rumhängen für ein paar Nahaufnahmen, dann zehn Minuten Close-ups. Was täte ich ohne dich?«

»Warten muss man lernen. Lass die Gedanken kommen und gehen, sieh ihnen nach, aber halte sie nicht fest«, sagte Ivana, während sie den verspannten Nacken der Schauspielerin bearbeitete.

»Nicht mal 'nen Wohnwagen bekomm ich finanziert. Was hab ich beim Produzenten um dieses schäbige Teil gekämpft. Nichts.«

Ivana drückte ihre Faust in die harte Muskulatur.

»Autsch, das war genau der Punkt.«

»Du solltest auch nicht immer das Radio laufen haben«, sagte Ivana mit Blick auf das batteriebetriebene Gerät auf dem schmalen Klapptisch, der vor dem Sofa stand. Er war bedeckt mit einem Skript mit Textpassagen, die Marlene zu lernen hatte, und mit aufgerissenen Chipstüten. »Träumer wie wir«, sang Marlene gemeinsam mit Andrea Berg, dann lachte sie heiser. Ivana verzog den Mund.

»Gib mir ein bisschen von deiner verdammten Ruhe.« Marlene räusperte sich.

Meine Ruhe ist das Ergebnis jahrelanger Übungen, dachte Ivana und verrieb Massageöl zwischen den Händen. Sonst wäre ich vielleicht schon tot. Oder würde vollgepumpt mit Drogen dahinvegetieren. »Während meiner Ausbildung zur Heilerin habe ich Stunden meditiert und nach innen gelauscht.«

»Vielleicht sollte ich mal bei ›Ich bin ein Star, holt mich hier raus‹ mitmachen«, sagte Marlene lachend.

»Das ist Bullshit.« Ivana fuhr mit dem Daumen an der Wirbelsäule der Frau entlang.

»Die Schauspielerin Sophie Graf ist tot«, sagte in diesem Augenblick der Nachrichtensprecher. »Heute Morgen fand sie der Gärtner auf dem Rasen liegend. Die Kriminalpolizei geht von einem Gewaltverbrechen aus, wollte sich aber zu einem Tatverdächtigen noch nicht äußern.«

Marlene fuhr so schnell aus ihrer Position auf, dass sie sich den Kopf an einem Hängeregal stieß. »Sophie tot? Hab ich richtig gehört?«

Ivana konnte nicht gleich antworten. Sie taumelte und sank auf den Stuhl vor einem der beiden Schminktische. Gestern Abend noch hatte sie Sophie nach den Dreharbeiten behandelt. Bei ihr war es die verspannte Lendenmuskulatur. Aber noch wichtiger für Sophie war das Reden. Manchmal hatte Ivana das Gefühl, sie wäre der einzige Mensch, zu dem Sophie ehrlich sprach. Über ihr Filmprojekt, das den Aufstieg und Absturz einer Schauspielerin im Berlin der neunzehnhundertzwanziger Jahre zum Thema hatte. Es ging um viel Geld, was Ivana nicht weiter interessierte. Filmproduktionen waren teuer, und hier am Set ging es oft um nichts anderes als um Budgets. Sophie hatte gejammert, dass sie Kapitalanlagen, wohl Schiffsfonds, nur mit großem Verlust abstoßen konnte. Und ihr italienischer Liebhaber, außerdem stiller Teilhaber, wollte seine Einlage zurück. Ivana hatte versucht, Sophie von ihrem Vorhaben abzubringen. Sie war einfach nicht der knallharte Typ für das Produktionsgeschäft.

Sophie ist tot. Ivana fasste an ihr silbernes Amulett, das sie zu ihrem weißen Arbeitskittel trug. Es zeigte sechsblättrige Blüten. ›Die Blume des Lebens‹. Sie schlug die Hände vors Gesicht.

»Hoffentlich denkt die Kripo nicht, dass ich es war.« Marlene saß stocksteif. »Ich hab doch beim Aufnahmeleiter, dem Peters, weißt du, öffentlich gesagt, ich könnte Sophie umbringen. Sie hat mir die Sozialarbeiterin weggeschnappt. Rollenwechsel, pah! Und sie hat dieses Partyfoto von mir ins Netz gestellt, wo ich so überm Tisch hänge. Vorher hat sie zwei leere Weinflaschen vor mich geschoben. Seitdem halten die mich für 'ne Trinkerin. Dabei war ich einfach nur müde!«

»Meinst du, Sophie hat die Flaschen extra dahin geschoben?« Ivana konnte sich diese Gemeinheit nicht vorstellen.

»Natürlich.« Marlenes Wimperntusche war verschmiert, weil sie während der Massage mit dem Gesicht auf einem Kissen gelegen hatte. »Sophie hat doch immer getönt, ihr kommt nur ein ganz bestimmtes Mineralwasser auf den Tisch.«

»Hast du das mit dem Umbringen wirklich gesagt?«

Marlene nickte und fasste an ihr Ohrläppchen.

»Das hast du doch nicht ehrlich gemeint.«

»Wer meint hier schon was ehrlich?«

Ivana versuchte ein beruhigendes Lächeln. Da schossen ihr die kämpfenden Figuren, die ihr vorhin beim Meditieren in der Nachmittagspause erschienen waren, durch den Kopf, und sie erschrak.

»Ich bin Sophies direkte Konkurrentin, das weiß jeder hier.« Marlene stand auf und zog sich einen hellblauen, etwas schmuddeligen Bademantel an. »Bestimmt taucht bald die Kripo auf.«

Ivana hatte auch Angst, aber sie versuchte, spirituelle Ruhe auszustrahlen. »Wir sagen der Kripo, dass wir Sophie mochten und erschüttert sind über das, was man ihr angetan hat.«

Es war das, was Ivana fühlte. Aber sie wusste, dass hier einige Leute gar nicht gut auf Sophie zu sprechen waren. Allein der Ärger in der laufenden Produktion. Sophie, voller Angst vorm Älterwerden, hatte sich im Rollenwechsel versucht, spielte eine Sozialarbeiterin. Schöne Außenaufnahmen hatte der Regisseur versprochen. Sophie reitet mit psychisch auffälligen Kindern am Meer entlang. Doch dann regnete es tagelang, nichts als Warten, der Produzent brüllte wegen der Kosten. Und dann entschied der Regisseur, dass Sophie nicht reitet, sondern drinnen mit den Kindern spielt. Sophie legte eine hysterische Szene hin. Heulkrämpfe, Hyperventilation, Rettungswagen. Ja, sie war eine von Ängsten und Emotionen gebeutelte Person gewesen, aber das würde Ivana niemals laut sagen.

»Hätte Sophie mir die Rolle nicht weggeschnappt, hätten die am Set jetzt kein Problem«, sagte Marlene, die Hände in die Hüften gestützt.

10

Die Tür fiel hinter Verena zu, Schlüssel drehten sich im Schloss. Sie hatte dem Polizisten im Glaskasten am Eingang erläutert, dass ihr Mandant festgenommen worden sei. Unschuldig. Ihre Handtasche durfte sie behalten. Ein Polizist ging voran und schwenkte seinen Schlüsselbund, dass es klirrte. Er schloss die Tür zu einem kleinen Zimmer mit vergittertem Fenster auf; einziges Mobiliar war ein Tisch mit zwei Stühlen.

»Er kommt gleich.«

Ein hochgewachsener, schlanker Mann in rotem T-Shirt wurde von zwei anderen Polizisten hereingeführt. Sein schmales Gesicht unter den wirren dunkelblonden Haaren wirkte verbittert und hohlwangig. Verena stellte mit schnellem Blick fest, dass man ihm keine Handschellen angelegt hatte. Sie nahm es als gutes Zeichen.

»Guten Abend.« Sie hoffte, dass diese Begrüßung für ihren Mandanten nicht zynisch klang. Für ihn würde es alles andere als ein guter Abend werden. Entweder war er ein Mörder und man hatte ihn geschnappt, oder er war unschuldig und hatte gerade seine Frau verloren. Verena entschied sich, erst mal Letzteres anzunehmen und streckte ihm die Hand hin. »Verena Starke von der Kanzlei Abraham & Partner.«

Brandt nahm ihre Hand. Seine war schmal, hart und mit Schwielen, als habe er körperlich viel gearbeitet. »Ich habe das Gefühl, dass es Situationen gibt, in denen ein Anwalt in der Nähe gut ist. Oder eine Anwältin.« Sein mühsames Lächeln ließ ihn noch mitgenommener wirken. »Ich dachte, ein Mann kommt, ich sprach mit einem Ihrer Kollegen in München.«

Klaus hat sich aufgespielt, dachte Verena grimmig. »Ich leite die Babelsberger Niederlassung.« Zum ersten Mal war sie zufrieden, dass ihr Kollege im Urlaub war. Dann wandte sie sich zu den Polizisten, die neugierige Blicke auf den Mann warfen, der mit herabhängenden Schultern im Raum stand. »Ich würde gern allein mit meinem Mandanten sprechen.« Wahrscheinlich verließen sie nur ungern den Raum. Der Schlüssel drehte sich deutlich hörbar im Schloss.

Ehe Verena dazu kam, etwas zu sagen, überfiel Brandt sie geradezu. »Ich habe diesen Bullen erklärt, dass ich am Seddiner See war als meine Frau umgebracht wurde. Wie soll ich es dann gewesen sein? Ich will hier raus. Und zwar sofort.«

Verena machte eine Geste, sich zu setzen, während sie fieberhaft überlegte, wie sie ihm die Regeln der Strafprozessordnung nahebringen sollte. Sie nahmen auf den harten Stühlen einander gegenüber Platz. Brandt streckte seine langen Beine von sich.

»Sie kommen frühestens morgen frei, nachdem Sie dem Haftrichter vorgeführt worden sind«, begann sie vorsichtig. »Die Polizei darf Sie jetzt gar nicht gehen lassen.«

Brandt zog die Luft ein. »Ich werde vorgeführt? Vielleicht gleich abgeurteilt und in den Knast gesteckt? Ich bin unschuldig!«

»Nein, verurteilt werden Sie morgen nicht«, gab sie lauter als sie wollte zurück. Sie atmete einmal durch. Provozieren lassen würde sie sich nicht. »Der Haftrichter entscheidet, ob er einen Haftbefehl erlässt«, rezitierte sie dann die Strafprozessordnung. »Einen Haftbefehl erlässt er nur, wenn dringender Tatverdacht und Fluchtgefahr besteht.« Aber Brandt ließ sich nicht beruhigen.

»Verdammt, ich war es nicht!«

»Der Richter entscheidet anhand des Materials, das die Kripo ihm vorlegt und das ich noch nicht kenne.« Sie presste die Lippen zusammen, um nicht noch hinzuzufügen: Kein Kriminalpolizist nimmt leichtfertig jemanden fest.

»Dann hab ich ja schon verloren.« Brandt sprang auf und lief zu dem vergitterten Fenster, als wolle er an den Stäben rütteln.

»Wenn wir morgen beweisen können, dass Sie in Ihrer Hütte am See waren, als es geschah, sind Sie frei. Waren Sie gestern Abend vielleicht essen? Oder tanken?«

Brandt, der immer noch seine Finger um die Stäbe gelegt hatte, fuhr herum. »Wenn ich geahnt hätte, dass die mir einen Mord vorwerfen, hätte ich Belege gesammelt. Ich bin Schriftsteller und arbeite am liebsten allein in meiner Hütte am Seddiner See. Diese ganze Babelsberger Bussi-Bussi-Filmgesellschaft ist mir zuwider.«

Hoffentlich war Ihnen nicht auch Ihre Frau zuwider, dachte Verena.

»Ich habe in meiner Hütte auch keine Bettgefährtin, ehe Sie noch danach fragen«, sagte Brandt süffisant.

Verena merkte, dass ihre Hände die Tischkante umklammerten, und legte sie betont locker in den Schoß. »Was haben Sie denn da?«, fragte sie mit Blick auf einen langen blutigen Kratzer an seinem Unterarm.

Er wandte den Kopf, betrachtete die verkrustete Blutspur. »Ist mir noch gar nicht aufgefallen. Wahrscheinlich von den Büschen.«

»Welche Büsche?«

»Als der Kommissar mir eröffnete, dass meine Frau tot sei, habe ich gesagt, wir hätten gestern einen heftigen Streit gehabt und dass Sophie die Scheidung wollte. Dann sickerte mir ins Bewusstsein, dass er mich im Verdacht hat, und da bin ich weggerannt. Einfach in den Wald. Ich war so durcheinander.«

»Das kann doch nicht wahr sein«, rief Verena schockiert. »Sie erzählen dem Kommissar von einem Streit, den Sie und Ihre Frau kurz vor ihrem Tod hatten. Und dann flüchten Sie auch noch.«

Der Mann bemerkte ihre Bestürzung. Er setzte sich wieder an den Tisch, beugte sich vor und sagte: »Man wird doch wohl nach einer Todesnachricht etwas merkwürdig reagieren dürfen, ohne gleich in Mordverdacht zu geraten.«

»Sie haben sich sehr unklug verhalten.« Auch Verena beruhigte sich wieder. »Jetzt geht's darum, dass daraus kein Knock-out wird. Gibt es Personen, die Grund gehabt hätten, Ihre Frau zu ermorden?«

Brandt zuckte wie desinteressiert die Schultern, aber an seinem unruhigen Blick sah Verena, dass es Fassade war.

»Meine Frau hat ein bewegtes und kompliziertes Leben geführt«, sagte er schließlich. »Das eine war ihre Angst vor dem Älterwerden und dass sie den Sprung in die Charakterrollen nicht schaffen würde. Sie stand in ständiger Konkurrenz mit anderen Schauspielerinnen. Schön, blond, Ende dreißig, ohne großes darstellerisches Können. Von dieser Sorte gibt es zahlreiche.«

»Wenn Sie so hässlich über Ihre Frau sprechen, macht Sie das nur verdächtig«, fuhr Verena ihn an.

Brandt seufzte auf, als würde ihm jetzt die abfällige Art, über die Tote zu sprechen, bewusst. »Tut mir leid.«

»Es muss Ihnen nicht leid tun. Sagen Sie lieber mal etwas Entlastendes.«

»Sophie hat der Marlene Burger eine sehr lukrative Rolle weggeschnappt, das ging bis zu Handgreiflichkeiten.«

»Zickenkrieg am Set?«, fragte Verena, bemüht um einen lockeren Ton. »Welche Produktion war es denn?«

Brandt zuckte die Achseln. »Ich glaube, es ging um eine Sozialarbeiterin, die auf dem Land ein Haus für benachteiligte Kinder führt. Sophie als Sozialarbeiterin! Die klassische Fehlbesetzung.«

»Hören Sie auf, so abfällig über Ihre tote Frau zu sprechen.« Schon stieg wieder Wut hoch. »Ich muss den Richter dazu bringen, die Beweise der Kripo in Zweifel zu ziehen. Das ist mein Job.« Sie konnte nicht widerstehen, ihm noch entgegenzuschleudern: »Ob Sie es getan haben oder nicht, ist mir egal.«

Er sah sie überrascht und anscheinend verletzt an. »Meinen Sie das ehrlich?«

Verena schlug die Beine übereinander. »Okay, das tut jetzt mir leid.«

Brandt kratzte sich am Kinn. »Haben die hier einen Rasierapparat, ich meine wegen der Vorführung vor dem Richter morgen?«

»Ich schicke Ihnen ein paar Sachen mit dem Taxi hierher. Über die Kosten meiner Verteidigung müssen wir überhaupt noch reden.« Sie musste schließlich genügend Stunden zusammenbekommen, die sie ihrem Mandanten in Rechnung stellen konnte. Abraham & Partner arbeiteten auf der Basis von Stundenhonoraren.

»Sophie war dabei, ein großes Filmprojekt auf die Beine zu stellen«, sagte Brandt sinnierend, als krame er uralte Dinge aus seinem Gedächtnis. »Sie wollte die Hauptrolle spielen und sich als Koproduzentin beteiligen. Sie hatte die ASTRA-Filmproduktion und einen italienischen Geldgeber mit ins Boot geholt.«

»Wie sollte der Film heißen? Worum ging es?«

Brandt zuckte mit den Schultern. »Eine Filmdiva in den Zwanzigern als Hauptfigur. Eine Frau aus kleinen Verhältnissen, die als Schauspielerin aufsteigt, über eine Bettgeschichte, die ihr schließlich sehr teuer zu stehen kommt. Ist nicht mein Thema.«

»Sagen Sie mal was Nettes über Ihre Frau. Oder haben Sie sie nur geheiratet, damit sie Ihre Schriftstellerei finanziert?« Verena blickte in das Stückchen Himmel hinter dem vergitterten Fenster. Bald würde es dunkel werden.

»Als ich Sophie vor fünfzehn Jahren kennenlernte, war sie ein bildhübsches Mädchen vom Land, ohne ordentlichen Schulabschluss, das in der Stadt sein Glück machen wollte«, antwortete Brandt erstaunlich ruhig. »Sie musste mühsam ihren provinziellen Dialekt abtrainieren. Fasziniert hat mich ihre Art, offen auf die Welt zuzugehen. Sie dachte nie daran, dass Handeln auch Konsequenzen hat. Ich dagegen stand mir oft selbst im Weg, habe viel zu viel nachgedacht und es dann wieder verworfen.«

Verena stand auf, um sich zu verabschieden. »Ich fasse mal die Fakten zusammen: Heftiger Ehekrach, Ihre Frau wollte die Scheidung, sie war deswegen schon bei meinem Kollegen in München. Außerdem ging es um ihr Testament. Sie sind nach ihrem Tod der Alleinerbe.« Brandt zeigte keine Reaktion. Er wusste es also. »Und als der Kommissar kam, sind Sie abgehauen.« Sie fühlte sich wie die Staatsanwältin.

»Das alles reicht doch nicht, um mich wegen Mord zu verurteilen«, sagte Brandt leise.

»Nein, es reicht nicht.«

Verena lächelte, obwohl ihr nicht danach war. Ihr stand eine Nacht Arbeit bevor. Aber genau in diesem Augenblick, hier in der Zelle, spürte sie neben ihrer Angst, diesem Mandat nicht gewachsen zu sein, etwas Neues: Das Spiel mit Lüge und Wahrheit. Das Ausforschen unbekannter Dinge und wie sie mit ihnen umgehen würde. Zu ihrer eigenen Selbstbestätigung. Und zum Vorteil ihres Mandanten.

II

»Komischer Vogel, dieser Brandt«, sagte Wolff. »Nicht normal im Sinne der Babelsberger Filmgesellschaft, sagt er von sich, nur weil er nicht so viel Geld nach Hause bringt wie seine Frau.«

»Wir hatten keine andere Wahl, als ihn festnehmen zu lassen«, bestätigte Sven.

Die beiden Kommissare fuhren, nachdem sie noch die Nachbarn befragt hatten, in Sven Noacks Auto von Brandts Hütte am Seddiner See durch den märkischen Wald zurück nach Potsdam. Wolff war einigermaßen zufrieden. Immerhin hatten sie am ersten Tag Leiche und Tatort besichtigt und den Verdächtigen festgenommen.

»Der Gärtner hört lautstarke Streitigkeiten zwischen Graf und Brandt, die Tote weist Spuren eines heftigen Schlags am Kopf auf, stürzt die Treppe hinunter, bricht sich das Genick. Der Mann flieht mitten in der Befragung«, sagte Sven in seiner korrekten Sprechweise. Anders als Wolff und Katja Eickelbaum, die beide aus Berlin und Umgebung stammten, stark ›berlinern‹ konnten und gern Silben oder auch ganze Wörter verschluckten, formulierte Sven jeden Satz zu Ende. Wendungen wie ›der Typ, der mit dem Dings, na du weißt schon, erwischt wurde‹ kamen ihm nie über die Lippen. Vielleicht hat Sven sich bei uns noch nicht so richtig eingelebt, dachte Wolff manchmal, oder er ist einer von denen, die ständig an sich arbeiten und sich keine Nachlässigkeit leisten.

Wolff öffnete das Seitenfenster, stützte sich mit dem Ellenbogen auf, gähnte. Im Augenblick sah es so aus, als hätte er einen Mordfall in unbekanntem Gelände gleich am ersten Ermittlungstag abgeschlossen, spitzenmäßig. Welch schöner warmer Abend. Ein junges Liebespaar ging Arm in Arm auf der Straße. Sven verlangsamte, hupte dezent.

»Wo gehen die denn hin?«

»Zur nächsten Bushaltestelle«, sagte Wolff. »Und dann fahren sie nach Potsdam, um was zu erleben.«

»Ach so«, sagte Sven, der aus Köln stammte.

Wolff blickte den beiden hinterher. »Du hast doch sicher noch was vor am Abend, Sven?«

»Meine Freundin wartet, bis ich meine Arbeit erledigt habe.« Der junge Mann grinste verlegen und ein roter Fleck zeigte sich auf seiner Wange.

»Lass sie nicht zu lange warten.«

Wolff ärgerte sich selbst über die Emotion in seiner Stimme. Früher hatte Eleonore auf ihn gewartet, zu oft, zu lange. Und zu oft war bei ihm was dazwischengekommen. Meist die Arbeit. Manchmal ein Handballspiel, an dem er hinkend nach seinem schweren Sportunfall, von dem niemand ahnte, dass es tatsächlich ein Sturz als betrunkener NVA-Soldat gewesen war, teilnahm. Immerhin hätte er die meisten Spieler noch in die Tasche gesteckt, wenn er nicht gehinkt hätte. Ja, er war ganz zufrieden gewesen. Aber die Frau hatte nach über zwanzig Ehejahren nicht mehr warten wollen. Dabei war seine Ehe mit Eleonore, einer Wirtstochter, die er bei einem seiner unerlaubten Kneipengänge während der NVA-Zeit kennengelernt hatte, gar nicht in der Krise gewesen, jedenfalls hatte er es nicht bemerkt. Erst leidenschaftliche Liebe, dann die angenehme, wenn auch seltene Partnerschaft in dem von Eleonore perfekt gepflegten Häuschen, in dem nur eines fehlte: ein Kind. Ja, und dann war sie eines Tages einfach weg gewesen, hatte nur einen Zettel mit ein paar Abschiedsworten hinterlassen. Ohne Krach vorher, ganz freundschaftlich, und ab und an schickte sie ihm ein Foto von sich und ihrem Finanzbeamten vor irgendeiner Sehenswürdigkeit in irgendeinem Land.

»Ich mache noch schnell den Bericht über Brandt fertig, damit der Haftrichter morgen alles vorfindet«, sagte Sven.

»Dieser Brandt gibt einfach zu, dass die Frau die Scheidung wollte, komisch«, sagte Wolff. »Die Frau hat das Geld. Gleich zwei Mordmotive. Habgier und niedrige Beweggründe.«

Sven schwieg einen Augenblick. Eine unbedachte Äußerung käme bei ihm nicht vor. »Vielleicht war Brandt in Panik. Seine Frau ist ermordet worden. Er ist betroffen und gibt unbedacht zu, dass die Ehe am Ende ist. Da wird ihm die Dimension dieser Äußerung klar, und er rennt weg.«

»Könntest gleich den Verteidiger spielen«, knurrte Wolff. »Morgen sehn wir uns in dieser Filmgesellschaft um.«

Sie fuhren über die Lange Brücke. Auf einem frühen romantischen Ausflug war Wolff mit Eleonore über die Freundschaftsinsel mit ihren Rasenflächen und Terrassen geschlendert. Das Ende seiner Ehe hatte ihn getroffen. Nicht nur weil Haus und Garten verwilderten und er schließlich auszog. Es war etwas anderes, dass er sich selbst nur widerstrebend zugab: Eleonore hatte ihn verlassen. Und das war nach seinem alkoholisierten Sturz über die Wurzel die zweite Sache in seinem Leben, die niemand wissen durfte. Wir haben uns getrennt, hatte er gesagt, Eleonore versteht nicht, wie wichtig mein Beruf für mich ist. Zum Glück war er der Typ, dem alle aufs Wort glaubten.

Auf Wolffs Besprechungstisch in der Direktion standen auf einem rosafarbenen Tischset ein riesiges Stück Kirschtorte und eine Thermoskanne gefüllt mit Kaffee. Er legte seine Hände darum, sie war warm. ›Schau mir gerade *Die Tierärztin* an‹, stand auf einem Zettel. Wolff schmunzelte. Katja arbeitete gern mit Technik, tummelte sich in sozialen Netzwerken und setzte interessante Fälle auf die Website der Polizei. *Die Tierärztin*, nun gut. Katjas verschlungene Wege mit unklaren Zusammenhängen und abenteuerlichen Vermutungen waren ihm nicht immer klar, aber sie hatte oft den richtigen Riecher, dem er dann mit kriminaltaktischem Können nachging.

Er blickte zu Katja ins Zimmer. Sie saß vor ihrem PC, die Ellenbogen aufgestützt und starrte auf den Bildschirm.

»Da bin ich«, sagte gerade in dem Film eine blonde Frau, die ihr langes Haar offen trug und eine helle Bluse anhatte. Wolff ging in Katjas Büro und trat hinter ihren Schreibtisch.

»Sophie als Tierärztin«, sagte Katja, ohne sich zu Wolff umzudrehen. »Geburtshilfe für ein Kalb beim Bauern.«

Die Tierärztin trat auf eine Kuh zu, tätschelte deren Hinterteil.

Wolff sah mit einem Blick, dass Zughilfe, Strick und Haken fehlten. »Schmuck ablegen, Fingernägel schneiden, Geburtsmantel überziehen«, sagte er. »Danke für den Kuchen.«

Dann ging er wieder in sein Büro und ließ sich von der Zentrale den Bericht über den Polizeieinsatz im Haus Graf/Brandt zufaxen.

›Eine anonyme Anruferin alarmierte uns am 13. Juli über ein Mobiltelefon, weil sie aus der Villa des Ehepaars Graf/Brandt lautstarke Streitigkeiten und scheppernde Geräusche gehört hatte. Wir stellten in der Küche zahlreiche Scherben fest. Der anwesende Ehemann Daniel Brandt erklärte, dass er aus Ärger über seine Schreibblockade Geschirr zertrümmert habe. Frau Graf war nicht zu sprechen. Brandt erklärte, dass sie einen Spaziergang mache.

Da wir Frau Graf bei der Hausbegehung auch nicht antrafen, bestand kein Anlass für weitere Maßnahmen.‹

Wolff ging zu dem Whiteboard an der Wand gegenüber und schrieb: ›Daniel Brandt‹. Und darunter: ›1. Frau hat Geld. 2. Frau will sich scheiden lassen. 3. Frau will Testament ändern. 4. Brandt hat Freundin. 5. Polizeieinsatz wegen häuslicher Gewalt.‹ Oder doch lieber: ›Schreibkrise eines Schriftstellers‹? Aber vorstellen konnte er sich nicht, dass jemand Geschirr zertrümmerte wegen einer Schreibkrise. Als alter Kriminalist wusste er aber auch, dass ein Tatmotiv eine nette Sache war, die manchmal zum Täter führte. Ein Motiv konnte einen auch verblenden, so dass man anderen Spuren nicht genug Aufmerksamkeit schenkte.

Wolff wollte sich gerade seinen Kirschkuchen einverleiben, da klopfte es. Das konnte nur Sven sein, er war der Einzige, der wartete, bis Wolff ›Herein‹ rief.

»Die Auswertung des Videos aus der Überwachungskamera ist da.« Sven blieb in der Tür stehen.

»Gib her. Und jetzt fahr zu deiner Freundin.« Wolff grinste. »Wie schön war doch die Befehlsgewalt eines Hauptmanns der VP.«

Sven guckte verständnislos.

»Wenn der Hauptmann, also der Hauptkommissar der VP, also der Volkspolizei, sagte, dass Schichtende ist, dann war auch Schichtende. Kapiert?«

»Ja, aber …«

»Du bist neugierig, gib's zu.«

Sven kam zu Wolffs Schreibtisch und legte ihm den Bericht über die Auswertung des Videos vor.

›Landeskriminalamt Brandenburg. Kriminaltechnik. Sachgebiet Krim. Fotografie. Tgb.Nr. 4-3629/15, digitale Bildbearbeitung.

In der Villa der ermordeten Schauspielerin Sophie Graf wurde ein Video der Überwachungskamera vom Tattag sichergestellt. Darauf ist ein Mann in der Filmsequenz ab 0.12 Uhr zu erkennen.‹

Wolff und Noack beugten sich über die Bilder. Sie zeigten eine männliche Gestalt von hinten, in dunklen Hosen und hellem T-Shirt, auf dem Kopf ein Baseball-Cap, die durch den Vorgarten auf die Straße ging und sich dabei mehrmals umblickte.

»Die Technik soll eine Bildbearbeitung versuchen, um Kennzeichen der aufgenommenen Person deutlich sichtbar darzustellen«, sagte Wolff.

»Meinen Sie, dass das Brandt sein könnte?«, fragte Sven.

Wolff unterdrückte den Impuls zu sagen: Natürlich ist er das. Er betrachtete die Bilder nochmals. »Von Gestalt und Kleidung her könnte er es sein.«

12

Von der Polizeidirektion war Rechtsanwältin Starke direkt zum Sitz der Kanzlei Abraham & Partner gefahren, weil sie nur im Büro Zugang zur Online-Datenbank hatte. Sie ging über den langen Kiesweg, der neben einem großen Stück Rasen, in dessen Mitte eine riesige Buche stand, zum Portal führte. Verena musste wie alle Besucher derzeit den Hintereingang benutzen, der durch den Keller führte. Genau am ersten Urlaubstag ihres Kollegen hatte die Handwerkerfirma angekündigt, man werde jetzt mit dem denkmalgeschützten Entree der Villa beginnen. Verenas Chefs in München gingen davon aus, dass sie neben ihrer Anwaltstätigkeit gleich noch den Bauleiter geben und die Arbeiten beaufsichtigen musste. Es war ja schließlich eine Ehre, für die Münchener Großkanzlei den Standort Babelsberg aufzubauen.

Verena hatte noch nie einen möglichen Mörder verteidigt. Verträge im Medienrecht hatte sie aufsetzen, Fragen des Urheberrechts klären oder das Persönlichkeitsrecht eines Prominenten schützen wollen. Der Rat eines erfahrenen Strafverteidigers schoss ihr durch den Kopf: ›Geh davon aus, dass dein Mandant schuldig ist. Er hat es getan. Und wenn er es bestreitet, lügt er dich an. Das Worst-Case-Prinzip‹.

In ihrer Hektik blieb sie mit dem Ärmel an der Türklinke hängen, das Seidenfutter ihrer Kostümjacke riss ein. »Ganz ruhig«, sagte sie zu sich, während sie Licht machte und den langen Betongang entlangging. In den Kellerverschlägen lagerten Reihen von Sammelbänden juristischer Literatur und ausgemusterte technische und elektronische Anlagen.

In dem gewaltigen Eingangsbereich der Villa angekommen, stieg sie die linke Marmortreppe, die die Handwerker frei gelassen hatten, hoch. Was hätte sie für einen normalen Büroalltag mit Telefongeklingel und angeschalteten Monitoren gegeben. Warum musste ihr Kollege ausgerechnet jetzt seinen Jahresurlaub antreten?

»Das ist deine Chance«, sagte sie sich vor, als sie zu ihrem Büro neben dem großen Mandanten-Besprechungsraum ging, und passte ihre Worte den Schritten an. »Dei-ne gro-ße Chan-ce.«

Sie fuhr ihren PC hoch und lud die Homepage der Schauspielerin Sophie Graf herunter. Die Daten hatte sie schnell durch. Geboren 1977 in Neuendorf bei Brück bei Belzig. Ein Kaff im Brandenburgischen, dachte Verena, die selbst aus München stammte. Persönliche Merkmale: 1,72 Meter, schlank, Augenfarbe blau, Haarfarbe blond. Besondere Fähigkeiten: Ballett und Modern Dance. Dialekt: Berlinisch. Ausbildung: Schauspielschule, aber weder Name noch Angabe eines Abschlusses. Auszeichnungen *Telest:* Preis für beste Darstellerin in *Auroras Entscheidung*, 2007. Es folgte eine ganze Reihe von Filmen und Fernsehserien. *Der graue*

Himmel, Die Frau von der anderen Seite des Flusses, Ferien auf Usedom, Die Tierärztin, Liebe, Liebe usw.

Sophie Graf hatte ein reges digitales Sozialleben geführt, plauderte über neue Rollen, aber auch über Bereiche wie: *Sophies Lieblingskleider, Sophie kocht ihr Leibgericht, Sophie auf Reisen, wie Sophie ihre Traumfigur hält.* Sie berichtete, wie glücklich sie über ihr eigenes internationales Filmprojekt sei. *Bestes Mädchen.* Die Schauspielschülerin Elly schmeichelt sich beim Stummfilmstar Vera König ein, wird die Geliebte eines einflussreichen Produzenten und durch dessen Unterstützung selbst ein Star, aber als sie sich abwendet, von ihm zerstört.

Verena notierte, was Brandt ihr gesagt hatte: ›ASTRA-Filmproduktion und ein italienischer Geldgeber für *Bestes Mädchen*‹. Dann schrieb sie noch Menschen auf, die in so einem Filmprojekt mit Sophie zu tun haben könnten: Regisseur, Aufnahmeleiter, Schauspieler, Maskenbildner, Garderobiere. Gab es unterlegene Bewerber? Finanzierungsprobleme?

»Zickenkrieg am Set«, war ein anderer Internetbeitrag.

Im Film die besten Freundinnen. Doch auf der Premierenparty zeigte sich, wie zerstritten die Schauspielerinnen Sophie Graf und Marlene Burger sind. Sie wollten keinesfalls gemeinsam für ein Foto posieren. Sophie soll Marlene als »die gemeinste Frau der Welt« bezeichnet haben. Man kann sich kaum vorstellen, dass die Graf das gesagt hat und dass diese Beschreibung auf die Burger zutrifft. Aber es sind halt gute Schauspielerinnen!

Verena notierte: ›Marlene Burger – Konkurrenzschauspielerin.
Zeugin? Oder Verdächtige??‹

Dann lud Verena die Internetseite von Daniel Brandt herunter. *Der Drehbuchautor ist seit 2001 mit der Filmschauspielerin Sophie Graf verheiratet.* Drehbuchautor? Das passte nicht zu seiner abfälligen Äußerung über die Bussi-Bussi-Filmgesellschaft. Sie notierte: ›Hat doch Verbindung zum Filmgeschäft als Drehbuchautor‹. Und fügte hinzu: ›Brandt hat gelogen!‹ Dickes Ausrufezeichen.

Verena würde einen weiteren Rat des alten Strafverteidigers beherzigen: ›Glaube nichts, was dein Mandant dir sagt, überprüfe alles.‹ Brandt hatte tatsächlich einige Drehbücher verfasst, wie sie herausfand, auch für ein paar Folgen von *Die Tierärztin*. Die Einträge endeten abrupt im Jahr 2012. Brandt kündigte an, sich aus dem Drehbuchgeschäft zurückziehen und nunmehr *Literatur machen* zu wollen.

Verena zog das Sommerkostüm aus, das sie für ihren Besuch auf der Polizeidirektion gewählt hatte, und schlüpfte in Jeans und leichten Pullover, die sie in ihrem Aktenschrank aufbewahrte. Sie war noch nicht dazu gekommen, ihr Büro mit den schweren dunklen Holzmöbeln gemütlich einzurichten. Immerhin lagen schon einige Kelim-Teppiche aus ihrer alten Wohnung auf den Dielen. Ein paar bunte Kissen lockerten das dunkle Tannengrün der Sofaecke, die Verena an die Einrichtung eines Wartesaals erster Klasse erinnerte, auf.

Ist die Ehe zwischen Graf und Brandt am Ende?, fragte eine Boulevardzeitschrift. *Brandt verlässt die Premierenveranstaltung seiner Frau.* Und Sophie Graf meldete unter Privatleben: *Unsere Lebensziele driften immer mehr auseinander.*

Ein Foto von Brandt beim Angeln. Der Schriftsteller mit nacktem Oberkörper, die mittellangen dunkelblonden Haare zum Zopf gebunden, saß auf einem Steg und warf die Leine aus. Gab es vielleicht eine Freundin, die das Foto gemacht hatte? Hatte er sie auch da belogen? Verena kämpfte gegen ihre plötzliche Angst an. War ihr Mandant wirklich der ernsthafte Schriftsteller, der in seiner einsamen Enklave um Worte rang und vom Filmtrubel nichts mehr wissen wollte? Dann verdiente er auch nicht viel Geld. Klaus hatte am Telefon gesagt, Sophie hätte einen Termin wegen ihrer Scheidung gehabt. Und es ging auch ums Testament.

Verena notierte: ›Wie viel bekommt Brandt im Fall des Todes seiner Frau?‹

13

»Warum bist du so verschreckt?«, fragte der Kommissar. »Du bist doch freiwillig hergekommen.«

Leon knetete die Hände. Eben noch, auf der Fahrt hierher im Auto seines Fußballtrainers hatte er keine Angst gehabt. Nach dem misslungenen Spiel hatte Rolf ihn gefragt, was los sei. Leon hatte lässig mit den Schultern gezuckt und was von einem kleinen Leistungstief gemurmelt. Aber dann hatte er es Rolf doch erzählt. Wem auch sonst? Und dann hatte Rolf gesagt, dass sie zur Kripo fahren müssten.

»Okay. Dann schreibe ich erst mal auf, wer du bist.«

Leon war froh, dass der Kommissar sich zu seinem PC drehte. Er guckte verstohlen auf dessen breiten Rücken. Der Mann wirkte auf ihn eindrucksvoll, schon ziemlich alt, mit grauen Locken und blauen Augen, und sehr energisch.

»Leon Vogel heiße ich.« Aber schon als der Kommissar nach der Adresse fragte, bekam er es wieder mit der Angst. »Schreiben Sie das meinen Eltern?«

Der Kommissar drehte den Kopf zu ihm und zwinkerte: »Erst mal bleibt das unter uns, Kumpel.«

Leon wusste nicht, ob er das glauben sollte, aber es nützte ja nichts, seine Adresse nicht zu sagen. Er war ja mit seinem Namen gemeldet. »Karl-Marx-Allee 122, Babelsberg.«

Der Kommissar hieb in die Tastatur. »Wie alt? Welche Schule? Welche Klasse?«

»Dreizehn, BFG, Klasse 8 b.«

»Was ist BFG?«

»Das Kürzel fürs Babelsberger Filmgymnasium.«

»Seid ihr aus der Filmbranche?«

»Nein.« Leon fuhr sich durch die Haare. Vergessen zu gelen, weich und schlapp fielen sie nach allen Seiten. Gleich würde der Typ ihn nach der toten Schauspielerin fragen. Seine Augen zuckten herum und blieben auf einer Spielzeugeisenbahn von Märklin hängen, eine Dampflok mit Anhängern, die der Kommissar auf seinem großen, braunen Schreibtisch stehen hatte.

»Ich spiele auch mal ganz gern.« Der Kommissar griff die Lok und zog sie über den Tisch. »Damit sie läuft, braucht sie Brennstoff.« Er nahm die Hand von der Bahn. »Und die Polizei braucht Zeugen, damit es läuft. Du hast ja bestimmt die Sophie Graf gekannt, in der rosa Villa nebenan?«

»Nicht richtig«, sagte Leon zögernd. »Gesprochen hab ich mit der noch nie.« Das stimmte. Ihr BMW-Cabrio, mit dem die Tante morgens eilig losdüste, interessierte ihn viel mehr.

»Hatte sie Kinder, mit denen du gespielt hast?« Der Kommissar ließ die Eisenbahn wieder ein Stückchen fahren.

»Die hat nur einen Mann gehabt, und mit dem hat sie ziemlich viel gestritten.« Leon schlug sich mit der Hand leicht auf den Mund. Fast hätte er Streithammel zu denen gesagt, so wie seine Mutter.

»Willst du 'ne Cola?« Der Kommissar stand auf und ging zu dem Kühlschrank in der Ecke, füllte Cola in zwei Gläser, nahm selbst einen Schluck. »Ah, tut gut.« Er ging wieder zu seinem Schreibtisch. »Wir kennen uns doch schon, Leon. Heute Vormittag hab ich dich und deine Kumpels vom Grundstück geworfen, erinnerst du dich?«

Leon trank auch einen Schluck. Die Cola war schön kalt und schmeckte. Er wagte einen Blick in die Ecke des Schreibtischs des Kommissars, in der Fotos lagen. Die Nachbarin auf dem Rasen.

Das Gesicht mit den starren Augen. Der nackte, seltsam verdrehte Körper. Leon blickte schnell wieder weg. Sein Alptraum stieg wieder hoch. Maria in Weiß mit dem vielen Blut auf dem Kleid.

»Ist die Frau denn wirklich tot?« Er schlang die Arme um den Oberkörper und schaukelte leicht hin und her.

Der Kommissar nickte. »Und deshalb bist du so wichtig. Du bist doch gekommen, um mir was zu sagen.«

Eigentlich war es Rolf gewesen, der ihm gesagt hatte, er müsste zur Kripo gehen. Leon kaute an seinen Nägeln. Aber sich jetzt hinter seinem Trainer zu verstecken, wäre zu jämmerlich.

»Vielleicht konntest du Freitagabend nicht schlafen und hast aus deinem Fenster geguckt. Oder warst nochmal draußen, ist doch nicht schlimm. Wichtig ist, was du gesehen hast.«

Leon nickte. Dass er nicht geschlafen hatte, konnte er ja zugeben. »Ich bin ein bisschen die Straße auf und ab und da hab ich plötzlich gehört, wie die Schauspielerin sich mit ihrem Mann gestritten hat, draußen auf der Terrasse.«

»Worum ging es bei dem Streit?«

»Ich glaube, der Mann hat keine Arbeit, er ist oft zu Hause, und die Frau fährt immer weg mit ihrem BMW. Vielleicht hat ihn das genervt.« Leon versuchte, den Gesichtsausdruck des Kommissars zu erfassen. Vielleicht hatte der jetzt schon genug gehört.

»Die Nachbarn haben sich also öfter gestritten?«

»Oft und ganz laut. Einmal hat's auch gescheppert. Meine Mutter hat die Polizei geholt, weil sie glaubte, der Mann tut der Frau was.«

Der Kommissar haute in die Tastatur, und Leon fühlte sich erleichtert. Es war ja gar nicht so schlimm.

»Hast du denn in der Nacht von Samstag auf Sonntag konkret was gehört?«

»Nicht richtig. Der Mann hat was von einem Film geschrien,

und die Frau hat zurückgeschrien, dass er sich das abschminken kann.«

»Haben sie sich auch geschlagen?«

»Ich glaube, die Frau hat dem Mann 'ne Ohrfeige gegeben«, sagte Leon leise und räusperte sich.

»Was hat der Mann gemacht?«

»Weiß nicht. Hab nicht mehr hingeguckt.« Das war so schnell raus, dass er unmöglich zurück konnte. Leon stützte die Unterarme auf die Schenkel und starrte aufs Linoleum.

Schon stand der Kommissar auf, trat auf ihn zu, legte ihm die Hände auf die Schultern, so dass Leon nach oben gucken musste.

»Leon, du bist vielleicht der Letzte, der Sophie noch lebend gesehen hat. Denk nochmal scharf nach.«

Leon stöhnte. »Ach ja ...« Er tat, als falle ihm erst jetzt wieder etwas ein. »Nach der Ohrfeige, da ist der Mann ins Haus gerannt, und als er wieder rauskommt, da hat er was in der Hand ...« Er schluckte, hatte plötzlich einen Kloß im Hals, fehlte noch, dass er gleich losheulte. »Mehr weiß ich nicht.« Er sprang hoch und rannte zur Tür.

»Bleib stehen«, donnerte die Stimme des Kommissars. »Du willst doch wohl nicht, dass dein Trainer sieht, wie du abhaust?«

Leon blieb stehen, die Klinke in der Hand.

»Weißt du, was cool ist? Ein wichtiger Zeuge zu sein, der einzige Tatzeuge.« Der Kommissar kam jetzt auf ihn zu. Er zog ein wenig sein Bein nach. »Leon, wir beide sind Sportler. Du bist Fußballer. Ich war mal Handballer. In der Nationalmannschaft.«

Leon merkte, dass er den Mann anstarrte, dann pfiff er leise und anerkennend.

»Dann hatte ich einen Unfall und seitdem hinke ich ein bisschen.« Der Kommissar griff seinen Arm und führte ihn zurück zu seinem Stuhl. Leon wehrte sich nicht.

»Du hast also Sophie Graf und einen Mann auf der Terrasse

streiten gehört, und dann hatte der Mann was in der Hand. Was war das?«

»Verdammt, wär ich nur zu Hause geblieben«, stieß Leon hervor und senkte den Kopf. »Es ging um Maria.«

»Deine Freundin?«

Leon nickte und lächelte.

»Als ich so alt war wie du, da hab ich für die Liese geschwärmt. Die war schon sechzehn und arbeitete beim Bauern nebenan. Ich hab immer zugeguckt, wenn sie ihre Unterwäsche auf die Leine gehängt hat. Mal hat sie mir über die Schulter zugelächelt.« Der Kommissar lehnte sich zurück und lächelte auch. »Also das mit Maria muss ja nicht unbedingt in die Akte.«

»Sie ist nicht gekommen«, sagte Leon barsch, obwohl er traurig darüber war. Aber morgen würde er sie ja wiedersehen.

»Und als du auf Maria gewartet hast, was hast du da gesehen?«

Leon schlang die Finger ineinander. »Als die Frau ihm die Ohrfeige gegeben hat, da hat der Brandt eine Flasche geholt und damit hat er der Frau auf den Kopf geschlagen.«

Es war raus. Leon hörte, wie der Kommissar hörbar die Luft einsog. »Leon, was du gesagt hast, passt genau zu der Scherbe, die wir auf der Terrasse gefunden haben. Und wie ging's weiter?«

»Die Frau hat geschrien, es klang ziemlich schrecklich, und dann ist sie die Treppe runtergefallen.«

»Gestolpert?«

Leon zuckte heftig mit den Schultern. »Ich denke schon. Wie denn sonst?«

»Vielleicht war der Mann so wütend, dass er ihr einen Schubs gegeben hat?«

Leon senkte den Kopf und schwieg. Eigentlich war der Brandt ganz nett. Hatte ein paarmal mit ihm auf dem Rasen gekickt und gratuliert, als er Mannschaftskapitän wurde. Aber die Frau war immer rumgelaufen, als würde sie einen gar nicht sehen.

»Mann, Leon, würdest du als Fußballer jemanden foulen?«

Leon schüttelte den Kopf, hob ihn aber nicht. »Es ging so schnell, und die Frau hat den Mann mit Fäusten geschlagen.«

»Leon, du bist mein einziger Helfer. Wenn der Mann die Frau wirklich die Treppe runtergestoßen hat, ist er ein Verbrecher. Willst du so jemand schützen?«

Leon rieb seinen Finger an der Nase. Er wollte nichts Schlimmes über den Mann sagen. Aber wenn der wirklich ausgerastet war, musste er dann nicht bestraft werden? »Kann ich dann gehen? Sagen Sie nichts meinen Eltern?«

Der Kommissar nickte. »Ich versuch's. Kann aber sein, dass der Richter dich hören will. Aber bis dahin ist noch viel Zeit.«

»Also, der Mann hat die Hände um den Hals der Frau getan und zugedrückt, und dann hat er ihr einen Schubs gegeben, und sie ist die Treppe runter.« Leon merkte, dass er immer schneller sprach. Jetzt würde er endlich seine Ruhe haben.

»Bist du zu der Frau hingegangen, nachdem sie die Treppe runtergefallen war?« Der Kommissar sah Leon misstrauisch an.

Leon merkte, dass sein Kinn zitterte. »Nein, ich hatte so Angst vor dem Mann.«

»Du bist dann nach Hause gegangen?«

»Ich hab erst gewartet, bis der Mann mit seinem Rennrad weg war.«

Der Kommissar nickte. »Warum hast du nicht die Polizei gerufen?«, fragte er freundlich.

»Wie denn?« Leon schüttelte heftig den Kopf. »Durfte doch niemand wissen, dass ich nachts draußen war. Außerdem hatte ich mein I-Phone nicht dabei.« Er schluchzte auf und schämte sich für seine Lüge.

»Und als der Mann nochmal umgedreht ist, dachte ich, jetzt holt er mich. Da bin ich nach Hause gerannt.«

»Leon, letzte Frage.« Der Kommissar hieb leicht mit der Faust gegen sein Knie. »Bist du sicher, dass der Mann dein Nachbar war, Daniel Brandt?«

»Wer soll's denn sonst gewesen sein?« Leon zuckte hilflos mit den Schultern. »Er hatte so ein schwarzes Cap auf, als er wegfuhr, so was trägt der Brandt immer. Und es war sein Rennrad.«

Der Kommissar stand auf und streckte ihm die Hand hin. Leon nahm sie zögernd und ging dann hinaus in den Eingangsbereich.

Er straffte sich, als Rolf ihm entgegenkam. Ich bin ein wichtiger Zeuge, dachte Leon, der einzige. Das ist so eine Ehre wie Kapitän zu sein. Aber was wäre, wenn Brandt ihn erkannt hätte? Der war ja auf seinem Fahrrad nochmal zurückgekommen und an ihm vorbeigefahren, in die andere Richtung. War er als einziger Zeuge in großer Gefahr?

14

»Liebe Filmbegeisterte, meine Damen und Herren von der Presse, liebe Freunde, hätten wir unter dem Eindruck der tragischen Nachricht vom Tod unserer geschätzten Kollegin Sophie Graf, die uns heute ereilte, diese Premierenfeier ausfallen lassen sollen?«

Der Produzent, ein älterer Mann im Nadelstreifenanzug mit Weste und weißen, hinten zusammengebundenen Haaren stand am Rednerpult. Er sprach bedächtig, als ringe er mit seinen Gefühlen. »Wir haben uns entschlossen, die Premiere des Debütfilms unserer Nachwuchstalente nicht ausfallen zu lassen. Die Studenten der Filmuniversität Babelsberg Konrad Wolf haben mit Hingabe an diesem Projekt gearbeitet und sollen daher die Früchte auch ernten.«

Jetzt kamen der Hauptdarsteller, ein junger Mann mit schwarzem Zopf, und der Regisseur, ein Typ mit schütterem Haar und runder Brille, auf die Bühne und verneigten sich.

»Ich bin glücklich, Ihnen Pepe Fernandez und seinen Diplomfilm *Der Friseur* im Fach Regie vorstellen zu dürfen. Sascha Demitrache, unser Hauptdarsteller, studiert im sechsten Semester Schauspiel an der Universität der Künste in Berlin.«

Verena Starke applaudierte mit den anderen Gästen. In ihre Bemühungen, ins Babelsberger Filmmilieu einzutauchen, war ihr die Einladung an Abraham & Partner zur Premierenfeier gerade recht in die Kanzlei geflattert.

Kameramann und Journalisten gingen um die Bühne herum, filmten und fotografierten, während der Redner aus dem Lebenslauf der jungen Talente erzählte und in seinen Schlussworten sagte: »Diese Feier wird Raum lassen für ein Gedenken an Sophie. Es liegt ein Kondolenzbuch aus. Statt Blumen können Sie auf ein spezielles Konto Geld für ein Tierheim spenden, das Sophie am Herzen lag.«

Ein riesiges Schwarzweißporträt der toten Schauspielerin wurde eingeblendet. Die Premierengäste erhoben sich von ihren Sesseln. Viele trugen Schwarz. Für kurze Zeit wurde es still.

Dann begann der Debütfilm über den Romajungen Tassilo, der als Sechzehnjähriger nach Deutschland kommt, eine Friseurlehre macht und abstrakte Ölbilder malt. Bald hat der freundliche, geschickte Junge dankbare Kundschaft, vor allem ältere, wohlhabende Damen kaufen seine Bilder. Eine zieht ihn scheinbar in ihr Vertrauen und in ihre Nähe. Tassilo beobachtet die Umgangsformen und Rituale der Oberschicht, die ihm fremd bleiben, und er bemerkt zu spät, dass die Frau, die er liebt, ihn als Spielball missbraucht. Die schmerzhafte Erkenntnis treibt ihn zu einer Verzweiflungstat …

Nach der Veranstaltung folgte Verena einem Paar in den Festsaal. Eine große, blonde Frau in gestuftem schwarzen Seidenrock, der Mann älter und nur wenig größer, mit graumeliertem Haar, das unter einem Hut hervorquoll. Sie durchschritten eingehakt den Gang, der vom Filmtheater zur Gastronomie führte, blieben ab und an stehen, betrachteten die riesigen Plakate mit den bunten abstrakten Malereien aus *Der Friseur*, die passend zur Filmpremiere an den Wänden hingen. Farbkleckse, schlingernde vielfarbige Striche.

»Dieses Spannungsverhältnis zwischen den Farben …«, hörte Verena den Mann sagen und die Frau nickte.

Durch eine weit geöffnete Flügeltür drangen Stimmen. Unterschiedliche Parfüms mischten sich. Plötzlich traf Verena schräges Licht, blendete sie, so dass sie die Augen schloss.

»Mensch, mach aus«, schrie jemand, und dann war der Strahl weg. Mehrere junge Männer trugen Kameras, montierten Scheinwerfer.

»Endlich kommen Sie«, sagte ein junger Mann, der eine digitale Kamera in Händen hielt. »Sender Berlin-Brandenburg, gleich geht's los.«

Verena zuckte zusammen. War etwa die Festnahme Brandts schon in den Medien angelangt?

»Oder sind Sie nicht die Kulturredakteurin?«

»Nein, ich bin …«

Der etwas entfernt stehende Tonmann, der einen Stab mit einem Mikrofon hielt, machte eine Armbewegung zu einer Frau in Lila, die gerade durch die Flügeltür kam. Der Kameramann ließ Verena grußlos stehen.

Verena ging weiter, stellte sich zu einer Gruppe junger Leute in bunten Klamotten, die abwechselnd deutsch und amerikanisch sprachen.

»Bitte, meine Dame.« Ein junger Kellner hielt ihr ein Tablett mit Sekt und Saft hin.

»Bitte.« Anderes Tablett. Pastetchen, Käsekugeln, winzige

Bouletten. Verena nahm ein Häppchen, wälzte Crème fraiche und Thunfisch im Mund. Sie drängte sich durch die Leute, auf der Suche nach einem guten Platz zum Beobachten.

An der hinteren Wand stand ein mit einem schwarzen Tuch bedeckter Tisch, darauf ein schöner silberner Standrahmen mit einem Foto von Sophie Graf. Jung und nahezu ungeschminkt wirkte sie und blickte in die Ferne. Wahrscheinlich eine Filmaufnahme, dachte Verena, und spürte Mitgefühl, dass diese Frau so grausam sterben musste. Sie blickte ins Kondolenzbuch, erkannte ein paar Namen von Schauspielern, überlegte, ob sie sich auch eintragen sollte, aber es erschien ihr als Rechtsanwältin des Mordverdächtigen doch unpassend.

An der gegenüberliegenden Wand hing ein riesiges Filmplakat mit dem Titel *Der Friseur*. Daneben zeigte ein Foto den jungen Regisseur und den Hauptdarsteller, jeder hatte seinen Arm um die Schulter des anderen gelegt. Davor stand eine Frau in Giftgrün, die ein Stativ hielt und Fotos von sich und den hinter ihr stehenden Leuten machte.

Verena hatte einen unangenehmen Thunfischgeschmack im Mund, spülte mit einem Schluck Sekt nach. Da stieß jemand sie von hinten an, Sekt ergoss sich über ihr Kleid.

»Entschuldigung.«

Sie drehte sich um.

»Oh, nochmals Entschuldigung, schöne Frauen rempele ich äußerst ungern an.« Es war der elegante Mann mit Hut, der vor ihr in den Festsaal gegangen war. Seine blonde Begleiterin schien sich woanders zu unterhalten. »Ein neues Gesicht, wie interessant. Ich bin Benjamin Simon, Regisseur.«

»Verena Starke von der Anwaltskanzlei Abraham aus München.« Sie reckte sich auf ihren hochhackigen Schuhen. »Ich bin vor kurzem hergezogen.« Er schien erstaunt, so dass sie hinzufügte: »Auch knöcherne Juristen bewegen sich gern mal unter Filmern.«

»Sie möchten sicher tauschen?«

»Wie bitte?«

»Na, ein volles Glas gegen ein leeres.« Simon lächelte. »Ich bin schuld, ich habe Sie angerempelt. Bin gleich wieder da.«

Während der Regisseur Sekt holte, blickte Verena sich um. Es war hier anders als auf den wenigen Anwaltspartys, die sie mit Klaus in München besucht hatte. Unkonventioneller, internationaler. Eine rothaarige Frau in einem schwarzen, asymmetrisch geschnittenen Kleid, das auf einer Schulter von einer Brosche gehalten wurde, rauschte vorbei. Verena kannte das Gesicht aus dem Fernsehen, eine Moderatorin. Gleich darauf eine Frau in Quittegelb, unbestimmbares Alter, dünn, fast ausgemergelt, Haare zu einem Riesenknoten straff nach hinten.

»Da bin ich wieder.« Simon überreichte mit Grandezza ein volles Glas.

»Können Sie mir sagen, wen ich kennen müsste?«, fragte Verena. Dass sie auf die Premierenfeier ging, um die Filmleute zu beobachten, brauchte der Mann ja nicht zu wissen.

»Sascha Demitrache, den Hauptdarsteller, haben Sie ja im Film schon kennengelernt.« Der Regisseur deutete auf den schmalen dunkelhaarigen Mann, der von einer Gruppe ihn bewundernder Frauen umgeben war und es schaffte, gleichzeitig in die Runde zu lächeln und aus den Augenwinkeln den Raum zu durchforsten. Plötzlich drehte er ab und stürzte sich nahezu in die Arme der Frau in Lila. »Tanja Schweickhardt, die Kulturtante«, sagte Simon.

Verena betrachtete die nicht mehr ganz junge Kulturredakteurin, die ein wie festgeschraubt wirkendes Feiergesicht aufgesetzt hatte.

Sie sprach konzentriert mit dem jungen Star, ohne sich ständig umzublicken, dann nickte sie ihm zu und verschwand in der Menge.

»Wie gefällt Ihnen die Idee mit den Plakaten?«, fragte Simon.

An der Wand direkt vor ihnen hing das Foto einer Farbexplosion in Feuergelb, dann dunkler, dann Grau, Schwarz. Glut erstarrt zu Lava. »Eine gute Idee, passend zum Film. Wer hat die Vorlagen gemalt?«

»Ein Meisterschüler der Universität der Künste.« Der Regisseur fuhr sich langsam mit der Hand durchs schwarz-silbern glänzende Haar und plauderte über die Entstehung des Films.

Verena war es sehr recht, dass dieser charmante Mann sich in ihrer Gesellschaft offensichtlich wohl fühlte. Seine blonde Begleiterin unterhielt sich inzwischen ein Stück entfernt mit der Frau mit dem dicken Haarknoten. Ob der Regisseur und sie wohl ein Paar waren?

»Wir alle haben überlegt, ob wir diese Feier stattfinden lassen sollen nach …«, er räusperte sich, »… diesem furchtbaren Ereignis. Aber die Vorbereitungen waren abgeschlossen, die Gäste zum Teil angereist.«

Verena nickte und überlegte, ob sie etwas zum Tod der Sophie Graf sagen sollte. Keinesfalls wollte sie diesem Mann sagen, dass der mordverdächtige Ehemann ihr Mandant war.

»In den Nachrichten wurde gemeldet, dass sie den Ehemann festgenommen haben.«

»Ah, ja?« Sie zwang sich, nicht an ihre Haare zu fassen, die sie heute Abend hochgesteckt trug.

»Armer Kerl, so ein ehemaliger Drehbuchautor. Soll vom Geld seiner Frau gelebt haben.«

Ehe Verena etwas darauf sagen konnte, erschien Simons blonde Begleiterin. Mit ihr ein blumenhaftes Parfüm.

»Na ja, Geld hat er jetzt ja genug, der Brandt. Aber ob er noch was damit anfangen kann?« Simon lächelte schmerzlich.

Die Blonde nickte Verena kurz zu und zog ihn mit sanfter Gewalt weg.

»Pflichten«, sagte Simon und gab seinem Gesicht gekonnt eine genervte Attitüde. »Vielleicht setzen wir unser Gespräch bei Gelegenheit fort.« Er steckte ihr heimlich einen Zettel zu.

Montag, 31. August

1

Mehrere Filmleute standen in einer Außenkulisse herum, die ein nachgebautes Café mit davorstehenden Bistromöbeln zeigte, aber die Atmosphäre war alles andere als gemütlich. Die Leute sprachen gedämpft miteinander, in ihren Gesichtern stand Schreck, Ungläubigkeit, Ratlosigkeit geschrieben. Ein Wagen mit technischem Equipment fuhr langsam durch die fürs Set gebaute Straße, aber die Leute traten nur wie in Zeitlupe beiseite, als seien sie alle geistesabwesend.

Wolff hatte herausbekommen, dass sie zu dem Team des Filmprojekts gehörten, in dem Sophie Graf die weibliche Hauptrolle gespielt hatte. Er suchte in seiner Jackentasche nach dem Zettel, den ihm Katja noch zugesteckt hatte, und fand ihn endlich zwischen zerknitterten Geldscheinen, seinem Kompass noch aus NVA-Zeiten und seinem Schweizer Taschenmesser, ursprünglich ein Reiseandenken, das er immer bei sich führte. *Und du bist raus!* Die Graf hatte in dem Film eine Sozialarbeiterin gespielt, die ein Heim für benachteiligte Kinder betreibt, hatte Katja noch hinzugefügt, und an ihren heruntergezogenen Mundwinkeln hatte Wolff gesehen, dass sie die Schauspielerin für eine Fehlbesetzung hielt.

»Kriminalhauptkommissar Wolff.« Er trat auf die Leute zu und stellte sich direkt in die Mitte. »Sie wissen, warum ich hier bin.«

»Wir haben es aus den Nachrichten erfahren.« Ein junger kräftiger Mann mit kurzen, pechschwarzen Haaren trat auf Wolff zu. »Ole Peters, Aufnahmeleiter.« Er trug eine Cargo-Hose mit vielen ausgebeulten Taschen, in denen ein Skript mit angeklemmtem Kugelschreiber steckte, außerdem ein Clipboard und ein Handy. An einer Metallkette um den Hals hing ein Sendegerät. Am Unterarm hatte er eine sich ringelnde Schlange tätowiert.

»Können wir allein sprechen?«

Peters machte eine Handbewegung, woraufhin die Gruppe sich leise murrend und langsam auflöste. Er selbst nahm Platz auf einem zierlichen Bistrostuhl vor der mediterranen Kulisse des Cafés. Alles aus Pappmaschee, wie Wolff bei seinem ersten Rundgang gesehen hatte. Die Front hinten wurde von einem mächtigen Gerüst aus Stahlträgern mit Holzbalken abgestützt.

»Es ist ein Drama«, sagte Peters, und Wolff war sich nicht sicher, ob er den Tod der Sophie Graf meinte oder das Problem, das Ableben der Hauptdarstellerin dramaturgisch in die Filmproduktion einzubauen.

»Wann haben Sie Frau Graf das letzte Mal gesehen?«

»Freitagabend, 18.47 Uhr.« Der Aufnahmeleiter lachte unecht. »Was soll die Frage? 18.30 Uhr war Drehschluss.«

»Ist Ihnen am Freitag was aufgefallen?«

Peters blickte ihn in einer Art an, als würde er gern mit dem Kommissar reden, wenn nur Zeit dafür wäre. »Wissen Sie, wie's hier zugeht? Zeitdruck, Geldmangel und immer die Tagesplanung im Kopf.« Der Aufnahmeleiter holte aus seiner Cargo-Hose mehrere aneinandergeheftete Seiten hervor. »Die Dispo für heute, also, das wäre sie gewesen, wenn wir mit der Graf weitergedreht hätten. So herumsitzen wie jetzt kostet 'ne Menge Geld.«

Wolff blickte auf die Blätter. Sie waren handgeschrieben und mit zahlreichen Streichungen, Sternchen und Verweisen versehen. »Ist das so 'ne Art Ablaufplan?«

»Es muss einen genauen Plan geben, wer wann wo was machen muss.«

»Und so 'ne Dispo gibt's für jeden Drehtag?«

»Natürlich. Können Sie im Büro einsehen.«

Wolff holte sein Handy hervor und wählte Katjas Nummer. Die Kollegin trieb sich in der Verwaltung der Filmstudios Babelsberg herum, während Sven in der Direktion dabei war, die Tatortbesichtigung in sein akademisches Polizeideutsch zu gießen.

»Es gibt diese Dispo-Listen«, sagte Wolff ohne langes Geplänkel zu Katja. Vielleicht würden die Dinger helfen, die Abläufe im fremden Filmgeschäft nachzuvollziehen. »Nimm sie mal mit.«

Statt einer Antwort kam ein genervtes Stöhnen: ›Bin doch nich blöd.‹

Wolff nahm sich die Dispo für heute. Oben standen alle Beteiligten für den Drehtag: Regisseur, Aufnahmeleiter, Darsteller, Skript, Beleuchter, Techniker, Maskenbildner etc. und daneben Angaben zu Motiv, Drehort, Wetter. Insgesamt einundzwanzig Leute, aber keiner der Namen sagte ihm irgendetwas. Dann folgte der genaue Ablaufplan. Sophie Graf, Eintreffen 6.30 Uhr, Maske, Garderobe bis 7.45 Uhr, 8.00 Uhr Drehbeginn, Pause 10.30 Uhr, Drehende 18.00 Uhr, Arbeitsende 18.30 Uhr. Bei ihrer letzten Szene ab 16.00 Uhr stand: ›Draußen vor Kinderheim. Streit mit Inhaber des benachbarten Hotels wegen Bierklau durch Heimkinder.‹ Ein weiterer Schauspieler namens Armin Thorwald war aufgeführt.

»Gibt es von diesen Leuten jemanden, der Sophie Graf gekannt hat, ich meine privat?« Wolff deutete auf die vielen Namen.

Der Aufnahmeleiter runzelte die Stirn. »Freundschaften sind am Set selten. Wir treffen uns für ein Projekt, arbeiten intensiv für eine kurze Zeit zusammen, dann geht alles auseinander, und man trifft sich allenfalls nach längerer Zeit für ein neues Projekt.«

Wolff nickte, so ähnlich anonym hatte er sich das auch vorgestellt.

»Halt, mir fällt was ein. Die Graf hat immer auf Ivana Stankovic, die Maskenbildnerin, bestanden. Die hat so ’ne esoterische Art, ich meine, sie hat ’ne Ausbildung bei einem, na, wie heißen die gleich …« Peters räusperte sich. »Ach so, bei ’nem Schamanen gemacht. Oder war es Buddhismus in Tibet? Weiß nicht genau. Jedenfalls konnte die Graf sich ausquatschen. Bei der hat die Maske mindestens ’ne Stunde gedauert.«

Wolff ließ sich von Peters die Einsatzzeiten von Ivana Stankovic geben. Wenn die Graf entspannt dagelegen hatte, dann konnte so ’ne Seelenhirtin sicherlich allerhand erfahren. Er war ja auch über jede Facette der dramatischen Liebe seiner Friseuse informiert.

»Fällt Ihnen noch was zu Frau Graf ein?«

»Na, sie führte Verhandlungen über ’ne deutsch-italienische Koproduktion für einen Spielfilm.«

»Als Schauspielerin?«

Der junge Mann sah ihn an, als denke er zu langsam.

»Eine Koproduktion bedeutet, dass Sophie sich selbst beteiligen wollte, das heißt, sie ging voll ins wirtschaftliche Risiko.«

»Soll der Film *Bestes Mädchen* heißen?«, fragte Wolff unbeirrt weiter.

»Ja, ich glaube, um diesen Film geht es«, antwortete Peters.

»Wo kann ich was über das Projekt erfahren?«

»ASTRA-Filmproduktion. Und dann gibt’s noch ’nen weiteren Geldgeber. Italiener. Gerardo Orlandi.«

In diesem Augenblick lief ein mittelgroßer Mann mit schwarzer Sonnenbrille zielstrebig auf sie zu. Seine graumelierten Haare rollten sich im Nacken, er trug dunkelrote enge Jeans, einen schwarzen Pullover mit V-Ausschnitt und hatte einen rot-schwarz gemusterten Seidenschal lose umgelegt.

Ehe Wolff seine Marke zeigen konnte, sagte der Mann: »Benjamin Simon. Ich bin Regisseur.« Er nahm seine Sonnenbrille ab und streckte Wolff die Hand hin. »Furchtbare Geschichte, das mit Sophie. Haben Sie schon was rausbekommen?« Sein schmales Gesicht mit grünbraunen Augen unter dichten Augenbrauen wurde durch die mahlenden Bewegungen seines Unterkiefers entstellt.

Wolff erwiderte den Händedruck. Sollte er diesen Regisseur jetzt gleich vernehmen oder ihn für später einbestellen? »Wir stehen erst am Beginn der Ermittlungen«, sagte er knapp. »Sind Sie der Regisseur in dem laufenden Filmprojekt?«

»Gott bewahre. Sonst könnte ich mir einen Strick nehmen. Fast abgedreht, nur die letzte Szene fällt aus. Muss sich das Drehbuch was einfallen lassen. Vielleicht lassen sie die Hauptdarstellerin zur Seite bringen, weil ihr Heim auf Spekulationsgelände steht.« Er lachte hektisch.

»Haben Sie einen Tipp für mich?«

»Puh.« Simon blies Luft aus. »Wir hier sind alle Freunde, wenigstens solange das Projekt dauert. Hier streitet niemand offen, hier wird gelächelt und geküsst. Wir sind aufeinander angewiesen.«

»Sie meinen, ich sollte meine Ermittlungen am Set einstellen?«, fragte Wolff provokant. Ihm ging dieses ›Wir sind eine große Familie, solange das Projekt dauert‹ auf den Geist. Die Zahl der Leute, die die Graf oberflächlich gekannt hatten, würde immer größer werden, und was Konkretes wusste niemand.

»Ermitteln Sie hier ruhig, Herr Kommissar, das ist ja Ihre Arbeit«, gab Simon ebenso scharf zurück. »Ich wollte nur sagen, dass niemand im Team jemand anderen umbringen würde. Wir alle leben unter einer großen Glocke. Projekt, Zeit, Geld, das Beste geben, um wieder dabei zu sein. Abends nach dem Dreh sind wir fix und fertig und morgens um sieben geht's wieder los.« Simons I-Phone läutete. »Ja, schon unterwegs. Die Produktion.«

»Geben Sie mir Ihre Karte, falls ich noch Fragen habe.«

Der Regisseur schaute ihn ungläubig an. »Ich weiß nicht mehr, als ich gesagt habe. Sie entschuldigen mich, bin in Eile.«

Er warf seinen rot-schwarzen Schal mit Wucht um den Hals.

Wolff baute sich vor dem aufgebrachten Simon auf und bellte: »Hier schreibe ich das Drehbuch, klar?«

Der Regisseur hielt inne und blickte ihn verwundert an. »Tss, tss, Sie haben ja schauspielerisches Talent.«

»Aber nur als Held.«

»Okay.« Simon zog eine Visitenkarte hervor und reichte sie Wolff. »Und weiter geht's.« Er ballte die Faust, streckte sie in die Höhe und warf ein schelmisches Lächeln in die Runde. Der Aufnahmeleiter verzog keine Miene.

»Ist Simon ein bekannter Regisseur?«, fragte Wolff und blickte dem forteilenden Mann hinterher.

Peters rang theatralisch die Hände. »Sie hatten noch nie einen Fall am Set?«

Wolff fand, dass ihn das nichts anging, aber er wollte seinen Zeugen nicht verprellen. »Zum Glück nicht. Also erzählen Sie mir kurz was über die Produktionen von diesem Simon.«

»Er ist nicht Produzent. Er ist Regisseur. Und weil ich selbst nicht Regie führe und kein Regisseur mithört, sage ich mal: ein richtig Guter.« Peters lächelte schelmisch. »Hat von der Pike auf gelernt. Im Fernsehen hat er fast alles gemacht, angefangen mit Reality-Shows der billigsten Sorte, also etwa: Junge Frau wird konfrontiert mit ihrem Vergewaltiger, der gerade aus dem Knast entlassen worden ist. Dann Vorabendserien und Quizsendungen, danach war er gut genug für Fernsehfilme, auch TV-Movie genannt. Hat auch schon den deutschen Regiepreis bekommen. Leider hat er mit 'nem Kinofilm einen Flop hingelegt. Zu künstlerisch, kam nicht an. Das gab einen Knick. Beim nächsten Filmprojekt wird's schwieriger, Geld aufzutreiben.«

»Also ist Kino der Gipfel der Kunst?«

Peters faltete seine Dispo-Zettel zusammen. »Fernsehen und Kino sind unterschiedliche Medien«, sagte er sanft. »Alle Schauspieler und natürlich auch alle Regisseure wollen neben Fernsehen auch Kino machen. Da geht's richtig um Erfolg, um Preise. Und um Geld, natürlich.«

»Natürlich. Und die Frau Graf hat schon mal in einem Spielfilm mitgemacht?«

»Sie hat mehrere Hauptrollen gespielt.« Peters stand auf. »Schauen Sie auf ihre Website.« Er warf einen Blick auf sein Smartphone. »Lange geredet. Ist ja zum Glück nicht mein Geld.«

»Ich würde die Befragung in die Dispo-Liste einstellen.« Wolff zog grinsend ein zerknittertes Formular aus seiner Tasche. »Hier, Zeugenentschädigung. Vielleicht können Sie ein paar Euro für die Produktion rausholen.«

»Machen Sie sich nur lustig«, sagte Peters halb scherzhaft. »Warum hat denn die Sophie nach den Sternen gegriffen? Hauptdarstellerin in einem Kinofilm, das reichte ihr nicht. Auch noch Koproduzentin. Und vielleicht noch Regisseurin, wie es heute so Mode ist.« Er zerknüllte das Formular und warf es auf den Boden.

»Ich drücke die Daumen für die letzte Szene«, sagte Wolff.

2

Nach der Befragung des Aufnahmeleiters ging Wolff zur Mensa der Filmuniversität Babelsberg Konrad Wolf. Er hatte Hunger, und Zeit für ein zweites Frühstück war allemal. Die Mensa lag in einem mächtigen Bau aus Glas und Stahl mit einem gezackten Dach, dessen zurückgesetzter Eingangsbereich durch buntgestrichene, teils gerade und teils schräg stehende Säulen verziert wurde, die ihn an riesige Mikado-Stäbe erinnerten.

Als er gerade mit seinem in Folie verpackten Schinkenbrötchen auf einen Tisch in der Ecke zusteuerte, hörte er eine Frauenstimme: »U-w-e!« Da sah er Katja Eickelbaum mitten in einer Gruppe von Studenten sitzen und sich unterhalten. Vor sich ausgebreitet hatte die Kollegin mehrere Zettel, die ihn an die Dispo-Listen von Peters erinnerten, und ab und an schrieb sie etwas auf. Wolff, der froh war, einen Teil der Recherchearbeit der filmbegeisterten Katja übertragen zu haben, winkte ihr zu, strebte aber auf den von ihm ausgesuchten Tisch in der Ecke zu.

Die Halle, in der sich die Mensa befand, reichte über mehrere Stockwerke, an einer Seite fuhr ein gläserner Aufzug hoch und runter. Wolff legte den Kopf in den Nacken. An zwei Seiten befanden sich oben Galerien, hinter Glaswänden Büros und eine Bibliothek, soweit er es über die Entfernung erkennen konnte. Quer durchs Foyer war ein Banner mit der Aufschrift »Der Friseur« gespannt, das einen jungen, südländisch wirkenden Mann vor einer Staffelei mit einem Ölgemälde zeigte. Offensichtlich Werbung für eine Filmpremiere. Während er die essenden Filmstudenten betrachtete, überlegte er, ob es überhaupt Sinn ergab, im Team des letzten Films der Sophie Graf zu ermitteln, wo er doch seinen Hauptverdächtigen bereits eingebuchtet hatte. Aber man war ja objektiv, und solange der Beweis nicht geführt war, durfte er sich anderen Hinweisen nicht verschließen. Zumal eine dynamische Rechtsanwältin Verena Starke ihm gestern per Mail und zudem noch telefonisch mitgeteilt hatte, dass ihr Mandant Daniel Brandt unschuldig sei. Wolff schloss kurz die Augen, um sich klar zu werden, wie er in der ihm unbekannten Welt der Filmemacher, Filmbudgets, Ablaufpläne, Drehzeiten weitermachen sollte.

»Aufwachen Chef!« Die laute Stimme seiner Kollegin. Er machte die Augen wieder auf.

»Die haben mich vorhin im Büro vielleicht vollgetextet«, sagte Katja. »So ein Film kostet ein bis zehn Millionen, da kann man schon mal nervös werden, wenn das Budget alle ist, aber der Film nich fertig. Die Sekretärin hat mir dann noch 'ne Grafik in die Hand gedrückt, da stehen die vielen Arbeitsschritte von der ersten Idee bis zur Ausstrahlung drauf. Für Filmstudenten im ersten Semester.«

Katja setzte sich zu Wolff an den Tisch und zog aus ihrer großen roten Tasche einen Berg Papier heraus. »Hier eine Liste der Förderinstitutionen und Fernsehsender, die in Koproduktion Filme produzieren. Dann gibt's außerdem die Filmförderanstalt, da hab ich auch vorgesprochen. Die haben für *Bestes Mädchen* immerhin fünfzigtausend genehmigt.« Katja setzte sich in Positur und blickte rundum, als säße hier bewunderndes Publikum. Sie hatte anscheinend gestern Abend ihre Haare einer neuen Prozedur unterzogen. Die blonde Strähne zeigte sich heute in Rosa.

Wolff ging für sie beide einen Kaffee aus dem Automaten holen.

»Außerdem gibt's ASTRA-Filmproduktion«, sagte Wolff, als er mit zwei Plastikbechern wieder zurück war, »und einen Italiener namens Orlandi als Geldgeber. Und die tote Graf wollte nich nur die Hauptrolle spielen, sondern auch als Koproduzentin mitmischen.«

Katja fuhr mit ihrem langen, blau lackierten Fingernagel über ihre Aufzeichnungen. »Ach ja, 'ne Fernsehanstalt hat bei Sophies Projekt auch noch mitgemischt. Kino is nicht mal 'ne eigenständige Industrie, sondern ein reiner Subventionsbetrieb. Die Fernsehsender finanzieren die Kinofilme, die werden nach 'ner Sperrfrist dann im Fernsehen ausgestrahlt, und da geht's nur darum, was zur Primetime taugt«, fuhr Katja fort. »Und dieser Orlandi hat hier auf dem Filmgelände kein Büro. Is kein typischer Produzent, sondern hat sich nur aus Freundschaft zu unserer Sophie beteiligt.« Sie verdrehte die Augen.

Im Stillen zollte Wolff seiner Kollegin Anerkennung für das, was sie in der kurzen Zeit auf dem Studiogelände alles herausgefunden hatte. »Hast du rausgekriegt, wo man Orlandi finden könnte?«

»In 'ner Villa am Griebnitzsee. Da können wir ja mal einfallen.«

Katja erzählte noch eine ganze Weile, bis Wolff das dringende Bedürfnis hatte, das alles in Ruhe für sich einzuordnen.

»Ich will unbedingt noch zu dieser Konkurrenzschauspielerin, Marlene Burger«, sagte Katja. »Mit ihr und der Graf soll's jede Menge Zickenkrieg gegeben haben.« Sie zwinkerte und blies sich ihre rosa Haarsträhne aus der Stirn. »Die Burger soll hier zeitweise 'nen Wohnwagen haben, für die Drehpausen. Treffen wir uns in einer Dreiviertelstunde dort?«

Wolff wollte jetzt allein sein. Er stieg, als die kleine Besucherbahn vorbeikam, in einen der offenen blauen Wagen und ließ sich durchs Gelände kutschieren. Eine weibliche Konservenstimme erklärte ihm, dass hier außer der Filmuniversität Babelsberg Konrad Wolf, der Filmpark Babelsberg, das Sendezentrum des RBB sowie diverse Filmproduktionsfirmen ansässig waren, dass etwa zweitausend Menschen der Film- und Medienbranche hier arbeiteten und dass *Das Stauffenberg-Attentat* und andere große Hollywood-Produktionen hier gedreht worden waren.

Als er sich zu dem Wohnwagen der Schauspielerin Marlene Burger aufmachte, zeigte sein Smartphone eine neue E-Mail von Rechtsanwältin Starke: Sie wolle nur mitteilen, dass Daniel Brandt gleich dem Richter vorgeführt würde. Sie hoffe sehr, dass die Kripo zukünftig unschuldige Menschen nicht einfach einsperren würde.

Eine dynamische Person, dachte Wolf, erinnerte sich an die Aussage von Leon, die Sven gestern Abend noch beim Gericht eingeworfen hatte, und grinste. Mochte die Anwältin sich abarbeiten. An einer Aussage eines Augenzeugen, der Daniel Brandt als Täter erkannt hatte, würde sie nicht vorbeikommen.

3

Verena hatte sich sorgfältig geschminkt, damit ihre Wangen kein hektisches Rot zeigten. Gleich würde ihr Mandant dem Richter vorgeführt werden, so wie es das Gesetz spätestens für den Tag nach der polizeilichen Festnahme vorsah.

Daniel Brandt wurde von einem Polizeimeister hereingeführt, der seine dunkelblaue Jacke ordentlich zugeknöpft und den Binder hochgezogen hatte. Sein gemessener Schritt rief in Verena die Vorstellung hervor, dass es schon zur Urteilsverkündung ginge.

Brandt hatte sein T-Shirt gegen ein hellblaues, gebügeltes Hemd getauscht, was Verena wunderte. Jemand musste ihn mit frischen Sachen versorgt haben. Seine Arme waren vor dem Körper mit Handschellen gefesselt, eine Provokation fand sie.

»Könnten Sie ihm diese Dinger abnehmen?« Sie streckte sich in ihrem hellen Kostüm, um ein paar Zentimeter mehr Körpergröße herauszuholen und blickte den Polizeimeister durchdringend an.

»Er ist ja schon mal abgehauen.«

Brandt schnaufte und warf einen abschätzigen Blick auf den Polizisten. »Wenn der Richter kommt, werde ich sowieso freigelassen.«

»Sie lassen mich reden.« Verena trat auf ihren Mandanten zu und blickte ihm direkt in die Augen. Er erwiderte ihren Blick ruhig, und sie hatte das Gefühl, dass er sicher war, als freier Mann das Gebäude zu verlassen. Nach allem, was sie vorletzte Nacht über die Eheleute Graf/Brandt recherchiert hatte, war Verena sich da nicht so sicher.

Der Richter trat ein. Ein junger Mann, Anfänger in der juristischen Praxis, so wie sie auch.

Verena schloss kurz die Augen und konzentrierte sich. Hoffentlich war dieser Richter nicht von vornherein entschlossen, ihren Mandanten zu verhaften. Wäre erst ein Haftbefehl in der Welt, würde Brandt bereits wie ein Mörder dastehen.

»Guten Tag, ich eröffne den Termin, nehmen Sie bitte Platz«, sagte der Richter.

Aber Brandt blieb stehen, und ohne sich mit Verena zu verständigen, legte er los. »Hohes Gericht, ich werde um mein Recht kämpfen, und ich werde meine Unschuld beweisen.«

Der Polizeimeister blickte interessiert auf den aufgebrachten Beschuldigten, der jetzt die gefesselten Hände hob und sie anklagend hin- und herschwenkte.

Verena sprang auf und trat auf Brandt zu. »Sie reden jetzt nicht«, zischte sie mit strengem Blick und sagte zum Richter gewandt: »Ist es möglich, meinem Mandanten die Handschellen abzunehmen?«

Der Richter nickte, und der Polizist schloss wichtigtuerisch die Handschellen auf. Brandt schüttelte die Arme aus und blieb stehen.

»Mein Mandant ist empört über diese Behandlung und das mit Recht.«

Verena kehrte auf ihren Platz zurück.

Über den Zwang, den man Brandt angetan hatte, hatte sie vergessen, ihre Tasche auszupacken. Papier, Kugelschreiber, den Kommentar zur Strafprozessordnung. Trotzdem entschied sie sich dafür, nicht vor den Augen des Richters in ihrer Aktentasche herumzukramen, sondern aus dem Bauch heraus zu argumentieren. Die Einzelheiten kannte sie sowieso nicht, die fanden sich in der roten Akte, die der Richter vor sich liegen hatte.

»Herr Richter, ich beantrage die sofortige Freilassung meines Mandanten. Er hat seine Frau nicht getötet.«

Pause. Sie hatte es in einem Rhetorikkurs geübt, nach Kernsätzen wirkungsvolle Pausen zu machen, während ihre Gedanken nur so dahinflogen.

»Der Mörder ist ein anderer.« Eine kühne Behauptung, für die sie keinerlei Beweise hatte. »Herr Brandt war in der Todesnacht in seinem Haus am Seddiner See«, fuhr sie fort. »Er hält sich dort oft auf, weil er in Ruhe an seinem neuen Roman arbeiten will.«

»Die Nachbarin der Frau Graf hat von heftigen Ehestreitigkeiten gesprochen.« Der Richter blätterte in der roten Akte, wahrscheinlich seine Taktik, um die vehement auftretende Verteidigerin in Zaum zu halten. »Einmal gab es sogar einen Polizeieinsatz, weil Herr Brandt Geschirr zertrümmert hat.«

Verena schluckte und warf einen schnellen Blick zu Brandt, in der Hoffnung, dass er das bestreiten würde. Aber er saß jetzt still und blickte demonstrativ auf das Stück weiße Wand über dem Kopf des Richters.

»Herr Brandt hat gegenüber Herrn Kriminalhauptkommissar Wolff zugegeben, dass die Ehe am Ende war und seine Frau die Scheidung wollte.« Der Richter lehnte sich zurück und wippte ein wenig in seinem Sessel. Jetzt kam das, was Brandt ihr auch schon erzählt hatte: Sein Rückzug aus der Filmwelt seiner Frau, ihr Vermögen, ihre Absicht, ihr Testament zu ändern, der heftige Streit am Todesabend.

»Jede dritte Ehe wird geschieden, Herr Richter«, sagte Verena, »in Künstlerkreisen wahrscheinlich jede zweite, ganz zu schweigen von den Ehen, die nur noch auf dem Papier bestehen. Frau Graf stand während der Dreharbeiten unter großem Druck. Wo lässt man Druck heraus? Zu Hause natürlich.« Schweiß lief ihr von den Achseln den Körper herunter, es kitzelte, am liebsten hätte sie sich gekratzt. »Ich wiederhole: Herr Brandt war in der Todesnacht in seiner Schreibklause.«

»Dafür gibt es keinen Beweis«, sagte der Richter in lauter, genervter Stimmlage.

»Sammeln Sie Beweise dafür, dass Sie letzten Samstag einen Spaziergang gemacht haben?« Es blieb Verena nichts übrig, als zum Gegenangriff überzugehen. »Es entlastet meinen Mandanten sogar, dass er keine Beweise hat. Es wäre für ihn ein Leichtes gewesen, vor dem angeblichen Mord in Neuseddin zu tanken oder einzukaufen. Dann könnte er Ihnen einen Bon präsentieren.« Sie warf einen schnellen Blick zu Brandt, der nach wie vor mit versteinertem Gesicht dasaß.

»Weiter«, sagte der Richter und blickte Verena kühl an. »Was sagen Sie denn dazu, dass es einen Augenzeugen der Tat gibt?«

Diese Mitteilung traf Verena wie ein Keulenschlag. Sie war in der unangenehmen Lage, aus dem Nichts argumentieren zu müssen, während der Richter, den Stift in der Hand, den Polizeibericht durchging und abhakte.

»Könnten Sie mir den Polizeibericht vorlesen?«, fragte sie, während sie im Geist hektisch diese neue Erkenntnis wälzte, dass jemand ihren Mandanten beobachtet hatte.

Der Polizeimeister stand mit verschränkten Armen an der Tür und griente.

»Es gibt die Aussage eines Nachbarn. Leon Vogel war in der Nähe und hat einen heftigen Streit zwischen den Eheleuten Graf und Brandt mitbekommen, in dessen Verlauf Ihr Mandant mit einer Flasche auf Frau Graf einschlug, woraufhin sie die Treppe hinunterstürzte und zu Tode kam.«

Verena konnte ein Aufstöhnen nicht unterdrücken. Ehe sie sich sammelte, sprang Daniel Brandt hoch.

»Das kann nicht sein«, brüllte er. »Ich war in meiner Hütte. Leon irrt sich.«

Wütend auf den Richter, auf ihren Mandanten und diesen angeblichen Zeugen Leon entschloss Verena sich, einfach in ihrem Konzept weiterzumachen, um Zeit zum Denken zu gewinnen. »Wir haben auch Zeugen. Fragen Sie die Nachbarn, gehen Sie in den Dorfladen, in die Gaststätte.« Sie stützte die Fäuste auf den Tisch und fixierte den Richter. »Alle Menschen werden bestätigen, dass Herr Brandt am Tatabend dort gewesen ist.«

In die kurze Pause, die jetzt eintrat, ertönte ein Klopfen. Die Tür öffnete sich und ein Mann mit Brille trat ein. Ihm folgte ein dünnes junges Mädchen mit schwarzen, glatten Haaren, die ihr bis über die Schultern reichten. Sie trug ein dunkelgrünes kurzes Kleid in A-Linie.

»Entschuldigen Sie, Herr Richter, dass ich Ihren Termin störe«, sagte der Mann, blieb ein paar Schritte entfernt vom Richtertisch stehen und neigte höflich den Kopf. »Kommissar Noack von der Polizeidirektion Potsdam.«

»Geht es um den Mordfall Graf?«

»Ja. Ich habe eine Zeugin mitgebracht. Frau Angela Belling möchte etwas Wichtiges mitteilen.« Er blickte zu seiner Begleiterin, die unschlüssig herumstand und verlegen zu Brandt hinüberlächelte.

Verena ahnte, dass jetzt etwas eintreten würde, das dem Fall eine positive oder auch negative Wendung geben könnte. Ihr Mandant tat indes, als kenne er das junge Mädchen nicht.

Der Richter warf einen Blick auf die Uhr an der seitlichen Wand, und Verena vermutete, dass er den Termin gern schnell und mit einem Haftbefehl gegen Brandt abgeschlossen hätte. Sofort hakte sie ein, in der Hoffnung, dass die junge Frau tatsächlich für ihren Mandanten aussagen würde. »Ich beantrage die Vernehmung von Frau Belling.«

»Herr Brandt war es nicht«, rief die junge Frau spontan und warf einen Blick aus schwarzumrandeten Augen in die Runde, anscheinend unschlüssig, wer der richtige Empfänger dieser Erklärung wäre. Brandt blickte stur an die weiße Wand. Der Richter runzelte die Stirn, machte dann eine Handbewegung zu dem Zeugenstuhl vor der Barriere.

»Ich war am Samstag mit Herrn Brandt zusammen«, sagte Angela Belling und setzte sich auf den Zeugenstuhl. »Und zwar die ganze Nacht über.«

»Warum haben Sie mir das nicht vorher gesagt?«, fragte Verena aufgebracht, kaum dass sie mit ihrem Mandanten den Gerichtssaal verlassen hatte. Nach dem überraschenden Auftritt von Brandts junger Geliebter hatte der Richter keinen Haftbefehl erlassen. Das Alibi sei dünn, hatte er mit biestigem Blick auf das junge Mädchen gesagt, und werde überprüft werden.

»Ich wollte Angela nicht in die Sache mit hineinziehen. Sie ist noch sehr jung.«

»Sechzehn«, zischte Verena. Und Sie sind achtunddreißig, dachte sie, aber die Bemerkung verkniff sie sich gerade noch.

»Angela wird im Oktober siebzehn.«

Na und? Verena gab dem Linoleum einen Tritt mit der Schuhspitze. Ich ziehe mir nachts die dämliche Homepage der Sophie Graf rein, dachte sie, und der Richter fragt überhaupt nicht danach.

Am Ende des langen schmucklosen Flurs sah sie das hochgewachsene Mädchen stehen.

»Gehen Sie ruhig zu ihr, Sie sind ein freier Mann«, sagte Verena leise, aber deutlich, und fügte scharf hinzu: »Jedenfalls noch.«

Sie blieb stehen und beobachtete, wie Brandt ein paar Schritte auf das Mädchen zuging. Es wollte ihm um den Hals fallen, aber er wehrte ab und schob sie ein Stück von sich weg. Dann kehrten beide Verena den Rücken zu und besprachen etwas.

Verena fühlte Erleichterung, dass ihr Mandant erst mal frei war. Gleichzeitig ärgerte sie sich, dass nicht sie es gewesen war, die ihn hier herausgeholt hatte, sie ärgerte sich, dass sich Brandt mit einer außerehelichen Beziehung zu einem jungen Mädchen zwar zunächst ein Alibi verschafft, zugleich aber ein weiteres mögliches

Mordmotiv geschaffen hatte. Sie sah schon die Schlagzeile: »Blutjunge heimliche Geliebte sagt für Brandt aus: ›Er war bei mir.‹«

Jetzt kam der Polizeimeister vorbei und ließ noch einmal sein Schlüsselbund klirren. »Das war knapp.«

4

»Die Kripo rennt hier rum. Macht mich ganz nervös.«

»Es wird sich aufklären. Bestimmt war es ein schrecklicher Unfall. Sophie ist gestolpert und die Treppe hinabgestürzt.«

»So ein psychischer Tiefflug mit Valium?«

»Sophie war einfach müde vom Dreh.«

Während eine der beiden Frauen mit leiser, ruhiger Stimme sprach, wirkte die andere erregt und hektisch.

Wolff und Katja Eickelbaum standen schon seit einer Weile vor der offenen Fensterklappe des Wohnwagens, den Marlene Burger während der Dreharbeiten gemietet hatte, und lauschten dem Redefluss zweier Frauen.

»Über Tote spricht man nicht schlecht«, sagte gerade die Frau mit der leisen Stimme. An der Modulation, die sich von der harten Brandenburger Sprechweise abhob, und am rollenden R erkannte man ihre Herkunft vom Balkan.

»Bin gespannt, was sich das Drehbuch bei so ’nem unerwarteten Abgang einfallen lässt«, sagte die andere.

Wolff stieg die vier Stufen zum Wohnwagen hinauf. Die Tür klemmte ein wenig, er öffnete sie mit einem kräftigen Ruck. Hinter ihm trat Katja ein.

»Wie wär’s mit Klopfen? Wir sind bei der Maske«, schallte ihm eine laute, heisere Stimme entgegen.

»Kriminalpolizei. Wir ermitteln im Todesfall Sophie Graf.«

Die eine Frau, die Wolff auf Ende dreißig schätzte, hatte lange dunkle Haare und einen breiten Mund mit rotgeschminkten Lippen. Ein Auge mit stark geschwungener dunkler Braue wirkte viel größer als das andere. Jetzt bemerkte Wolff, dass die andere Frau im weißen Kittel Stift und Bürstchen in der Hand hielt. Anscheinend war das Gesicht erst halbfertig geschminkt. Die Frau, die geschminkt wurde, zog ihren hellblauen Bademantel über der Brust zusammen, erhob sich von ihrem Campingstuhl und bemühte sich, unter einem auf dem Fußboden verteilten Berg von Tüchern und Unterwäsche ihre Pantoffeln hervorzuholen.

»Schreckliche Geschichte«, sagte sie und warf den Kriminalbeamten mit schmerzhaft verzogenem Gesicht einen Blick zu, während sie weiter nach einer Pantoffel suchte.

Wolff ließ seine Augen umherschweifen. An einer Längsseite des Wohnwagens stand ein gemustertes Klappsofa, davor ein langer, schmaler Klapptisch. An der anderen Längsseite ein Schminkplatz, vor dem ein Campingstuhl stand. Die Enge wirkte auf Wolff erdrückend, durch das Klappfenster kam kaum frische Luft. Auf dem Sofa befand sich liederlich zusammengeschobenes Bettzeug.

»Die arme Sophie. Weiß man schon, wer es war?«

»Wir sind dabei, das herauszufinden.« Katja nahm auf dem Sofa Platz. In ihren schwarzen Jeans und der Lederjacke wirkte sie burschikos, so dass zunächst kein Einwand kam. »Sie geben uns erst mal Ihre Personalien.« Sie legte ihren Tablet-Computer auf den Tisch und fuhr das Programm hoch.

Die Dunkelhaarige, die Katja böse angestarrt hatte, straffte sich jetzt und kam so schnell auf Wolff zu, dass er zurückgewichen wäre, hätte er nur gekonnt. Innerhalb weniger Sekunden schien sie sich entschlossen zu haben, doch gut Freund mit den Polizisten zu sein, eine Art, die Wolff von geltungsbedürftigen Zeugen kannte.

»Marlene Burger.« Sie hielt ihm die Hand hin. »Das ist bestimmt nicht einfach, in so einem Mord zu ermitteln?«

Sie geht also von einem Mord aus, dachte Wolff, oder sie will provozieren. Die Burger redete schon weiter.

»Wie lange brauchen Sie denn, um rauszukriegen, wer die arme Sophie auf dem Gewissen hat? Glauben Sie etwa, dass es einer von uns war?«

»Glauben tue ich gar nichts, bis ich es nicht weiß«, scherzte Wolff.

»Marlene, setz dich wieder und lass die Kommissare reden«, sagte jetzt die andere mit dem slawischen Akzent. »Ich bin Ivana Stankovic, Maskenbildnerin.« Sie war eine hübsche Frau mit hellbraunen Locken, strahlend blauen Augen, einer Stupsnase und runden Wangen. Mit schnellen, geschickten Bewegungen raffte sie die herumliegenden Kleidungsstücke zusammen und hängte sie an einen fahrbaren Kleiderständer, der vor dem hinteren Fenster des Wohnwagens stand. Sie legte ein auf den Boden gefallenes Kissen in die Sofaecke und fegte mit dem Arm Tüten und herausgefallene Chips vom Klapptisch in einen großen Korb.

»Wir werden Sie jetzt befragen, und zwar einzeln«, sagte Wolff und drehte sich zu Ivana Stankovic: »Würde es Ihnen etwas ausmachen, den Wohnwagen zu verlassen?«

»Wir haben doch keine Geheimnisse«, fuhr die Burger ihn an und setzte dann mit süffisantem Unterton hinzu: »Wenn der Herr Kommissar meinen.«

»Zeugen werden immer einzeln befragt.« Katja zog missbilligend ihre Nase kraus und schnüffelte die muffige Luft, die von den gelben, anscheinend lange nicht gereinigten Gardinen ausging. Wolff ahnte, dass seine Kollegin liebend gern die Burger befragen würde, die sie wahrscheinlich aus Fernsehschmonzetten kannte.

»Folge immer der Spur des Geldes oder des Spermas«, deklamierte die Burger. »Hab ich mal als Kommissarin sagen müssen.«

»Da ist was dran«, gab Katja grinsend zurück.

In diesem Augenblick wurde die Tür des Wohnwagens aufgestoßen und ein junger athletischer Mann, der lediglich Shorts und ein khakifarbenes Unterhemd trug, trat ein.

»Was ist denn hier für eine Versammlung?« Er musterte mit stahlblauen Augen die Kommissare. Seiner gut ausgebildeten Nacken- und Oberarmmuskulatur war anzusehen, dass er körperlich topfit war.

»Eigentlich stellt man sich vor, wenn man zu Besuch kommt«, sagte Wolff, »aber offensichtlich haben Sie das hier nicht nötig.«

»Mike Tanner, Stuntman.« Der Mann ließ einer Reihe jugendlich schöner weißer Zähne sehen.

»Okay, dann bin ich auch mal höflich. Hauptkommissar Wolff, Kripo Potsdam.«

»Dann ermitteln Sie mal schön. Meine klare Aussage ist, dass ich mit der Sophie nichts zu tun hatte.« Der Mann trat auf die Burger zu, gab ihr einen Kuss auf den Mund, woraufhin die Schauspielerin ihm einen Klaps auf den muskulösen Hintern gab.

»Hast du mal kurz 'nen Fuffi? Kriegst du nachher wieder. Ich hab Stunt-Workshop und muss noch vorher was essen gehn.«

Während die Burger in einer Kommode nach Geld suchte, bleckte Mike seine Zähne noch einmal in die Runde und verließ dann mit einem Fünfziger den Wohnwagen.

»Falls Sie mich noch brauchen, Marlene kennt alle meine Daten, auch die höchstpersönlichen.« Er zog die Tür mit einem Ruck zu.

»Setzen Sie sich mal zu mir«, sagte Katja zu der Schauspielerin, die gerade ihren vom Kuss verschmierten Lippenstift abrubbelte. Katja warf Wolff einen Blick zu und ihre Augen sagten: ›Nun lass mich schon machen.‹

»Gibt's einen Raum, wo wir uns ungestört unterhalten können?«, fragte Wolff die Stankovic.

»Hier gibt's keine Rückzugsmöglichkeiten«, antwortete die Burger statt der angesprochenen Maskenbildnerin und zuckte mit den Schultern, worauf ihr Bademantel ins Rutschen kam und sie ihn wieder zusammenraffte.

»In der Kleiderkammer müsste eine ruhige Ecke sein«, sagte Ivana Stankovic. »Aber ich habe gleich wieder einen Einsatz.« Ihre Stimme klang ängstlich.

»Dann widmen Sie mir ein paar Minuten«, sagte Wolff galant. Sein Blick blieb an den Wangengrübchen der Maskenbildnerin hängen, die selbst dann zu sehen waren, wenn sie nicht lachte.

Als er mit ihr den Wohnwagen verließ, rief die Burger hinterher: »Hals- und Beinbruch!«

5

Der Audi ihres Exfreundes Klaus Niedhammer war in der Auffahrt geparkt, als Verena Starke von der Gerichtsverhandlung in die Anwaltsvilla zurückkehrte. Unangenehm überrascht betrachtete sie die schwarze Limousine, in der sie vor drei Jahren mit Klaus zum ersten gemeinsamen Wochenende aufs Land gestartet war und die ihnen unterwegs auch als Liebeslager gedient hatte. Sie blickte ins Innere, da hinten hatte ihre schöne bunte Decke gelegen. Natürlich lag sie da nicht mehr.

Pah, Klaus kann mich mal, sagte Verena, während sie hoch zu den Büros stieg. Die hohe Eingangshalle war eingerüstet, Leitern, Eimer mit Pinseln und Farben, Mineralwasserflaschen und benutzte Kaffeepötte standen herum. Sie blieb mit ihren Pumps in der Cellophan-Abdeckung hängen, die die Handwerker zum Schutz des Marmors ausgelegt hatten, und wäre fast gestürzt. Sie fluchte.

Klaus saß in einem grauen Designeranzug an ihrem Schreibtisch und grinste ihr entgegen.

Wenn du dich schon hier breitmachst, dann geh ins Büro meines Kollegen, der ist nicht da, wollte sie ihm entgegenschleudern. Was sie gerade noch zurückhielt, war ein älterer Mann in dunkelblauem Jackett und grauen Hosen, der auf dem Besprechungssessel saß und mit Klaus sprach. Aus der entspannten Haltung der beiden Männer schloss Verena, dass sie sich einig waren. Nur worüber?

»Entschuldigen Sie, dass ich Ihre Besprechung störe«, sagte sie ironisch und wandte sich dann zu dem unbekannten Mann: »Rechtsanwältin Starke. Da Sie in meinem Büro sitzen, brauchen Sie sicher Rechtsrat?«

»Ich denke, die Sache ist geklärt.« Der Mann erhob sich und verneigte sich leicht vor Verena. »Doktor Belling, der Vater von Angela.« An seinem Jackett trug er die Anstecknadel eines Clubs. »Ich bin Arzt«, fügte er hinzu, als erkläre das alles.

»Ich habe Ihre Tochter vorhin bei Gericht kennengelernt«, sagte Verena ruhig. »Angela ist eine wichtige Entlastungszeugin für meinen Mandanten.«

»Angela ist sechzehn, es ist die erste Verliebtheit, da macht man manche dummen Sachen.« Dr. Belling lächelte weltverdrossen. »In ihrer Naivität meinte sie, Herrn Brandt ein Alibi geben zu müssen.«

»Fräulein Belling hat die Tragweite ihrer Aussage nicht überblickt«, mischte sich nun Klaus ein.

»Der Richter hat sie aber für überzeugend gehalten, sonst hätte er Herrn Brandt nicht freigelassen.« Verena verschränkte die Arme.

»Herr Brandt ist mehr als doppelt so alt. Als Vater werde ich es nicht zulassen, dass meine Tochter in ein Mordverfahren hineingezogen wird.« Dr. Belling ging in Richtung Tür. Kurz davor blickte er sich nochmals um und sagte: »Angela wird ihre Aussage zurückziehen, denn sie ist falsch.«

Klaus erhob sich von Verenas Schreibtisch, um ihn zu begleiten.

Verena trat jetzt hinter ihren Schreibtisch, die Fäuste aufgestützt. Blond, klein und unterschätzt, wie immer, dachte sie grimmig.

Nachdem Klaus den Vater Angelas zum Portal gebracht hatte, betrat er wieder ihr Zimmer. »Damit das klar ist: Abraham & Partner vertreten Daniel Brandt nicht mehr.«

»Was soll das heißen?« Verena griff die von Daniel Brandt unterschriebene Vollmachtsurkunde und hielt sie Klaus unter die Nase.

»Na und?«

»Gestern hast du mir gesagt, ich soll zur Polizei fahren, weil da der Mann unserer Mandantin Sophie Graf sitzt. Unschuldig.« Sie stemmte die Fäuste in die Seiten.

»Verena«, sagte Klaus ruhig.

Fehlt noch, dass er mich ›Kleines‹ nennt, dachte sie wütend.

»Ich hatte gestern noch ein kleines Wörtchen hinzugefügt: Vorerst«, fuhr Klaus fort. »Du machst den Brandt vorerst. Wir konnten ihn ja nicht bei der Polizei lassen.«

Typisch Klaus, er wusste immer ganz genau, was er gesagt hatte. Verena griff ein Lineal, umfasste die Spitze und ließ es wegschnappen. Am liebsten hätte sie auf ihren Schreibtisch eingedroschen.

»Sophie Graf ist unsere Mandantin gewesen. Sie wollte ein Testament machen und ein Tierheim einsetzen. Als einzigen Erben.« Klaus lief im Raum umher, wollte die Sache schnell erledigt haben. Das gab keine abrechenbaren Stunden mehr. »Zu dem Testament ist es nicht mehr gekommen. Daniel Brandt erbt jetzt alles. Abraham & Partner können unmöglich einen Mann verteidigen, der im dringenden Verdacht steht, unsere Mandantin umgebracht zu haben.«

»Du lässt mich die Drecksarbeit machen …«

»Es hätte ja sein können, dass Brandt unschuldig ist, dann hätte ich das Mandat behalten. Aber Brandt ist nicht unschuldig.« Klaus gab dem Globus, den irgendjemand auf dem Sideboard abgestellt hatte, mit den Fingern einen Schubs. Die Kugel kreiste. »Ich kenne genug Strafverteidiger. Unsere Vollmacht schließt es ein, das Mandat weiterzugeben.«

Verena hielt sich gerade noch zurück, nicht vor seinen Augen das Vollmachtsformular zu studieren. Die Sekretärin von Abraham & Partner hatte es aus München zur Kripo gefaxt, und Brandt hatte es dort unterschrieben. Es gab viel Kleingedrucktes. Einige Mandate wurden selbstverständlich persönlich erledigt, andere durfte man weitergeben.

»Klaus, ich kann Daniel Brandt jetzt nicht hängen lassen.« Wenn sie sich jetzt im Streit trennten, würde Klaus ihr das Mandat entziehen. Und sie wollte es behalten, das spürte sie in diesem Augenblick. Verena rief sich in den Kopf, was sie beim Training gelernt hatte: Judo – der sanfte Weg. Siegen durch Nachgeben. »Möchtest du einen Espresso?«, fragte sie mit mühsam unterdrückter Wut.

»Gern.« Durch sein Lächeln schimmerte ein bisschen von dem Jungenhaften durch, das Verena vor drei Jahren zu diesem Erfolgstypen hingezogen hatte.

»Du hast dich entwickelt«, stellte Klaus fest, als Verena mit zwei Espresso wieder aus der Küche kam. Er nahm ihr eine Tasse ab und trank einen Schluck. »Unterschätze dieses Mandat nicht. Im Augenblick sieht es ziemlich mies für Brandt aus.«

Verena trank ihren Espresso mit einem Schluck runter, um sich zu beruhigen. Wenn Dr. Belling mit Tochter Angela jetzt zur Kripo ging, würde die Polizei Brandt vielleicht sofort wieder abholen. Polizisten waren nicht gut auf Richter zu sprechen, die die Festgenommenen gleich wieder laufen ließen.

Klaus holte ein Zigarillo aus seiner Tasche, betrachtete aufmerksam das Vorderstück, gab Feuer, sog, inhalierte, lehnte sich zurück und betrachtete Verena mit nachsichtigem Lächeln. Dass er Zigarillos rauchte, war neu. Der Einfluss der älteren Rechtsanwältin? Es gab ihr wider Willen einen Stich.

»Eigentlich wird hier nicht geraucht«, sagte sie.

»Du kannst dem Brandt sagen, dass wir ihn nicht mehr vertreten.«

»Mach du deine lohnenden Mandate in München.« Sie dachte daran, wie der ordentliche Klaus sein Leben in ökonomische Schubladen eingeteilt hatte: Erst die Arbeit, dann Golf und andere Geselligkeiten, die beruflich nützlich waren, und wenn dann noch etwas Freizeit übrig war, wurde die nicht zielführend mit der jeweiligen Freundin verbracht. »Ich arbeite hier in Babelsberg.«

»Du machst gar nichts ohne Abraham & Partner.« Klaus stellte mit Wucht seine leere Tasse auf den Tisch.

»Auf der Uni hast du mal was von der Unschuldsvermutung gehört«, schrie Verena ihn jetzt an. »Ich werde Brandt nicht wie eine heiße Kartoffel fallenlassen.«

»Du hast kein Mandat. Brandt hat die Kanzlei beauftragt.«

Das stimmte. Es war eine verdammte, normale Vollmachtsurkunde mit dem dicken Stempel von Abraham & Partner obendrauf.

Klaus blickte auf seine goldene Uhr. Auch die war neu. Eine schöne, wertvolle Uhr mit Zahlen, fein wie mit goldener Tusche gemalt. »Herr Doktor Belling hat mich für nachher in den Countryclub eingeladen. Übrigens am Seddiner See. Wie passend.«

»Du gehst mit dem Vater unserer Zeugin essen?«, rief Verena außer sich.

»Du bist heute ein wenig begriffsstutzig, Verena. Es ist nicht mehr unsere Zeugin.«

»Das ist unfair.« Verena trat auf Klaus zu. »Du gibst das Mandat nicht weiter, bis ich mit Herrn Brandt gesprochen habe.«

»Dein Vertrag mit Abraham & Partner sieht nicht vor, dass du gegen den Willen der Kanzlei brisante Mandate führst«, sagte Klaus ruhig und ging in Richtung Tür. Er blickte nochmals auf die Uhr. Die rhythmisch voranzuckenden goldenen Zeiger und das runde Ziffernblatt kamen Verena vor wie ein Gesicht. Ein feines, unverwüstliches Geldgesicht.

»Weißt du was?« Verena ging auf ihren Exfreund zu, sah ihm direkt in die blauen Augen und sagte ruhig: »Klaus, du bist ein verdammtes Arschloch.«

6

»Ich kann es nicht fassen, dass die Sophie sterben musste«, sagte Ivana Stankovic mit leiser Stimme, als sie mit Wolff durch die Straße zwischen den Filmstudios ging. »Was für eine Tragödie. Und damit meine ich nicht, wie man ihren Tod in die laufende Produktion einbaut.« Sie blieb stehen und blickte den Kommissar an. Er hatte graue Locken, war gebräunt und sah nach einem Menschen aus, der viel im Freien arbeitet. »Ich wünsche Ihnen Glück bei Ihren Ermittlungen. Ich muss jetzt ins Außenstudio.« Ivana wies in Richtung Ausgang. »Es liegt ein paar Straßen weiter.«

»Ich nehm Sie auf meinem Roller mit«, sagte der Kommissar.

Das war unerwartet. Sie hatte gehofft, mit einem Maskeneinsatz außerhalb um eine nähere Befragung herumzukommen. Natürlich waren Sophies gewaltsamer Tod und die Festnahme ihres Mannes heute früh das Thema am Set gewesen. Die Kripo wird kommen, um Sophies Umfeld abzuklären, aber sie sind hier an der falschen Stelle, so hatten sich die Kollegen verständigt. Die Dreharbeiten mussten weitergehen, teure Zeitverzögerungen vermieden werden. Und Sophies Ehemann war ja schließlich als Verdächtiger festgenommen worden, hatten die Medien berichtet. Ivana wusste nicht, ob Daniel Brandt schuldig war oder nicht. Sie kannte ihn auch nicht persönlich, nur aus den dramatischen Schilderungen seiner Frau. Neulich war Sophie mit einem Bluterguss unterm Auge zum Dreh gekommen, der schwer zu überschminken gewesen war.

»Ich habe jetzt nicht viel Zeit«, stotterte Ivana, und ihr Blick glitt weg von dem Kommissar.

»Na los«, sagte der, ohne ihr Zögern zu beachten.

Vor einem der Filmstudios stand eine Gruppe Leute um eine junge Frau, die offensichtlich einen hysterischen Anfall hatte. Ivana erkannte Lilly Barlog, eine nicht sonderlich talentierte Soap-Darstellerin, deren Vorzug darin lag, dass sie die Nichte eines Fernsehproduzenten war.

»Oh, oh.« Der Kommissar betrachtete belustigt die Szene und trat näher heran.

Einige Beobachter verdrehten die Augen, andere zeigten sich besorgt.

Eine Frau vom Catering verteilte Pappbecher mit Kaffee und belegte Brötchen, und einige begannen im Stehen zu essen. Jetzt trat auch noch der Benjamin Simon aus dem Studiogebäude. Die Schauspielerin warf sich geradezu in seine Arme und heulte noch mehr.

»Das hab ich doch nicht persönlich gemeint, Lilly«, sagte Simon. »Du musst das anders spielen. Du bist wütend auf deinen Lover. Er trifft sich mit einer anderen. Er hat dich verletzt. Die Szene muss richtig knallen.«

Ivana griff nach dem Arm des Kommissars, um ihn wegzuziehen. Sie wollte jetzt niemanden vom Set treffen. Aber Wolff beobachtete interessiert, wie der Regisseur die Schauspielerin zu motivieren versuchte.

»Hau mir doch mal eine runter, Lilly, damit du weißt, wie sich Wut anfühlt«, sagte Simon.

Tatsächlich gab die Jungdarstellerin dem Regisseur eine Ohrfeige, dass es klatschte.

Wolff blickte zu seiner Zeugin, die den Kollegen krampfhaft zulächelte. »Ich habe eigentlich gar keine Zeit«, sagte sie leise.

Jetzt blickte Simon in ihre Richtung. Wolff winkte ihm lässig zu.

Bestimmt will der Herr Kommissar klarmachen, dass die Kripo auch hier am Set ermittelt, dachte Ivana. Aber Simon reagierte nicht. Ivana war sich sicher, dass er sie beide gesehen hatte.

Wolff ging mit ihr zu seinem Roller, und Ivana nahm hinter ihm Platz. Vor nicht allzu langer Zeit war sie vor der Polizei geflüchtet. Heute hielt sie sich an einem Polizisten fest, komisch. Mit seinen blauen Augen und den dichten grauen Locken ein gutes Filmgesicht, dachte sie, und fand es eigenartig, so etwas zu denken.

»Sie wären als Typ übrigens vielfältig zu besetzen«, rief sie zu ihm nach vorn. »Als Politiker, Fußball-Promoter, Ganovenchef.«

»Soll das eine Aufzählung sein?«, gab Wolff lachend zurück. »Oder eine Steigerung? Dann würde ich den Politiker als Letzten nehmen.«

Sie fuhren durch ein paar Straßen und erreichten schließlich einen langgestreckten, grau-weißen dreistöckigen Bau, ein ehemaliges Lagergebäude, das von der Produktionsfirma angemietet worden war. Hier war eine aufwendige Tropenkulisse für einen Abenteuerfilm aufgebaut, die mehrere Wochen stehen bleiben würde.

Der Kommissar stellte den Roller ab. Ivana ging voran, öffnete eine Tür mit der Aufschrift »Unbefugten Zutritt verboten«. Dann gingen sie durch einen langen Gang mit offen liegenden Rohren und Kabeln an der Decke.

Ihr kam eine Idee. »Möchten Sie mal ins Studio schauen?«

Als der Kommissar nickte, öffnete Ivana vorsichtig eine Tür, über der ein rotes »Achtung«-Schild leuchtete. Dem Kommissar einen Einblick in ihre Arbeitswelt verschaffen. Einen Aufschub gewinnen.

Er schaute sehr interessiert. Für Fremde war das sicher ein ungewöhnlicher Platz. Die Studiohandwerker hatten eine perfekte tropische Welt geschaffen. Ein paar strohgedeckte Häuser, eine Terrassenbar, Kübel mit Farnen und Palmen, echte, wie Wolff feststellte. Im Hintergrund ein Berg und vorn ein Sandstrand und ein Ufer. Echtes Wasser, darauf ein Floß. Nach ein paar Metern ging das Wasser über in eine Wand, auf der ein blaues Meer gemalt war und ein Himmel mit weißen Wolken. Komparsen in Safarianzügen, einige mit Tropenhelmen, waren in Aktion, unterhielten sich in Grüppchen, tranken in der Bar, zwei bestiegen gerade das Floß.

»Wie eine riesige Spielzeuglandschaft.« Wolff blickte nach oben. Die gesamte Szenerie hörte ab einer Bauhöhe von etwa vier Metern einfach auf. Von dort oben hingen riesige Scheinwerfer herab, die alles in grelles Licht tauchten. Mehrere Beleuchter arbeiteten auf einem Gerüst.

»Gewöhnungsbedürftig, auch für Schauspieler«, sagte Ivana. »Alle Räume sind nach oben offen, damit man vom Studiohimmel aus die Szene beleuchten kann. Es gibt aber auch bewegliche Zimmerdecken, die man bei Totalen anbringt, damit die Kamera nicht ins Leere geht.« Sie zeigte auf eine Wand im Hintergrund, die gerade bewegt wurde. »Sprungwände. Die sind nicht fest verschraubt, sondern können verschoben werden.«

Sie verließen das Studio und gingen weiter. Der Kommissar musterte mit genauem Blick die Umgebung. Studios, Büro- und Aufenthaltsraum, Damen- und Herrengarderoben.

»Zu den Studios gehört ein Kostüm- und Perückenfundus.

Etwa fünfhunderttausend Kostüme und Accessoires aus allen Zeitepochen haben wir. Von kleinen Filmen bis zur großen Hollywood-Produktion machen wir alles.«

»Wenn ich einen Smoking brauche, kann ich dann auch zu Ihnen kommen?«

»Natürlich würde ich für Sie etwas Passendes finden.«

Sie plauderte viel. Es beruhigte sie, dass ihre freundliche Ausstrahlung ihre Wirkung auf den Kommissar nicht verfehlte. In wenigen Minuten wäre ihr nächster Einsatz, und so hatte sie es unauffällig hinausgezögert, konkrete Fragen beantworten zu müssen, bei denen sie lieber schweigen würde.

Schließlich betraten sie einen Masken- und Garderobenraum. Wieder warf der Kommissar einen schnellen Blick rundum. Im Raum standen mehrere fahrbare Kleiderständer mit Kostümen in Plastiküberziehern, an denen Zettel mit Namen des betreffenden Stücks oder der Rolle befestigt waren. Der Kommissar setzte sich an einen Schminkplatz, schob leise seufzend ein paar Flaschen und Dosen zur Seite und breitete sein Schreibzeug aus. Der Schminkschemel wirkte winzig unter dem großen kräftigen Mann.

»Hier ist mein Arbeitsplatz. Ich muss ein paar Perücken kämmen.« Ivana merkte, dass ihr leichtes Lächeln schnell wieder verschwand, als sie sich von ihm abwendete und von einem der weißen Styropor-Köpfe eine Perücke mit langem schwarzem Haar für eine Südsee-Frau nahm.

»Sie kannten die Tote gut. Sie sind für mich eine wichtige Zeugin.« Der Kommissar lächelte.

Jetzt war es so weit.

»Vielleicht ist Sophie einfach gestolpert.« Ivana zog ihr Amulett aus dem Ausschnitt ihres Arbeitskittels, blickte auf die Blume des Lebens. »Sie war so aufgeregt vor ihrem großen Filmprojekt. Sie wollte ja die Hauptrolle in *Bestes Mädchen* spielen. Aufstieg und Fall einer Filmdiva.«

»Ja, es hat sich bewahrheitet, das mit dem Aufstieg und Fall«, sagte Wolff.

Ivana umschloss mit der Hand ihr Amulett und steckte es wieder in ihren Ausschnitt zurück. »Sie suchen doch nicht hier nach dem Mörder?«

Wolff hob die Augenbrauen. »Vielleicht waren Sie es ja. Weil die Diva Sie mit ihren Kostümwünschen wahnsinnig gemacht hat.«

Ivana lachte gezwungen. Das war halt seine raue Art von Humor. Um Zeit zu gewinnen, stellte sie einen Wasserkocher an, entnahm einem Jutebeutel grüne Blätter und tat sie in die Teekanne.

»Cat's Claw, roter Katzenklaue-Tee. Möchten Sie auch? Stärkt die Leistungsfähigkeit.«

Der Kommissar schien zu überlegen, ob es taktisch klüger wäre, den Tee abzulehnen, entschied sich aber doch für eine Tasse.

»Mit Zucker und Milch ist er milder.«

»Ist schon okay.« Er nahm einen großen Schluck, und Ivana überlegte, ob er jetzt ein Schütteln unterdrücken musste.

»Seit ich Sophie das erste Mal in der Maske hatte, wollte sie immer mich haben. Ich biete auch energetische Massage und Wellnesstherapie an. Ich habe eine Ausbildung als Heilerin gemacht«, sagte sie stolz. »Ich helfe Menschen dabei, ungelebte Potentiale zu entfalten.«

Der Kommissar blickte verständnislos. »Na ja, meine Mutter hat mir auch mal vom Warzenbesprechen erzählt.« Er streckte seine langen Beine aus und blickte sie an. »Erzählen Sie mal ein bisschen aus dem Nähkästchen.«

»Sophie war ein Mensch voller Widersprüche. Sie hatte Angst zu versagen, versuchte, ihren Komplex mit großem Ehrgeiz auszugleichen.« Ivana überlegte hektisch, wie sie gut über die Tote sprechen und zugleich die Wahrheit sagen sollte. »Sophie lernte schwer, hatte ständig Angst, einen Texthänger zu haben.« Sie betrachtete die schwarzhaarige Perücke in ihrer Hand von allen Seiten und bemühte sich, das ungeduldige Atmen des Kommissars zu ignorieren. »Manchmal deklamierte sie laut, brach mittendrin ab, mal lachte sie, mal schimpfte sie, mal machte sie nach Drehschluss eine Flasche Sekt auf, mal knallte sie das Drehbuch in die Ecke und verschwand heulend, mal war sie lieb und mal aufbrausend.« Sie setzte die Perücke wieder auf den Styropor-Kopf.

Die Tür öffnete sich und eine ältere Frau blickte herein. Sie hatte einen Lendenschurz aus bunten Federn über dem Arm hängen.

»Du musst jetzt gleich in der Statistengarderobe aushelfen, Ivana, da gibt's 'nen Engpass.«

Ivana war erleichtert, aber auch erstaunt. Eigentlich war ihre Freistunde noch nicht zu Ende. Dass eine Aushilfsgarderobiere geschickt wurde, um sie zu holen, war ungewöhnlich.

»Hier findet eine polizeiliche Vernehmung statt«, unterbrach der Kommissar Ivana in ihren Gedanken.

»Ach, wegen der Graf?« Die Garderobiere musterte Wolff misstrauisch. »Na, in der Haut vom Produzenten möcht ich nicht stecken. Ivana, in fünf Minuten drüben.« Die Frau zog energisch die Tür zu.

»Vorhin im Wohnwagen hatte ich den Eindruck, dass Frau Burger nicht gut auf Frau Graf zu sprechen war.«

Ivana schwieg. Was sollte sie dazu sagen? Würde sie Marlene schaden, wenn sie angab, wie sich die beiden bekämpft haben?

»Sophie und Marlene … Nun ja, sie waren nicht die besten Freundinnen.«

Der Kommissar griff seinen Stift und malte ein Smiley mit zusammengekniffenen Augen und bösartig gewellter Mundlinie in seine Kladde.

»Was war mit der Ehe zwischen Graf und Brandt?« Der Kommissar blickte sie durchdringend an. »Sie soll ja ziemlich am Ende gewesen sein.«

»Diskretion ist in meinem Beruf Ehrensache.« Ivana hielt seinen Blick aus. »Aber ich verrate kein Geheimnis. Sophie und Daniel Brandt hatten unterschiedliche Lebensziele.« Hoffentlich reichte ihm das jetzt.

»Gab es auch Handgreiflichkeiten in der Ehe?«

Sie zuckte die Schultern, und ihr Blick glitt weg von ihm. Der Kommissar blickte sie an, als verfügte er bereits über derartige, hässliche Erkenntnisse.

Die Tür ging wieder auf, und die Aushilfsgarderobiere steckte den Kopf herein, diesmal mehrere Zipphosen mit Reißverschluss auf der Höhe des Oberschenkels über dem Arm.

»Kommst du endlich? Alle warten, du weißt schon.«

»Unvorhergesehener Engpass«, sagte Ivana zu Wolff. »Eigentlich kann ich Ihnen auch nichts weiter sagen, Herr Kommissar.« Keinesfalls wollte sie in die Polizeidirektion. Da säße sie vielleicht wieder in einem vergitterten Zimmer.

»Die Zeit-ist-Geld-Gesellschaft.« Wolff trat nahe an sie heran und sah sie durchdringend an. »Morgen um neun in der Direktion.« Er hatte einen kräftigen Händedruck. »Ich habe das Gefühl, dass Sie mehr wissen.«

7

»Hat sich erledigt«, sagte die Aushilfsgarderobiere, als Ivana eilig zu ihrem Einsatzort kam. »Alles passt, wackelt und hat Luft.« Sie lachte.

Ivana war nicht zum Lachen zumute, zu aufgewühlt war sie bei dem Gedanken, dass sie morgen früh in die Direktion musste.

»Seid ihr doch ohne mich klargekommen? Ich war etwas überrascht, war doch jetzt gar nicht eingeteilt.«

»Hier weiß ja keiner so richtig Bescheid.« Die Garderobiere, die ihr krauses graues Haar zu einem Schwänzchen hochgebunden hatte, zuckte theatralisch die Schultern.

»Doch, ich schon.« Ivana lachte mühsam. »Das denkt jedenfalls der Kommissar. Morgen um neun muss ich zur Polizei. Ich sage gleich dem Aufnahmeleiter Bescheid.«

Ivana machte sich auf den Weg zum Studiogelände. Viel lieber wäre sie jetzt in ihrem Meditationsraum. Zur Ruhe kommen. Nachdenken. Sie hatte Sophie für mehrere Filme geschminkt, sie massiert und lange Gespräche mit ihr geführt. Sophie hatte wie selbstverständlich auf sie zugegriffen, und Ivana, stolz, die intimste Freundin einer bekannten Schauspielerin zu sein, hatte es geduldet. Sophie konnte unglaublich nervig sein. Ihr ewiger Komplex, mitgebracht aus ihrem Brandenburger Dorf. Zu hässlich, zu dick, zu alt, zu unbegabt. Und Ivana musste ihr die Selbstzweifel immer wieder ausreden, ihr Memos schreiben, jeden Morgen ein neues. Ja, sie wusste mehr über Sophie als alle anderen.

Ivana lief die Rudolf-Breitscheid-Straße entlang. Zum ersten Mal seit langer Zeit war sie völlig durcheinander. Die Angst, dass ein Hinweis von ihr den Kommissar auf eine falsche Fährte bringen könnte. Aber war es nicht Daniel Brandt gegenüber fair, den Kommissar zumindest auf andere Möglichkeiten hinzuweisen?

Ivana wusste von jedem Liebhaber Sophies. Sie verliebte sich schnell und spontan und heftig. In jeden Mann, der sich für sie interessierte, vorausgesetzt, er hatte etwas, was sie auch gern gehabt hätte. Erfolg. Geld. Künstlerische Begabung. Eine Weile war dann alles gut. Sie lernte mit jedem Liebhaber dazu, aber der Augenblick, in dem sie meinte, der Mann könne ihr nichts mehr geben, kam immer. Jeder abgelegte Mann ein potentieller Mörder? Der letzte war der Italiener Gerardo Orlandi gewesen, der sich mit einer halben Million an dem Filmprojekt *Bestes Mädchen* beteiligen wollte.

Ivana blieb stehen, verschnaufte, zog ihr Amulett aus dem Ausschnitt. Die Blume des Lebens. Sie würde morgen in die Direktion gehen, sagen, was sie wusste. Dass sie eine beunruhigende Ahnung hätte. Ihr Gewissen wäre erleichtert. Was für Schlüsse der Kommissar aus ihren Wahrnehmungen ziehen würde, war seine Sache.

8

Erstmals war es ein Nachteil, dass Verena kein Auto hatte. In Potsdam kam sie gut mit öffentlichen Verkehrsmitteln voran, aber der Autobus zum Seddiner See fuhr nur alle zwei Stunden, einen Regionalzug gab es zwar jede Stunde, aber der Bahnhof Seddin lag ein schönes Stück Fußmarsch vom See entfernt. Sollte sie wirklich rausfahren und nach der Fischerhütte Brandts schauen? Sie suchte ihn schon eine Weile. Nach seiner Freilassung heute Vormittag war er nicht mehr in die Babelsberger Villa zurückgekehrt.

»Nach der Geschichte will der bestimmt nicht mehr hierher«, hatte ihr der Gärtner verschämt gesagt.

Sie war stinksauer über Brandts Verhalten. Erst zu behaupten, in der Mordnacht allein in seiner Hütte gewesen zu sein, dann fiel die sechzehnjährige Geliebte Angela Belling geradezu vom Himmel, dann tauchte deren Vater auf, der das Alibi wieder zerstörte. Vielleicht hatte die Polizei Brandt schon wieder festgenommen. Die kleine Rache des Kommissars Wolff, nachdem sie ihm vorhin die Freilassung telefonisch mitgeteilt hatte. Bestimmt ärgerte der sich über ein Wochenende voller Arbeit, um einen Verdächtigen zu fangen, wenn der am nächsten Tag freikam.

Verena stand immer noch unschlüssig vor dem Potsdamer Hauptbahnhof, die Hände ineinander verschränkt. Wäre sie doch dem Ratschlag von Klaus, dem Arschloch, gefolgt und hätte Brandt die Niederlegung des Mandats mitgeteilt: Leider, leider dürfe sie als angestellte Anwältin keine eigenen Mandate führen. Dass sie ihren Vertrag mit der Münchener Kanzlei seinetwegen kündigte, könne er nicht verlangen. Diese Vorstellung nahm beängstigende Ausmaße an: ein kleines Büro in ihrer kleinen Mansarde. Verena Starke, Rechtsanwältin ohne Startkapital und in einer Stadt, in der sie niemand kannte. Allenfalls könnte sie hoffen, im prominenten Mordfall Graf groß herauszukommen. Dazu müsste es aber erst mal zu einer Mordanklage kommen, und die wollte sie nicht. Brandt hatte sich in seiner Not an sie gewandt. Wäre es nicht schäbig und feige, das Mandat fallenzulassen, nur weil die Münchener Kanzlei den Mann nicht wollte?

Ein Verdacht ist nichts als ein Verdacht, sagte sich Verena, und jeder Mensch hat so lange als unschuldig zu gelten, bis ein Strafgericht ihm das Gegenteil beweist. Sie sah auf ihre Hände herab. Ihre Knöchel waren weiß, als sie die Finger öffnete. Sie holte tief Luft und sagte: »Okay.«

Es hatte dann fast zwei Stunden gedauert, bis sie den Seddiner See umrundet hatte. Schlappe zehn Kilometer, dachte Verena sarkastisch, Wanderschuhe habe ich an und nach einem Mann aus Babelsberg, Ende dreißig, sportlich, schlank, der hier eine Fischerhütte haben soll, habe ich bisher auch nur in zwei Restaurants, drei Dorfläden und bei einigen Müttern, die mit ihren Kindern am Badestrand spielten, gefragt. Was soll's? Zwei nicht abrechenbare Wanderstunden, sagte ihr Anwältinnengehirn, ganz zu schweigen von der Fahrtzeit. Schließlich erreichte sie einen Sportanglerverein, auf dessen Schild genau zwei Termine standen: Hegefischen im Mai, Abangeln im Oktober.

Ja, geruhsam ist es hier, schön für einen Schriftsteller, dachte sie mit grimmigem Lächeln. Ein älterer, bärtiger Mann, der mit einem Elektromäher die Wiese bearbeitete, hatte einen Tipp, nachdem sie ihm auf dem Smartphone die Website von Daniel Brandt gezeigt hatte.

»Könnte der von gegenüber sein. Komischer Typ. Sitzt lange auf dem Steg und guckt in die Luft. Manchmal ist er auch mit dem Kahn unterwegs. Vielleicht angelt er schwarz.«

Wenn's nur das wäre, dachte Verena.

Die Hütte war eine von den typischen in Leichtbauweise und mit Schrägdach errichteten Datschen der ehemaligen DDR. Doch der Inhaber war nicht da. Es gab keine Klingel, nicht mal ein Namensschild oder einen Briefkasten. Verena ging um die Hütte herum, spähte durch die Fenster, sah einen großen Tisch mit einer Holzbank, ein paar herumliegende Kleidungsstücke. Sonst nichts. Kein Liegestuhl vorm Haus, kein Auto, kein Fahrrad. Nichts als durchs Schilf dringendes Entenschnattern. Die beiden älteren Damen mit Rucksack, die gerade den Seeweg entlangliefen, kannten Daniel Brandt auch nicht, sondern wanderten aus touristischem Vergnügen. Verena hatte heute das Mittagessen ausfallen lassen, und ihr Magen knurrte.

Sie schrieb einen Zettel und schob ihn unter der Tür hindurch: »Im Namen von Abraham & Partner lege ich hiermit das Mandat nieder.«

Dann machte sie sich auf den Rückweg. Vor einem Haus mit schilfgedecktem Giebel stand ein Tisch, darauf Gläser mit eingeweckten Birnen. Verena nahm ein Glas, legte ein paar Euro in die Vertrauenskasse, öffnete das Einweckglas.

»Basta!«, sagte sie. »Das war's.« Dann lachte sie laut, obwohl ihr nicht zum Lachen war, angelte mit den Fingern die Birnen heraus und aß alle auf.

»Wie um alles in der Welt können Sie mein Mandat niederlegen?«, fuhr ihr die zornbebende Stimme Daniel Brandts aus ihrem Smartphone entgegen, kaum dass Verena zurück zum Bahnhof Seddin gelaufen war. Es sei doch wohl ihre Pflicht, seine Verteidigung zu Ende zu führen. Er sei unschuldig. Das habe er schon vorhin gleich nach seiner Freilassung in einem Fernsehinterview gesagt.

»Sie haben mit den Medien gesprochen?«, rief Verena entsetzt.

Brandt redete mit erhobener Stimme ununterbrochen weiter. Anscheinend könne man die Kripo nur stoppen, wenn ein junges Mädchen über intime Dinge Auskunft geben müsse und …

»Keine Sorge, der Papa Ihrer Freundin war schon in der Direktion, damit Klein-Angela ihre Aussage zurückzieht«, rief Verena wütend ins Smartphone.

»Die Aussage war ja auch falsch«, sagte Brandt, erstmals mit ruhiger Stimme.

»Angela war nicht bei Ihnen?«, fragte Verena verblüfft.

»Nein. Sie wollte mir nur helfen.«

»Also Falschaussage vor Gericht.«

»Ich sehe, Sie finden wieder zu sich zurück. Wir müssen reden.«

Eine halbe Stunde später saß sie mit Daniel Brandt auf der aus rohem Holz gezimmerten Eckbank in seiner Hütte. Eine rot-weiß karierte Decke mit einigen Flecken lag auf dem Tisch. Im hereinfallenden Sonnenlicht bemerkte Verena ein großes Spinnennetz an der Zimmerdecke.

»Alles selbstgetischlert.« Daniel Brandt deutete auf die Sitzecke. Er hatte sich rasiert, das Haar gekämmt und frische Klamotten angezogen, hellblaue Jeans und ein rotes Sweatshirt.

Verena meinte nicht, dass sie ihm für seine Handwerkerkünste ein Kompliment aussprechen müsste.

»Ich habe mehrere Stunden damit verbracht, Sie zu suchen. Ich erwarte, dass meine Mandanten erreichbar sind.«

»Tut mir leid.«

Verena zuckte mit den Schultern. »Sie machen immer wieder etwas Unsinniges, und hinterher tut es Ihnen leid. Dem Kommissar gegenüber geben Sie zu, dass Sie Riesenprobleme mit Ihrer Frau hatten, und dann hauen Sie auch noch ab.«

»Probleme zu haben bedeutet nicht, dass ich sie umgebracht habe.« Er stieß ein bellendes Lachen hervor. »Sophie hat mich gar nicht so gestört. Sie dreht die ganze Zeit, und ich bin meistens hier.«

»Mit Ihrer jungen Freundin?«

»Soll ich sagen: Ich dachte, Angela wäre schon achtzehn?« Er grinste. »Obwohl genau das zutrifft.«

»Was ist mit dem Fernsehinterview von vorhin? Haben Sie da etwa auch Ihre falsche Entlastungszeugin erwähnt?«

»Nein. Ich habe meine Münchener Anwältin gelobt, die hier jetzt eine Kanzlei aufbaut. Aus meiner Zeit als Drehbuchautor weiß ich, wie wichtig Öffentlichkeitsarbeit ist.«

»Haben Sie etwa meinen Namen erwähnt?« Verenas Stimme wurde schrill. »Ich habe das Mandat niedergelegt.« Sie stand auf und schleuderte noch hinterher: »Abraham & Partner in München wollen Sie nicht.«

»Und Sie wollen mich auch nicht?«

Verena schaffte es nicht, seinen direkten Blick auszuhalten. »Nein. Ja. Richtig.« Sie betrachtete die Spinne in ihrem Netz. »Als angestellte Anwältin bei Abraham & Partner kann ich kein unerwünschtes Mandat führen«, setzte sie noch hinzu.

Brandt stand ebenfalls auf und stopfte sein Sweatshirt in die etwas zu weite Hose. »Hätte ich das nur vor dem Fernsehinterview gewusst.« Er grinste resigniert. »Dann hätte ich diese feine Kanzlei so richtig Maß genommen.«

Verena setzte sich wieder, stellte ihre Beine ordentlich nebeneinander und sah ihn unverwandt an. »Sie zu verteidigen ist schwer. Ich sehe an Ihnen keine Zeichen von Trauer über den Tod Ihrer Frau. Sie sind wütend, dass man Sie für tatverdächtig hält, aber Sie tun nichts, um diesen Verdacht zu entkräften.«

Brandt erwiderte standhaft ihren Blick. »Keine Sorge. Es melden sich in Kürze ein paar Zeugen, die mich am Todesabend gesehen haben. Beim Einkaufen, Essengehen und auf meinem Steg, wo ich öfter sitze und plotte.«

»Was tun Sie?«

»Ich denke über die Handlungsstränge in meinem Buch nach.«

»Psychothriller?«, fragte sie halb scherzhaft. Dann wurde sie wieder ernst: »Warum haben Sie mir Ihre Zeugen nicht längst benannt?« Ihre Augenbrauen wölbten sich in die Höhe.

»Ich musste erst deren Erinnerungsvermögen nachhelfen. Deshalb war ich unterwegs, als Sie mich vorhin gesucht haben.«

Verena atmete tief durch und stieß dann die Luft aus. »Was soll das heißen?«

Brandt zuckte die Schultern. »Vielleicht haben die Leute mich gesehen. Vielleicht wissen sie nicht genau, ob sie mich gesehen haben. Jedenfalls wollen sie mir helfen, weil sie mir glauben. Anders als Ihre verdammte Rechtsverdreherkanzlei.«

»Sie können sich meine Verteidigung abschminken.« Verena sprang hoch und verließ türknallend die Hütte. »Getürkte Beweise«, schrie sie noch durchs offene Fenster, »nicht mit mir!«

9

Auf seinem Roller sitzend, ließ Wolff die warme Luft um sich herumwirbeln, während er versuchte, seine Laune aufzubessern. Der triumphierende Anruf der Rechtsanwältin Starke über ihren Sieg beim Gericht hatte ihn geradezu erzürnt. Sie alle schoben massig Überstunden vor sich her, die nie abgebummelt wurden. Dann nahmen sie einen Verdächtigen fest, auch noch am Wochenende, und der Richter hatte nichts Eiligeres zu tun, als auf eine unglaubwürdige Zeugin hereinzufallen. Warum, verdammt, hatte der Brandt nicht gleich sein Alibi erwähnt? Dann hätten sie ihn sich gar nicht geschnappt. Wolff merkte, dass er mittlerweile mit achtzig Stundenkilometern die Straße entlangbretterte.

Vor dem Bürogebäude der ASTRA-Filmproduktion stellte er seinen Roller am äußersten Rand des Parkplatzes ab, um zwischen ein paar Luxuskarossen nicht aufzufallen. Er nahm den Helm ab, ließ den Wind durch seine Locken fahren und ging dann auf das mit schwarzem Glas verblendete Bürogebäude zu. Sein Spiegelbild wurde zurückgeworfen – ein großer, kräftiger, nicht mehr junger Mann in Jeans, T-Shirt, Sportschuhen.

Nachdem er seinen Kripoausweis gezeigt hatte, war es für die Empfangsdame kein Problem, den Produzenten höchstpersönlich ins Foyer zu holen.

Es kam ein großer, kantiger Mann in den Vierzigern im schwarzen Anzug auf ihn zu, der ihm die Hand in ähnlich harter Weise drückte, wie Wolff das zu tun pflegte. »Mein Name ist Dietrich. Traurige Umstände, unter denen wir uns kennenlernen.«

Wolff hielt eine Antwort darauf für entbehrlich und beobachtete, wie der Produzent sich der Empfangsdame zuwandte. »Wir sind in meinem Büro. Keine Anrufe, keine Störungen. Hier entlang, bitte.«

Sie gingen einen breiten, in Taubenblau gehaltenen Korridor entlang und traten in ein geräumiges Büro, dessen Außenwand eine vom Boden bis zur Decke reichende Glasfront bildete. Die Aussicht lohnte allerdings nicht das viele Glas, wie Wolff fand, denn sie reichte nur bis zu den mehrstöckigen ausgedehnten Filmateliers. Die Wand gegenüber nahmen riesige Poster in Glasbilderträgern ein, die aufgerollte Filmnegative aus analogen Zeiten in verschlungenen Bahnen zeigten.

Anders als Wolff, der seine Besucher gern vor seinem Schreibtisch Platz nehmen ließ, wies Dietrich auf eine in Weiß gehaltene Sitzgruppe mit einem langen Glastisch in der Mitte des Raums. Hier konnten bequem zwölf Personen auf den ledernen, drehbaren Sitzschalen Platz nehmen, deren jeweils sechs chromglänzende Beine Wolff an Kraken erinnerten.

»Kann ich Ihnen etwas anbieten?« Um dem Kommissar möglicherweise aus einer Verlegenheit zu helfen, fügte Dietrich hinzu: »Ich mache mir jetzt einen Kaffee.«

Er ging zu einem Büfett im hinteren Teil des Büros, auf dem eine Hightech-Kaffeemaschine stand. Nach kurzer Zeit standen zwei dampfende Cappuccino auf dem Tisch, und Wolff hatte kein Problem, das Getränk von seinem Zeugen anzunehmen, obwohl das eigentlich gegen die Dienstanweisungen verstieß. Aber manche Frage ließ sich leichter stellen, wenn man dabei etwas Alltägliches wie Kaffeetrinken tat.

»Sie haben es sicher bereits aus den Medien erfahren, dass es um Mord geht.« Wolff blickte Dietrich direkt an, um diesem selbstsicheren Mann klarzumachen, dass die Kripo in alle Richtungen ermittelte.

»Ich hörte, dass der Ehemann festgenommen wurde«, erwiderte der Produzent.

»Die Medien brauchen eine Story. Im Augenblick ist Daniel Brandt die Story.« Dass Brandt vom Richter gar nicht verhaftet, sondern schon wieder auf freien Fuß gesetzt worden war, brauchte er Dietrich nicht auf die Nase zu binden.

»Wie kann ich Ihnen da weiterhelfen?«, fragte der Zeuge mit leiser Ungeduld.

Wolff war sich im Klaren, dass er hier möglicherweise an der falschen Adresse war. Er lehnte sich zurück und musterte den Produzenten, um dessen Mund ein flüchtiges Lächeln zuckte. »Dass der Ehemann festgenommen wurde, bedeutet nicht, dass er auch der Mörder ist.«

»Was sollte ASTRA denn für ein Motiv haben, die Frau, die das Projekt maßgeblich mitträgt, umzubringen?« Das Lächeln seines Gegenübers war erloschen.

So direkt ausgesprochen, musste Wolff dem innerlich zustimmen.

»Bei meinen Recherchen bin ich auf ein interessantes Schriftstück gestoßen.« Wolff zog aus seiner Tasche ein Papier, das er aus dem Sekretär der Graf mitgenommen hatte, und warf es lässig auf den Glastisch, so dass es dem Produzenten direkt vor die Nase rutschte. Es ging um die Androhung einer Schadensersatzklage der ASTRA gegen Sophie Graf, da diese ohne anzuerkennenden Grund von dem Vertrag über die gemeinsame Produktion des Filmprojekts *Bestes Mädchen* zurücktreten wollte.

»Das Thema hat sich ja nun anderweitig erledigt.« Der Mann lachte laut und unkontrolliert. »Entschuldigung, das war daneben.« Er verschränkte die Arme vor der Brust. »Meine Reaktion kam daher, dass Frau Graf ihr großes Projekt nicht professionell genug betrieben hat. Sie mag eine gute Schauspielerin gewesen sein, aber sie hatte keine Ahnung, wie man Geld für einen Film auftreibt.« Dietrich warf einen weiten Blick nach draußen auf die Studiogebäude. »Ich kann Ihnen nicht mehr sagen. Unsere Geschäftsbeziehung ist ja durch ihren … äh … Tod beendet worden.«

»Es kam nicht zu dieser Schadensersatzklage?«

»Nein.«

»Eine leere Drohung?«

»Herr Kommissar, Sie kennen sich im Metier nicht aus, kein Vorwurf.« Dietrich legte den Kopf schief und lächelte gönnerhaft. »Viele Kinofilme werden in Koproduktion von mehreren Förderinstitutionen und Fernsehsendern, vor allem öffentlich-rechtlichen, produziert. Sie alle arbeiten zusammen, um ein Filmprojekt ins Leben zu rufen. Teamwork, sozusagen.« Er lehnte sich in seinen Sessel zurück und schlug die Beine übereinander.

»Sie haben recht, ich lerne eine Menge über Filmproduktion dazu.« Wolff zog das kleine Aufnahmegerät aus seiner Jackentasche. »Ich schreibe so ungern mit der Hand«, sagte er grinsend seinen üblichen Spruch auf. »Stört es Sie, wenn ich aufnehme, was wir sagen? Ich möchte nur alles richtig mitbekommen.«

Dietrich musterte mit gerunzelter Stirn das Gerät. »Machen Sie ruhig.«

»Ich sehe den Zusammenhang Ihrer lehrreichen Ausführungen mit meinem Fall nicht.« Wolff spielte mit seinem Gerät.

»Ich habe diesen langen schwierigen Prozess der Förderung deutscher Spielfilme nur erwähnt, um klarzustellen, dass mit harten Bandagen gekämpft wird. Es geht um Zeit und um viel Geld. Es gab – äh – gewisse Meinungsverschiedenheiten im Vorfeld.« Dietrich beugte sich vor und stellte seine Tasse mit Wucht auf den Glastisch. »Frau Graf hatte eine neue Finanzierungsidee, aber ihre Hausbank wollte nicht mitmachen. Ihre Kapitalanlage war nicht rentabel, sie schaffte es nicht, ihre Schiffsfonds mit Gewinn zu verkaufen. Viele Ideen und alle wieder verworfen. Aber offensichtlich hat sie den Schriftverkehr aufbewahrt. Er ist überholt.« Der Mann ließ ein gekünsteltes geschäftsmäßiges Lächeln aufblitzen. »Nochmal: Es gibt keinen Zusammenhang zwischen unserem Koproduktionsvertrag und dem Tod der Frau Graf.«

»Wie geht es denn jetzt weiter? Ich meine, wo diese große Chance einer Koproduktion verloren ist?« Wolff knipste das rote Licht an seinem Diktiergerät an und aus.

»Sie haben immer noch nicht verstanden. Das Projekt stand kurz vor Drehbeginn. Das heißt, die Finanzierung musste stehen, ehe die erste Klappe fällt. Auch hätten wir die Zusage der weiteren Förderinstitutionen verloren und vielleicht nie mehr welche bekommen. Ganz zu schweigen von den Vorankündigungen, die schon raus sind. Das wäre doch mehr als schade. Der Stoff ist noch da. Drehbuch und Regisseur auch. ASTRA steht noch hinter dem Projekt, und dieser italienische Koproduzent auch. Fehlt nur eine Schauspielerin, die an die Stelle von Sophie tritt …«

Wolff zog die Luft ein, fing sich aber gleich wieder. »Sie wollen also das Projekt trotz des Todes der Initiatorin durchziehen?«

»O Gott, die Arme …« Dietrich senkte den Kopf. »Ich weiß, es hört sich herzlos an, aber das ist nun mal Business. Es hängen viele Menschen dran, Schauspieler, Komparsen, Techniker, Maskenbildner, alle haben Verträge, die einzuhalten sind. Die Schadensersatzklagen …« Er blickte gedankenverloren durch das riesige Fenster.

»Noch 'ne Frage …« Wolff blickte den Produzenten durchdringend an. »Hatten Sie eine nähere Beziehung zu Frau Graf?«

»Herr Kommissar«, Dietrich dehnte seine Worte, »ich habe Sophie als Schauspielerin geschätzt. Ich habe ihren Elan und ihren Mut, sich an diesem Projekt zu versuchen, bewundert. Sie hätte eine wunderbare Filmdiva abgegeben. Warum fragen Sie das?«

»Reine Routine. Ein alter Kriminaler hat immer Fragen.« Wolff blieb sitzen, obwohl der Produzent Anstalten machte, aufzustehen.

»Wer hat eigentlich das Drehbuch geschrieben?« Er stellte sein Aufnahmegerät wieder an.

Dietrich warf ihm einen Blick zu, der sagte: Den kennen Sie ja doch nicht. »Marc Soderberg, der Autor von *Im Fadenkreuz*.«

Kenn ich nicht, dachte Wolff, nickte aber interessiert.

Da sagte Dietrich: »Dieser Brandt, Sophies Ehemann, sollte zunächst das Drehbuch schreiben.«

»Ah ja?« Wolff kniff die Augen zusammen. »Hatte sich Brandt nicht vom Filmgeschäft zurückgezogen?«

»Zwangsläufig.« Dietrich lachte geringschätzig. »Da geht's richtig um Geld, und einen Flop will nun wirklich niemand. Brandt ist nicht massenpublikumstauglich, wenn Sie verstehen.«

»Wie ist Herr Brandt denn?«

»Verschroben, abgehoben. Der hätte seine Vorlage mitten im Dreh zurückgezogen, wenn er mit der Umsetzung nicht einverstanden gewesen wäre. Vertrag hin oder her. O Gott, der arme Brandt, es wird schwer für ihn, sich von dem Verdacht zu befreien, nicht?«

Wolff richtete sich auf und dachte daran, wie er als Handballer den Arm zum Treffer ins gegnerische Tor erhoben hatte. »Ermittler haben Fantasie. Ich schiebe die Personen, die mit Sophie zu tun hatten, hin und her. In meinem Geist sind Sie sozusagen eine Schachfigur. Und jede kommt als Mörder in Betracht.«

10

Als Wolff auf seinem Roller zurück in die Direktion fuhr, war er nicht gerade in gehobener Stimmung. Das war wohl wirklich keine Spur, dieser Typ von ASTRA. Okay, es hatte Meinungsverschiedenheiten über die Finanzierung des Filmprojekts gegeben. Graf hatte Schwierigkeiten gehabt, ihren Finanzanteil für die Koproduktion aufzubringen. Aber deswegen beging man doch keinen Mord.

Wolff entschloss sich, noch einmal zu den Studios zu fahren, um Ivana zu suchen. Vielleicht konnte er ihr den Gang morgen früh in die Direktion ersparen. So könnte er auch gleich ihren dringenden Einsatz in der Statistengarderobe überprüfen. Wolff hatte das Gefühl, dass Ivana gehindert werden sollte, zu sagen, was sie wusste. Warum auch immer. Und er wunderte sich, dass er sie im Geist Ivana nannte.

Er suchte die Stankovic eine Weile, sah von weitem den Aufnahmeleiter Peters mit seinen Dispo-Listen herumlaufen. Schließlich ging er zum Pförtner, um sich den Arbeitsort der Maskenbildnerin sagen zu lassen, und wurde an einen Aufnahmeleiter durchgestellt. Der teilte mit genervter Stimme mit, dass jetzt niemand gestört werden dürfe, sie müssten die Szene mit den Statisten und dem teuren amerikanischen Star in den Kasten bringen. Nein, alle Pausen würden heute ausfallen. Wolff entschloss sich, nicht den wilden Mann zu spielen. »Dann sehe ich Frau Stankovic eben morgen in der Direktion.«

Als er ging, sah er, wie eine Frau mit hellbraunen Locken aus einer Tür trat und eilig die Straße zwischen den Studios entlangging. Ivana? Er war sich nicht sicher und rief: »Frau Stankovic?«

Die Frau drehte sich um, und er sah, dass sie es tatsächlich war. Aber statt zu reagieren, beschleunigte sie ihre Schritte. Wolff winkte. Da begann sie zu laufen und bog um eine Ecke. Wolff schüttelte den Kopf. Ehe er sich Gedanken machen konnte, was es zu bedeuten hatte, dass Ivana vor ihm flüchtete, vibrierte sein Smartphone.

»Frau Vogel hat angerufen, du weißt schon, die Nachbarin der Graf«, sagte Katja aufgeregt. »Is total in Sorge. Leon is nich in der Schule, und dabei haben sie heute eine Doppelstunde Sport, und auf Sport freut er sich immer …«

»Schwänzen fällt nich in unser Dezernat.«

»Mann, ey …«, sagte Katja.

»Leon sitzt mit Maria auf der Parkbank und hält Händchen.« Wolff deutete Katja kurz die Hintergründe von Leons nächtlichem Ausflug an und fügte versöhnlich hinzu: »Du kannst ja schon mal das Erforderliche veranlassen. Sag ihr aber noch nich, dass er der Einzige is, der den Mörder gesehen hat.«

Als Wolff endlich zur Direktion zurückkehrte, war es fast vier Uhr nachmittags. In Katjas Büro hörte er eine aufgeregte Männerstimme. Er klopfte kurz und trat ein.

»Wissen Sie denn immer noch nicht, wer es war? Für diesen Besuch mussten wir meine Szene verschieben. Bin gespannt, wann wir die in den Kasten kriegen.«

Ein schlanker, älterer Mann mit schwarzen, hinten mit einem Gummi zusammengefassten Haaren in grasgrünen Jeans wanderte auf und ab. Wolff wusste, dass die Kollegin ihre Zeugen nicht am Stuhl festnagelte, manche konnten beim Hin- und Herlaufen besser reden.

»Wir ermitteln in alle Richtungen.« Katja zog die Mundwinkel breit.

»Oh, bin ich tatsächlich verdächtig?« Der Zeuge schien plötzlich interessiert. »Ein guter Witz.« Er lachte kokett. Ein teures Herrenparfüm verbreitete sich im Raum und mischte sich mit dem von Katja.

»Guten Tag, Herr …«, sagte Wolff.

»Oliver Schwarz.« Der Mann wartete auf eine Reaktion, aber selbst wenn Wolff der Name etwas gesagt hätte, hätte er es sich nicht anmerken lassen.

»Der Partner in dem Filmprojekt von Frau Graf.« Der Mann verneigte sich leicht. »Die männliche Hauptrolle. Das ist der Produzent, der die Diva ins Verderben reißt.« Er schien seine Bemerkung selbst als deplatziert zu empfinden und hielt inne.

Katja strahlte cineastisches Wissen aus. »Ja, es ist ein furchtbarer Schlag, ich habe von dem Projekt gelesen, ein historischer Stoff, ich meine, wenn man die zwanziger Jahre … Und dann die Filmszene in Berlin …«

»Ja, Sie haben so recht. Meine Agentin twittert gerade ein paar Beileidsworte. Was für ein Verlust für die Filmszene. Wenn Sie auf meine Homepage gehen …«

Während der Schauspieler schwadronierte, bedeutete Katja Wolff mit dem Kopf, nach nebenan in sein Büro zu gehen. Wolff wusste, dass er sich manchmal zu sehr in die Arbeit der Kollegen einmischte, aber jetzt wollte er einfach mithören und holte unauffällig sein Aufnahmegerät aus der Tasche.

»Noch eine Frage, Herr Schwarz«, Katja senkte den Kopf wie ein braves Mädchen, »hatten Sie eine nähere Beziehung zu Frau Graf?«

Der Schauspieler zog hörbar die Luft ein, während Wolff sein Aufnahmegerät in die optimale Position brachte.

»Ich habe Sophie geschätzt«, sagte Schwarz mühsam beherrscht. »Sie hätte eine wunderbare Filmdiva abgegeben. Warum fragen Sie das überhaupt?«

»Reine Routine.«

»Wir waren aufeinander angewiesen, Sophie und ich. Niemand schneidet die Hand ab, die ihn füttert, Sie verstehen …« Er rieb an seinem Ohrläppchen.

»Ich hörte, dass die große Chance, das Filmprojekt zu realisieren, noch nicht verloren ist.« Wolff machte eine Spannungspause.

Der Schauspieler riss die Augen auf und zog die Brauen hoch, eine Geste, die Wolff an das Opfer in einem Psychothriller erinnerte, den er vor langer Zeit mit seiner Mutter an einem verregneten Wochenende gesehen und dabei Fotos aus der Rechtsmedizin betrachtet hatte.

»Der Stoff ist noch da. Drehbuch und Regisseur auch.« Wolff gab seine Erkenntnisse aus dem Gespräch mit Dietrich von der ASTRA genießerisch weiter. Jetzt starrte auch Katja ihn mit ihren grünen Augen an. »Alles ist noch vorhanden. Fehlt nur jemand, der an die Stelle von Frau Graf tritt. Eine Schauspielerin. Bei dem Stoff findet sich doch wer. Ich sprach am Set mit Frau Burger.«

»Puh …« Schwarz nickte ein paarmal vor sich hin, als komme ihm dieser Gedanke zum ersten Mal.

Wolff nutzte seine kurze Nachdenklichkeit. »Und ist erst mal die Schauspielerin da, fehlt noch jemand, der Frau Grafs Finanzierungsanteil aufbringt.«

»Daran wird es nicht mangeln.« Der Kopf des Schauspielers schnellte in Wolffs Richtung, dass sein Pferdeschwanz schwang. »Ich hatte Frau Graf bereits eine kleine Unterstützung zukommen lassen. Jeder, der etwas mit dem Projekt *Bestes Mädchen* zu tun hat, weiß, dass ihre Kapitalanlagen nicht so ergiebig waren, wie erhofft.«

»Wie hoch war denn Ihr Darlehen?«

»Die Fragen stelle ich hier«, sagte Katja mit grimmigem Blick zu Wolff.

Er tat, als merke er es nicht. »Es ist kein Problem, die Geldflüsse auf dem Konto von Frau Graf zu überprüfen.«

Schwarz schien zu begreifen, dass seine engagierte Unterstützung des Grafschen Projekts auch ihre negative Seite hatte. »Bin ich etwa verdächtig, weil ich alles für unser gemeinsames Projekt getan habe?«, platzte er heraus. »Ohne Anwalt sage ich gar nichts mehr.«

»Immer langsam.« Katja blies ihre rosafarbene Strähne aus der Stirn. »Noch sind Sie Zeuge. Sie können aber gern die Aussage verweigern.«

»Ich habe nichts zu verbergen.« Er stieß die Antwort mit einem Zischen hervor. »Fünfzigtausend. Bin ich jetzt entlassen?«

»Noch nicht ganz.«

Wolff stellte sich breit in die Tür. »Wann wollte Frau Graf das Geld denn zurückzahlen?«

»Vor einem Monat. Aber ich habe es ihr gestundet, weil unser Projekt …«

»Sie haben das Geld also nicht wieder bekommen?«

»Mein Anwalt wird die Forderung an den Nachlass anmelden. Wenn noch was da ist. Dieser Brandt ist doch völlig pleite. Hat sich mit Immobilienfonds vertan, in der Zeit, wo die noch was wert waren.«

»Du hättest mir den Schwarz ruhig mal alleine gönnen können.« Katja trat zu Wolff ins Büro, nachdem der Schauspieler zu seinem Dreh abgezogen war. »Da bestell ich mir 'nen gutaussehenden Mann ein, und du spielst dich auf.« Sie verdrehte die Augen und blies sich ihre rosafarbene Strähne aus der Stirn.

»Blond war besser«, bemerkte Wolff.

»Bin eben noch im Experimentieralter.« Katja warf einen Blick auf Wolffs graue Locken und nahm auf einer Ecke seines Schreibtisches Platz, was er nicht besonders mochte. In seiner Zeit als junger Volkspolizist blieb man mehrere Meter vor dem Tisch des Vorgesetzten stehen, es sei denn, er forderte einen auf, näher zu treten. Andererseits war sein Schreibtisch auch kein Heiligtum.

»Ich glaube, dir fehlt ein frischer Kaffee.« Wolff ging in die Ecke, in der Kühlschrank und Kaffeemaschine standen, weil er das Gefühl hatte, dass Katja es jetzt brauchte, ihrem Chef bei dieser untergeordneten Tätigkeit zuzuschauen. Ich hab sie noch gar nicht nach ihren Ermittlungen heute am Set gefragt, dachte er. Ein bisschen Sozialkompetenz war angebracht.

II

In den nächsten Stunden schrieb Sven Noack mehrere Zeugenprotokolle. Anscheinend hatten sich die Seddiner Bürger zusammengetan, um ihren eigenbrödlerischen Mitbürger vom Mordverdacht zu befreien.

›Polizeipräsidium Potsdam, 4. Kommissariat, es spricht Kriminalkommissar Sven Noack. Ich spreche telefonisch mit der dreiundsechzigjährigen Frau Henriette Gessner, die in ihrem Wohnhaus in Neuseddin einen Bäckerladen betreibt. Frau Gessner gibt an, dass sie den Tatverdächtigen, Herrn Daniel Brandt, am Freitagabend gegen 20.00 Uhr noch gesehen habe, wie er auf der Straße vorbeigegangen sei.

Frage: Haben Sie mit Herrn Brandt gesprochen?

Antwort: Nein. Mein Geschäft war geschlossen. Ich habe nur aufgeräumt und die Auslagen ein wenig umdekoriert. Da sah ich ihn vorbeigehen.

F: Allein?

A: Ja. Er war sowieso viel allein unterwegs.

F: In welche Richtung ging er?

A: Zu seiner Hütte. Man muss zum Ende der Straße und dann gibt es einen Weg durch die Wiesen.

F: Wirkte Herr Brandt unruhig oder aufgeregt?

A: Nein. Er kommt mir vor, als ob er ständig nachdenken würde.

Beginn der Befragung: 15.10 Uhr, Ende der Befragung: 15.27 Uhr. Unterschrift KK Noack.‹

Die Bedienung der Speisegaststätte *Zum Jägerhof*, Anita Wisniewska, siebenundzwanzig Jahre alt, gab an, Herr Brandt sei ein guter, regelmäßiger Kunde, und habe sich gegen siebzehn Uhr zwei Bouletten mit Kartoffelsalat verpacken lassen, um sie mitzunehmen. Am späteren Abend habe sie Herrn Brandt auf seinem Steg gegenüber sitzen sehen, als sie nach der Arbeit in der Küche noch geschwommen sei. Jedenfalls meine sie, dass es Herr Brandt war, der dort saß, es sei schon dämmerig gewesen.

›Aussage des Nachbarn Emmerich Breitkreuz, sechsundsechzig Jahre, wohnt mit seiner Frau den ganzen Sommer über in seiner Laube.

Frage: Haben Sie Herrn Brandt am Freitagabend gesehen?

Antwort: Ja. Er war doch die letzten Tage immer hier. Erzählte von Streit mit seiner Frau, dieser Schauspielerin. Wollte sie immer mal kennenlernen, aber für so eine Berühmtheit ist es hier nicht fein genug.

F: Sind Sie ganz sicher, dass sie Herrn Brandt an dem Abend gesehen haben?

A: Ja, bestimmt. In seiner Hütte brannte Licht. Er lässt es lange an. Da schlafen wir längst.

F: Wann schlafen Sie denn?

A: Gegen neun. Wir stehen ja auch um sechs auf.

F: Nach neun haben Sie Herrn Brandt also nicht mehr gesehen?

Es: Nicht direkt. Als ich mal auf Toilette bin, so gegen eins, da guck ich nämlich immer auf den Wecker, da brannte das Licht immer noch.

Vielen Dank für ihre Auskunft. Geschlossen, Noack, Kommissar, 16.20 Uhr.‹

12

»Ich gehe nicht in den Knast für ein Verbrechen, das ich nicht begangen habe!«, schrie Daniel Brandt.

»Sie sind auf dem besten Weg, sich selbst in den Knast zu befördern«, schrie Verena zurück. »Harmlose Leute anstiften, für Sie falsche Aussagen zu machen!«

Voller Wut über Brandts kopflose Aktion hatte sie seine Hütte mit dem Vorsatz verlassen, dieses frustrierende Mandat jetzt wirklich und endgültig niederzulegen. Jetzt stand sie an der Landstraße und blickte nach links und rechts. Nichts als Wald. In welcher Richtung lag der Bahnhof? Wo befand sich die Busstation? Die Vorstellung, entlang der staubigen Landstraße zu laufen, um dann noch zwei Stunden an einem Regionalbahnhof zu warten, versetzte sie noch mehr in Wut.

»Du und dein großer Babelsberger Mordfall, du Idiotin«, sagte sie laut zu sich. »Du kannst nur verlieren. Und dafür willst du dein festes gutes Gehalt aufs Spiel setzen?« Sie war so erregt, dass sie gar nicht merkte, dass Brandt ihr hinterhergelaufen war.

»Ich verfolge meine eigene Entlastungsstrategie«, sagte er mit einem müden Lächeln. »Ich brauche Zeit, dann finde ich Beweise.«

»Viel Glück bei der Suche. Wir beide haben nichts mehr zu besprechen.«

»Oh, doch. Ich habe nachgedacht. Es gab ziemliche Probleme bei der Realisierung von dem Filmprojekt. Sophie hatte die Nerven verloren und sich mit fast jedem verkracht. Sie hatte die Verhandlungen mit der ASTRA-Filmproduktion abgebrochen, ihren Filmpartner, den Oliver Schwarz, wollte sie nicht mehr, und mit dem Regisseur hat es große Auseinandersetzungen um die Gestaltung ihrer Rolle gegeben.«

Verena blieb stehen und sah, dass eben der Linienbus nach Potsdam Hauptbahnhof vorbeifuhr. Alle zwei Stunden, dachte sie.

»Wirklich eine starke Einlassung«, sagte sie schnippisch. »Der Produzent, der abgehalfterte Schauspieler und der Regisseur mit den hohen künstlerischen Ansprüchen tun sich zusammen, schmuggeln sich ins Haus Ihrer Frau, hauen ihr eine Flasche über den Kopf und stoßen sie dann die Treppe hinunter.«

»Wenn ich wüsste, wer es war, bräuchte ich Sie nicht.« Brandt blickte sie fast treuherzig an, ein merkwürdiger Kontrast zu seinem gebräunten, zerfurchten Gesicht. »Vorschlag: Der Bus ist durch. Der nächste fährt in zwei Stunden. Wenn ich Sie bis dahin nicht überzeugt habe, dürfen Sie nach Hause fahren und ich kaufe mir ein Gewehr, und dann soll sich noch jemand in meine Nähe trauen. Den Jagdschein habe ich, ehe Sie noch danach fragen. Bin ja aus dem Schwarzwald, da bekommt man das in die Wiege gelegt.«

Die Gedanken in Verenas Kopf überstürzten sich. Abraham & Partner hatte das Mandat niedergelegt. Sie selbst durfte sich von Brandt keine Vollmacht erteilen lassen, es sei denn … Wieder sah sie sich als Anfängeranwältin im unbekannten Babelsberg, ohne finanzielle Rücklage, ohne nützliche Kontakte, ohne Gehalt mit Arbeitgeberanteil zur Kranken- und Sozialversicherung. Sollte sie voll ins Risiko gehen, und das für einen Mandanten, dem sie nicht traute?

Ein leichter Wind war aufgekommen und kühlte ihre Stirn. Sie entschloss sich, ihre Entscheidung aufzuschieben und ihm eine letzte Chance zu geben. »Okay. Einen unschuldigen Menschen zu verteidigen, gäbe mir vielleicht neue Motivation.«

»Im Polizeiknast haben Sie das anders ausgedrückt: Es sei Ihnen egal, ob ich es getan habe.« Brandts Mundwinkel zogen sich nach oben.

Das stimmte. Verena konnte sich an ihre wütende Bemerkung gut erinnern. »Hm.« Sie zuckte die Schultern.

»Ich schlage eine kleine Wanderung vor, da lässt es sich besser reden.«

»Was könnte die Kripo noch alles gegen Sie ausgraben? Spielen Sie ja mit offenen Karten.« Sie blickte ihn streng an.

Er legte seine Stirn in Falten und sagte erst mal nichts. Eine Weile liefen sie schweigend nebeneinander her. Verena dachte nicht daran, ihm Starthilfe zu geben. Er wollte etwas von ihr. Sie kamen an dem Golfplatz vorbei.

Verena erschrak. Hoffentlich treffe ich Klaus nicht, dachte sie. Der Mistkerl ist doch vom Vater Angela Bellings, Brandts junger Freundin, in den Golf- und Countryclub am Seddiner See eingeladen worden. Doch von Niedhammer zum Glück keine Spur. Verena beobachtete die Leute mit ihren Caddies, die in kleinen Gruppen standen und mehr zu plaudern schienen als sich zu bemühen, den Ball ins Loch zu bringen. Mit einem Schritt in die berufliche Selbständigkeit würde sie sich von dieser Welt der teuren Clubs und der Mandanten, die ihr genügend abrechenbare Stunden brächten, verabschieden. Aber gab es nicht auch Mandate, die lohnten, wenn auch nicht im finanziellen Sinn?

»Was haben Sie eben gesagt?«, fragte Verena aus ihren Gedanken auftauchend.

»Dass ich in finanziellen Schwierigkeiten bin, wissen Sie ja. Als ich noch gut im Drehbuchgeschäft war, habe ich mich an Immobilien- und anderen Fonds beteiligt. Die sind so ziemlich den Bach runter. Ich musste einen Kredit bei meiner Frau aufnehmen. Ich hatte mich auch sonst ein wenig verspekuliert.«

»Wie hoch war der Kredit?«

»Fünfhunderttausend.«

»Das hat sich ja nun erledigt.« Sie schluckte. »Weiter.«

»War die Kripo schon bei Gerardo Orlandi?«

»Keine Ahnung, was die Kripo tut. Sie erzählt mir das nicht«, sagte Verena gereizt. »Wer ist überhaupt dieser Orlandi?«

»Italienischer stiller Teilhaber, und zwar nicht nur am Filmprojekt meiner Frau. Sie verstehen?«

»Wollen Sie andeuten, dass Ihre Frau einen Liebhaber hatte?«

»Nicht nur einen. Aber mit dem Orlandi war es ihr ernst.«

Sophie Graf wollte sich also vermutlich wegen eines anderen Mannes trennen, dachte Verena.

»Wir sind jetzt an meinem Steg angelangt«, sagte er.

Er ging den langen Holzsteg entlang, und Verena folgte ihm.

Warum auch nicht, der Tag war warm und sonnig und die Luft hier draußen frisch. Sie setzte sich neben Brandt auf eine etwas wackelige Bank ganz vorn. Von einer kleinen Badeplattform führte eine Leiter ins Wasser. »Mein Lieblingsplatz«, sagte er.

»Ganz entzückend«, flötete sie mit aufgesetzter Fröhlichkeit. Unter anderen Umständen hätte sie seine Begeisterung geteilt. »Wollen Sie etwa sagen, dass Ihre Frau diesen Orlandi heiraten wollte?«

»Sophie wohl ja. Er, glaube ich, eher nein. Er hat Familie.«

»Hat Ihre Frau Ihnen das erzählt?«

»Nein. Wir haben eigentlich überhaupt nicht mehr über uns und unsere Ehe gesprochen. Es gab nur Streitereien ohne Ende, um Nichtigkeiten. Dann bin ich halt hierher ausgewichen.«

»Woher wissen Sie dann von dieser Beziehung zu Orlandi?«

»Ich hab ein wenig in Sophies E-Mails geschmökert. Sie war manchmal so konfus, dass sie den Computer angeschaltet ließ.«

»Also auch noch eifersüchtig nach Beweisen suchender gehörnter Ehemann?«

»Eher Gewissheit suchend.«

»Egal.« Verena starrte auf das Ruderboot, das am Steg angebunden war. Sie schwiegen beide. Nichts als leises Wasserklatschen war zu hören.

13

»Leon ist auch nicht beim Fußball«, sagte Frau Vogel statt einer Begrüßung, als sie Wolffs Büro betrat. Sie trug ein beigefarbenes Sommerkostüm, aber der elegante Eindruck wurde durch die Querfalten im Rock beeinträchtigt, und die Jacke war schief geknöpft.

Er begrüßte die Frau freundlich, hatte er doch den Anruf Katjas, dass Leon nicht in der Schule gewesen sei, über seine anderen Aktivitäten fast vergessen.

»Ist Leon heute Morgen wie üblich aus dem Haus gegangen?«

»Schlag halb acht, wie immer. Und Schulrucksack und Fußballzeug hat er auch mit.« Frau Vogel hatte ihre rotgeweinten Augen nur mühsam mit dick aufgetragenem Make-up überdeckt und wirkte aufgeregt und fahrig.

»Beruhigen Sie sich. Dass ein dreizehnjähriger Junge mal nicht in die Schule geht, ist nichts Besonderes.« Wolff dachte daran, wie er mit zwei Freunden während des Matheunterrichts rauchend auf der Wiese liegend die Freiheit geprobt hatte.

Er machte eine Handbewegung, dass die Frau sich auf einen Stuhl vor seinem Schreibtisch setzen solle, und stellte, ohne zu fragen, ein Glas Mineralwasser vor sie hin. Mechanische Verrichtungen beruhigten, wie er aus Erfahrung wusste. Wolff hielt die Lage für nicht so dramatisch, dass er die Psychologin angefordert hätte, die speziell für die Unterstützung der Angehörigen bei einer Entführung geschult war.

»Leon ist ein so zuverlässiger Junge«, schluchzte die Mutter. »Ruft immer an, wenn's später wird, und hat auch Geld fürs Taxi dabei. Da ist was passiert.«

»Haben Sie mal den Trainer gefragt?«

»Was glauben Sie denn?« Die Stimme der Frau überschlug sich fast. »Er ist auch in Sorge. Ich hab eine Liste mit allen Kontakten zusammengestellt, wie Ihre Kollegin mir geraten hat. Freunde, Klassen- und Sportkameraden, Verwandte.«

Gute Arbeit, Katja, dachte Wolff. Wenn die Sache hier vorbei wäre, würde er seine Kollegin einen Tag freistellen, einfach so, ohne Urlaub. Sollte sie shoppen gehen oder sonst was machen. Er wusste eigentlich gar nicht, wie ihr Privatleben aussah.

»Hab schon alle Leute angerufen, ich meine die, die da waren …« Frau Vogel schluchzte, und Wolff schob ihr ein Paket Papiertaschentücher hin. Sie nahm eines und wendete sich ab, als sie sich vorsichtig die Nase schnäuzte.

Wolff beobachtete die schmale, elegante Frau und dachte, dass sie es bestimmt als Zumutung des Schicksals empfand, dass ausgerechnet ihr Sohn verschwunden war. Er zögerte, entschloss sich dann, der Frau reinen Wein einzuschenken, auch wenn er Leon versprochen hatte, es nicht zu tun. Mit ruhiger Stimme erzählte er, dass Leon in der Todesnacht einen Spaziergang gemacht habe.

»Nachts einen Spaziergang? Nein, das kann nicht sein. Er hat doch geschlafen.«

»Vielleicht hat er geschlafen, als Sie nach ihm geschaut haben. Aber zwischendurch war er kurz draußen, so gegen Mitternacht.«

»Aber warum … Woher wissen Sie das überhaupt?«

»Es gibt ein Mädchen«, sagte Wolff vorsichtig. »Maria.«

»Nein, das kann nicht sein«, sagte Frau Vogel fassungslos. »Ich kenne keine Maria, und in seiner Klasse ist auch keine Maria und in seiner Schule auch nicht. Das weiß ich ganz genau, weil ich Elternsprecherin bin und mit allen Eltern vernetzt.« Letzteres glaubte Wolff unbesehen.

»Vielleicht ist Leon noch nicht dazu gekommen, Ihnen Maria vorzustellen. Jedenfalls ist Ihr Sohn bei seinem Spaziergang zufällig Zeuge eines heftigen Streits von Sophie Graf und einem Mann auf der Terrasse geworden. Nach dem Tod der Frau Graf hat er mit seinem Fußballtrainer über seine Beobachtung gesprochen, und der ist mit ihm gestern hier gewesen.« Wolff fügte hinzu: »Ich habe Leon gesagt, dass er das zu Hause nicht erzählen muss. Also schimpfen Sie nicht mit ihm, sondern mit mir.«

»Wenn er nur wieder da wäre«, schluchzte Frau Vogel.

»Leon ist nichts passiert«, sagte Wolff beruhigend. »Er ist Kapitän seiner Fußballmannschaft. Sportlicher Junge, beliebt in seiner Klasse.« Einen Augenblick dachte er an seine eigene schöne

Zeit als Mitglied der Handball-Nationalmannschaft. Er konnte sich vor Freunden kaum retten. Und vor Freundinnen. »Der Junge ist kein Opfertyp.«

»Sie haben leicht reden.« Frau Vogels Stimme kiekste. »Sie sagen mir, dass Leon eine schreckliche Beobachtung gemacht hat, und jetzt kommt der Mörder und beseitigt ihn auch noch. Und die Polizei unternimmt nichts.« Sie brach kurz in hysterisches Weinen aus, das genauso schnell wieder verstummte, und starrte Wolff an. »Das war doch der Brandt?« Dann schrie sie: »Hat der etwa auch meinen Sohn auf dem Gewissen?«

»Beruhigen Sie sich. Ich glaube, es hat mit Maria zu tun. Vielleicht traut Leon sich mit dem Mädchen nicht zu Ihnen nach Hause.«

»Leon ist dreizehn«, kreischte Frau Vogel.

»Okay. Dann spielen wir ein anderes Szenario durch«, sagte Wolff, der das Gefühl hatte, dass die Frau das jetzt brauchte. »Ich gehe davon aus, dass die Familie Vogel recht begütert ist. Gibt es irgendwelche Drohungen von Leuten, die Ihnen oder Ihrem Mann nicht wohlgesinnt sind? Menschen, die Rache nehmen wollten? Geschasste Liebhaber, eifersüchtige Leute, gekündigte Arbeitnehmer?«

»Sie meinen eine Entführung?« Frau Vogel richtete sich kerzengerade auf. »Nun ja, wir sind wohlhabend. Mein Mann ist in der Werbebranche, eine Firma mit über dreißig Angestellten. Da gibt es natürlich auch Ärger. Er führt mehrere Rechtsstreite vor dem Arbeitsgericht wegen Kündigungen.«

Wolff wunderte sich, dass die Vorstellung einer Entführung ihres Sohnes die Frau offensichtlich nicht so erschreckte wie die Vorstellung, er habe sich Hals über Kopf mit einem Mädchen davongemacht. Er selbst sah es genau andersherum, ganz besonders, wenn er an die Maschinerie dachte, die in Entführungsfällen angestoßen wurde. Eine Vermissten-Soko bestand aus bis zu fünfzig

Polizisten. Es wäre wie mit der Stecknadel im Heuhaufen. Freunde, Mitschüler, Lehrer, Nachbarn befragen. Wann und wo hatten sie Leon zuletzt gesehen? Das gesamte Umfeld abklappern, Leons Aktivitäten im Netz durchgehen. Mit der Polizeipsychologin die Familienverhältnisse aufklären. Möglicherweise Waldgebiete absuchen. Und neben all der Hektik auf einen Anruf mit einer Lösegeldforderung warten.

»Bei einer Entführung erfolgt eine Kontaktaufnahme durch den Täter in der Regel in den ersten vierundzwanzig, maximal achtundvierzig Stunden«, sagte er. »Entweder durch einen Telefonanruf oder ein anonymes Schreiben.«

»Bei uns ist nichts eingegangen.«

»Entführer kundschaften häufig zunächst die Lebensgewohnheiten des Opfers aus, um herauszufinden, wann und wie sie am besten zugreifen können. Ist Ihnen etwas aufgefallen? Personen, die das Haus beobachtet haben? Ein unbekanntes Auto, das häufig vorbeigefahren ist?«

Frau Vogel schüttelte den Kopf. »Nein. Alles war wie immer.«

»Ich werde veranlassen, dass heute Nacht zwei Kollegen bei Ihnen sind und außerdem Abhörspezialisten. Um Telefongespräche aufzunehmen und den Anrufer zu lokalisieren.«

»Fast hätte ich es in der Aufregung vergessen: Ich habe Leons I-Phone mitgebracht. Er musste es zu Hause lassen, weil er doch heute Sport hatte und in der Schule darf er sowieso nicht …« Sie schluchzte wieder. »Aber das Passwort …«

»Wir lösen das Problem«, sagte Wolff beruhigend und dachte an eine neue anspruchsvolle Aufgabe für Sven.

Frau Vogel holte zitternd aus ihrer Handtasche ein weißes I-Phone heraus.

»Gut.« Wolff nahm das Gerät. »Vielleicht finden wir hier einen Hinweis. Haben Sie vielleicht auch ein Foto Ihres Sohnes?«

Frau Vogel nickte. »Ich habe ein paar herausgesucht, weil Ihre

Kollegin das schon gesagt hatte.« Sie holte mehrere Fotos aus der Tasche, die Leon im Fußballtrikot zeigten, aber auch Porträtfotos.

Wolff schickte einen weiteren dankbaren Gedanken an Katja.

»Hoffentlich sind die Bilder nicht das Einzige, was mir von Leon bleibt.« Wieder brach sie in lautes Weinen aus.

»Hat Leon vielleicht ein Tagebuch geführt?«

»Tagebuch? Er ist ein Junge. Er spielt Fußball.«

»Wir werden uns morgen Leons Zimmer anschauen. Wir müssen auch seinen PC mitnehmen. Aber bis dahin ist er bestimmt wieder zurück.«

Wolff überlegte, ob er die Frau bitten sollte, ein benutztes Kleidungsstück zur Verfügung zu stellen, damit die Suchhunde Witterung aufnehmen könnten, entschloss sich aber, das zurückzustellen. Eine derartige Bitte brachte Eltern meist völlig aus der Fassung.

»Und was geschieht jetzt?«, fragte Frau Vogel beim Gehen.

»Falls heute Nacht jemand anrufen sollte, sind meine Kollegen bei Ihnen. Sie werden Ihnen Anweisungen geben, wie Sie sich zu verhalten haben. Versuchen Sie auf jeden Fall, bei einem Telefonanruf Zeit zu gewinnen. Und Sie brauchen unbedingt ein Lebenszeichen von Leon.« Er streckte der Frau die Hand hin. »Vor allem beruhigen Sie sich. Neunzig Prozent aller Entführungsopfer kommen wieder frei.«

Als die Frau gegangen war, setzte Wolff sich an seinen Schreibtisch und schob gedankenverloren die Märklin-Lok hin und her. Leon, der einzige Augenzeuge, war verschwunden, keine schöne Vorstellung. Und bei Kindern und Jugendlichen betrug die Quote der freigelassenen Opfer auch nur fünfzig Prozent.

14

Benjamin Simon war vor ihr eingetroffen, stand auf, sobald er sie das Restaurant betreten sah, kam ihr entgegen und begrüßte sie mit einem Handkuss, ohne dass seine Lippen ihren Handrücken berührten. Er trug heute Weiß. Die Jeans, das Hemd. »Schön, dass Sie gekommen sind.« Er umfasste sie mit den Augen.

Verena war aufgeregt. Den ganzen Tag lang hatte sie sich im Stillen auf ihr Date mit dem charmanten Regisseur gefreut, der ihr gestern Abend auf der Premierenveranstaltung einen Zettel mit Ort- und Zeitangabe zugesteckt hatte. Sie fühlte sich geschmeichelt und ein wenig befangen und war froh, ihr leichtes gelbes Sommerkostüm angezogen zu haben.

Simon machte eine Handbewegung zu der großen Aussichtsterrasse hoch über dem Griebnitzsee, der auf der anderen Seite von Wald umgeben war und im letzten Sonnenlicht grün funkelte. Der warme Wind fuhr ihnen durch die Haare und ein Duft nach Rosen, Luft und Seewasser umgab sie.

»Ein interessanter Abend gestern«, sagte Verena. »Ich hoffe, dass der Film über diesen jungen begabten Roma, der zum Prominentenfriseur und Maler wird, erfolgreich ist.«

»Ein Kassenerfolg wird der Film sicher nicht«, sagte Simon, »dafür ist er zu künstlerisch, zu wenig Mainstream. Aber dem Filmnachwuchs geht es darum, das Meisterstück zu schaffen und sich ins Gespräch zu bringen.«

Unten auf dem Wasser zogen Paddelboote vorbei. Simon seufzte theatralisch. »Ich müsste mehr Bewegung haben bei dem Stress. Wenn ein Film im Kasten ist, versuche ich, aufzuholen und treibe Sport bis zum Umfallen. Dann kommt der nächste Film und wieder derselbe Stress.« Er lachte.

Verena überlegte, ob sie ihr Judotraining erwähnen sollte, aber etwas hielt sie davon ab. »Erzählen Sie mir etwas über die Aufgaben eines Regisseurs.«

Simon schien nur darauf gewartet zu haben. »Wenn ich eitel wäre, würde ich sagen: Der Regisseur ist von der Vorbereitung bis zum fertigen Film die allmächtige künstlerisch gestaltende Kraft. Ich interpretiere nicht nur das Drehbuch, sondern setze es eigenschöpferisch um. Ich habe schon vor Beginn des Drehs eine konkrete Vorstellung vom fertigen Film und seinen verschiedenen Elementen, was den Einsatz der Schauspieler und die künstlerische Gestaltung ihrer Rollen mit umfasst.

»Puh, das ist viel. Sie müssen also dramaturgische, darstellerische und visuelle Elemente zu einem Film zusammenfügen.«

»Nicht nur das. Ich muss auch die künstlerischen und technischen Mitarbeiter motivieren, leiten und ihre kreativen Beiträge koordinieren. Nicht zu vergessen die Seelsorge. Im hektischen Filmgeschäft liegen die Nerven häufig blank. Der Zeitplan muss unbedingt eingehalten werden, sonst tritt mir der Produzent auf die Füße. Filmförderungen verfallen, wenn die vorgesehene Drehzeit überschritten wird.«

Die nächsten Stunden vergingen angenehm bei Aperitif, Vor- und Hauptspeise, Seeblick und einer Unterhaltung über Filme, wobei Simon sich als Kenner alter Hollywoodfilme herausstellte.

»Die schwarze Serie, diese Meisterwerke der neunzehnhundertvierziger Jahre über die Schattenseiten amerikanischen Lebens«, schwärmte er. »Das war damals neu und innovativ. Weg von der Schwarzweißwelt der Abenteuerfilme der dreißiger.«

Verena musste zugeben, dass sie keinen einzigen dieser Film noirs gesehen hatte.

»Das holen wir nach. Wenn ich an *Frau ohne Gewissen* denke, einfach genial in Szene gesetzt von Billy Wilder. Und die Schauspieler. Fred MacMurray, der bis dahin immer der gute Kerl war.«

»Worum geht es?« Verena fühlte, wie ein Stück der Begeisterung und Faszination des Regisseurs auf sie überging.

»Sie machen kein Strafrecht, oder?« Seine Augen machten Späße, zwinkerten schelmisch.

Verena trank einen Schluck Wein. Aufschub. »Hm. Abraham & Partner beschäftigen sich eher mit dem Urheber- und Medienrecht.« Da Simon bisher den Mord an Sophie Graf nicht erwähnt hatte, wollte sie damit auch nicht beginnen, obwohl sie von ihm bestimmt einiges über die Tote hätte erfahren können.

»Wenn Sie nicht Strafverteidigerin sind, kann ich ja ungehemmt erzählen.« Simons Stimme war klar, seine Aussprache deutlich und nur ein Hauch von süddeutschem Akzent war zu hören, gerade so viel, dass es der Sprache Charakter gab.

»So einen Fall möchten Sie als Anwältin bestimmt nicht haben.« Er griff nach seinem Weinglas und stieß mit Verena an. »Der Film beginnt mit einem Geständnis: Ein Mann sitzt nachts in einem Büro, er ist verletzt, er zündet sich mühsam eine Zigarette an und spricht das Geständnis eines Mordes in ein Tonbandgerät: *Ich bin's, Walter Neff, Versicherungsagent, 35 Jahre alt, unverheiratet. Es ging um viel Geld. Und um eine Frau. Ich verlor beides, sie und das Geld. Pech.*«

Verena musste an Daniel Brandt denken.

»Noch einprägsamer ist das Original.« Der Regisseur deklamierte, während er ihr tief in die Augen blickte: *»Yes, I killed him. I killed him for money. And for a woman. I didn't get the money and I didn't get the woman. Pretty, isn't it?«*

Ihr lief ein Schauer über den Rücken.

»Dazu die Rolle der Femme fatale. Barbara Stanwyck, berühmte Hollywood-Schauspielerin. Der Film machte Schluss mit der Moral, Schluss mit Schwarzweiß, alle Grauschattierungen kamen dazu. Verbrechen, Wollust, Habgier, und das im Bürgertum.«

Eine Windböe fegte über die Terrasse, und Verena wusste

nicht, ob sie deswegen plötzlich fror oder weil sie an das Geständnis des einsamen Filmhelden dachte.

»Natürlich geht die Frau heil aus der Affäre hervor?« Sie lachte ein wenig mühsam.

»Na klar.« Simon zog die Brauen hoch. »Sie führt den armen Kerl gehörig an der Nase herum.«

»Na, na, dazu gehören immer zwei. Oder wollen Sie sagen, dass ein anständiger Mann zum Mörder wird, nur weil er einer geheimnisvollen Blondine begegnet?«

»Für mich müsste schon mehr drin sein als eine Nacht mit einer geheimnisvollen Blondine.« Er verzog schmerzlich grinsend das Gesicht. »Mögen Sie einen Nachtisch?«

Er bestellte Tiramisu und Kaffee.

»Was halten Sie von einem kleinen Spaziergang zum Babelsberger Park? Die Nacht ist mild, und die Havel glitzert im Mondlicht.«

Sie verließen das Lokal und machten sich auf den Weg zum Park. Wieder empfand Verena einen kleinen Schauder, da sie direkt an der Villa von Sophie Graf vorbeikommen würden. Ob dort Licht brannte? War Daniel Brandt zurückgekehrt? Er hatte die Frau verloren, nicht aber seinen Besitz. Das unterschied ihn von dem tragischen Helden in *Frau ohne Gewissen.*

Verena hakte sich bei Simon unter, und er nahm ihre Hand, was durchaus angenehm war.

Als sie sich der rosafarbenen Villa näherten, konnte Verena sich nicht zurückhalten und fragte: »Kannten Sie Sophie Graf persönlich?«

»Natürlich. Alle kannten sie. Ich war sogar schon in ihrem Haus, auf einer großen Premierenparty.« Simon neigte den Kopf zu ihr und murmelte: »Ein wahnsinniger Verlust für die Szene.«

Verena überlegte, ob es auffällig wäre, mehr über die Schauspielerin zu erfragen.

»Wie sehen Sie als Juristin die Lage von Daniel Brandt?«, unterbrach Simon sie in ihren Gedanken. »Ein begabter Schreiber, der mit dem Ruhm seiner Frau nicht klargekommen ist. Eifersucht kann einen Kerl schon fertig machen, wenn man nichts entgegenzusetzen hat.«

Verena hatte nicht den Eindruck gewonnen, dass Brandt sich in der Beziehung minderwertig fühlte. Aber er hatte auch von Orlandi als Geldgeber und ernsthaftem Liebhaber seiner Frau gesprochen. In ihrem Anwältinnengehirn erschien: ›Eifersucht auf Nebenbuhler?‹

»Ist das die Villa?«, fragte sie scheinbar ahnungslos.

»Ja, hier wohnte sie. Alles dunkel.« Simon lachte heiser, dann zog er sie sanft weiter. Sie kamen an Villen vorbei, die zum Teil versteckt hinter hohen Hecken oder weitab von der Straße entfernt in Parks lagen. Einige schienen unbewohnt und hatten erblindete Scheiben und schadhafte Zäune.

»Heinz Rühmann, Brigitte Horney, Lilian Harvey haben hier gewohnt. Die Harvey zog weg nach der Machtergreifung durch die Nationalsozialisten.« Simon plauderte mit seiner angenehmen etwas angerauten Stimme.

Verena ließ sich gern mitziehen.

»Hier war das Haus von Brigitte Horney. Es wurde zwischenzeitlich besetzt und für soziale Zwecke genutzt, während die Erben stritten.« Er blieb vor einem eher bescheiden wirkenden zweistöckigen Gebäude mit einem tief gezogenen, geschwungenen Dach, Kastenfenstern und grünen Fensterläden stehen. Davor lag eine große Wiese mit alten Bäumen. »Erich Kästner hat hier heimlich gearbeitet, er hatte im Nationalsozialismus Schreibverbot. Er hat übrigens anonym das Drehbuch zu dem UFA-Film *Münchhausen* geschrieben.«

»Eine wirklich interessante Gegend.« Verena meinte es ehrlich.

»Ja, Sie sind in der Filmstadt Babelsberg.« Simons dunklen

Augen funkelten im Licht einer Straßenlaterne. »Der Film hat hier Tradition seit über hundert Jahren. Widmen Sie Ihre berufliche Tätigkeit den Filmemachern und Sie werden diese Wahl nicht bereuen.«

Es war faszinierend, mit diesem Kenner durch die milde Nacht zu gehen.

»Ich hätte ein gutes Mandat für Sie«, sagte er. »Urheberrecht. Ein Freund von mir ist auch Regisseur und Drehbuchautor. Er hat das Urheberrecht als Autor eines Drehbuchs, er hat darin Regie- und Kameraanweisungen, Konzepte zur Schauspielerführung und Hinweise zur Kostüm- und Szenengestaltung gegeben. Aber an der Herstellung eines Films wirken nun mal viele Menschen mit. Sie alle kennen die zugrunde liegende Idee. Mein Freund hat die Vermutung, dass jemand Bestimmtes seine Idee geklaut hat. Einfälle für Filmstoffe genießen keinerlei Schutz. Wo verläuft die juristische Grenze zwischen ungeschützter Kreativität und geschütztem Schöpfungsakt? Da könnten Sie sich hervorragend betätigen.«

Verena wusste nichts zu erwidern. Sie war kurz davor, ihre Arbeit im Medienrecht bei Abraham & Partner aufzugeben.

Sie lehnte sich an ihn. Er legte seine Finger unter ihr Kinn, hob es an, strich über ihre Nase, hinterließ eine Kribbelspur auf Oberlippe, Mund und Hals. Sie küssten sich. Sein Gesicht war warm, sein Mund angenehm, seine Zunge zart. Dann hielten sie inne. Sein Gesicht war so nah, dass sie jedes Detail sah, jeden Bartstoppel. Die spitze Falte zwischen den Augenbrauen war glatt, seine Augen waren dunkel. Verena fand es schwierig, darin zu lesen.

»Bisher habe ich mich noch nicht mit dem Recht an Ideen für Drehbücher beschäftigt«, sagte sie.

»Alles geschieht einmal zum ersten Mal. Wir haben uns zum ersten Mal geküsst. Und gleich werden Sie mit mir zum ersten Mal nachts in den dunklen Park gehen.«

Die große Wiese mit den hohen Laubbäumen lag vor ihnen. Einige Laternen ließen sanftes Licht auf den Fußweg strömen. Ein nächtliches Ausflugsboot zog vorbei, Lichter, Musik, Gelächter.

Irgendwann lagen sie auf Gras, abseits des Spazierwegs. Ihre Finger begannen, fremdes Terrain zu erforschen. Sein Hemd war glatt und kühl, und das weckte ihren Ehrgeiz, ihn zum Schwitzen zu bringen. Der Gürtel schnitt wie ein harter Saum das Gefühl von Haut unter Stoff ab. Die Jeans ließen nicht so viel Haut spüren wie das Hemd.

Einen Augenblick dachte sie an Klaus und seine ältere Anwältin. Dann tauchte sehr kurz das Bild einer zusammengesunken auf dem Bahnsteig sitzenden, Rotz und Wasser heulenden Verena auf. Dann dachte sie, dass sie so weit keinesfalls hatte gehen wollen, wenigstens nicht heute. Dann dachte sie gar nichts mehr.

Sie fielen übereinander her. Sie mit der Wut auf Klaus und seine alte Liebhaberin. Mit der Wut, dass Brandt sich ausgerechnet ihren Schreibtisch aussuchen musste, ihren Arbeitsplatz in Gefahr brachte. Und dieser Regisseur – hatte auch er etwas, das sich unbedingt Luft verschaffen musste?

Es blieb weder Zeit noch überschüssige Kraft, um sich über den Ort, liederlich verteilte Kleidung oder mögliche nächtliche Parkbesucher Gedanken zu machen.

»Gestatten, Benjamin Simon, Regisseur aus Leidenschaft«, sagte er atemlos. »Vielleicht darf ich Sie Verena nennen und du sagen?«

»Nichts dagegen«, brachte sie noch heraus.

Dann verschwamm die Welt in einen grenzenlosen Raum. Hinterher lagen sie erschöpft da, jeder auf seiner Seite. Verena fühlte sich einsam und wollte sich doch nicht zu ihm drehen.

Dienstag, 1. September

I

Meditation war das einzige Mittel, das ihr jetzt helfen würde. Ivana saß in ihrer Wohnung an ihrem stillen Ort auf der Matte, die Klangschale vor sich und atmete tief die frische Luft, die von der offenen Terrassentür aus dem Garten hereinströmte. Zu Beginn ihrer Yoga-Übungen um sechs Uhr früh, zu Brahma Muhurta, sollte der Geist leer und frei wie ein unbeschriebenes Blatt sein, unbeeinflusst von weltlichen Eindrücken und jenseits aller Ängste. Beende deine Unentschlossenheit, sagte sie sich, dein Abgelenktsein, deine Zweifel. Es fiel ihr schwer heute. Ihr Geist sprang herum wie ein ungelehriger Affe, aber sie hoffte, ihn noch zu beruhigen. Wenn man einen Raum ausfegte, der lange nicht gereinigt war, kam Schmutz zutage. Genauso kamen in der Meditation verschiedene Unreinheiten an die Oberfläche des Geistes. Sie wollte den Schmutz beseitigen, ihren Geist darüber erheben. Meditation war der einzige Weg vom Irrtum zur Wahrheit, von der Dunkelheit zum Licht, von der Ruhelosigkeit zum Frieden.

Das Geräusch heranschleichender Schritte hörte Ivana nicht. Sie fühlte auch nicht, wie die heranschleichende Gestalt den leichten Luftzug aus dem Garten unterbrach. Aber da wurde das noch trübe Licht des frühen Morgens schlagartig hell. Etwas explodierte, ganz anders als das sich langsam ausbreitende milde Glühen der tiefen Meditation. Ihre Hände fuhren an die Kehle. Sie begriff nichts. Wer legte die Schlinge um ihren Hals? Wer zog sie zu? Sie musste doch atmen, tief einatmen, lange ausatmen. Aber es ging so schwer. Und dann gar nicht mehr. Etwas zog sie nach unten, als falle sie in einen tiefen Trichter. Atmen! Sie fiel noch immer in die Tiefe, aber langsamer, als könne sie fliegen. War das die tiefste Meditation? Der göttliche Zustand? Jetzt glomm ein Licht auf, mild und schön und tröstlich. Sie musste gar nicht mehr atmen.

2

Seine Hände waren trotz der Wärme kalt und zitterten. Wolff blieb stehen und holte einmal tief Atem, um sich zu wappnen. Es war erforderlich. Auf ihrer himmelblauen Yogamatte lag Ivana, und er wusste sofort, dass sie tot war. Ihr leichter heller Anzug mit der wadenlangen weiten Hose saß perfekt. Kein Fleck, kein Riss, kein Blut. Das braune lockige Haar war zu einem ordentlichen Pferdeschwanz gebunden. Aber ihrem grazilen Körper haftete eine Schwere und Schlaffheit an, die zeigte, dass kein Leben in ihr war. Sie lag auf dem Rücken, Arme und Beine gespreizt, die Finger klauenartig zusammengezogen.

Er wusste nicht, wie lange er schwer atmend im Raum gestanden hatte. Er wollte hin zu Ivana, sie berühren, als könne er sie dadurch wieder lebendig machen. Aus tiefstem Herzen wünschte er, Ivana säße ihm unversehrt auf der Polizeidirektion gegenüber, und sei es in Wut über die Vorladung, die Zeitversäumnis am Set, selbst wenn sie gar nichts mehr aussagte. Aber leben musste sie. Die Stille, die hier in diesem weiten Raum lastete, war für ihn nahezu unerträglich.

Wolff ließ sich neben der Toten auf die Knie nieder. Ihr Gesicht hatte nichts mehr von der Frau, die ihn gestern mit Stolz durch das Filmstudio und ins Maskenatelier geführt hatte. Er dachte an ihr verschmitztes Lächeln und ihre Grübchen, als sie ihm den Katzenklauen-Tee angeboten hatte. Noch einmal von vorn anfangen, mit ihr Tee trinken, sie über Perücken und Kostüme plaudern lassen und dabei den Anlass ihrer Begegnung fast vergessen. Jung hatte sie gestern ausgesehen trotz der offensichtlichen Betroffenheit und Trauer über den Tod von Sophie Graf. Jetzt hatte ihr Gesicht nichts Jugendliches mehr an sich. Aschfahl und verzerrt war es, die Augen aus den Höhlen gequollen, der Mund offen und erstarrt.

Er senkte seinen Kopf auf ihren Bauch, dort, wo die Tunikajacke gebunden war, und scherte sich nicht darum, irgendwelche Spuren zu verwischen. Noch war er allein mit der Toten, noch hatte er die Spurensicherung nicht verständigt. Es war mehr eine Ahnung gewesen, die ihn zu ihrer Wohnung getrieben hatte, als Ivana nicht um neun zur Vernehmung erschienen und auch im Filmstudio nicht aufgetaucht war. Er hatte dort angerufen und sich vom Personalbüro ihre Adresse geben lassen.

Nun verharrte er eine Weile still in seiner Haltung, im Kopf einzig die Frage: Warum?

Er versuchte, sich Ivanas letzte Augenblicke vorzustellen. Hatte sie tief meditiert? Hatte sie Angst gehabt? War es wie in den Geschichten, die Leute erzählten, die klinisch tot gewesen und wieder ins Leben zurückgekehrt waren? Hatten ihr schöne Lichterscheinungen in den Tod geholfen? Oder hatte sie verzweifelt gekämpft, in der sicheren Gewissheit, dass der Tod kommen würde?

Wolff erhob sich schließlich und fühlte seine Knie schlottern. Er holte tief Luft und bewegte sich starr vorwärts wie ein Roboter. Raus hier. Das Ungeheuer finden, das Ivana umgebracht hatte.

Dann ging es los. ›Weibliche Leiche, Tod durch Erwürgen mit Drahtschlinge.‹ Das war die Meldung, die er an den Diensthabenden der Polizei durchgab, der jetzt den Einsatzbefehl weitergeben würde.

Sirenen erklangen, die Einsatzfahrzeuge der Polizei näherten sich und stellten sich auf den Bürgersteig vor dem Haus, in dem Ivana ermordet worden war. Zwei Kollegen von der Spurensicherung in ihren weißen Schutzanzügen stiegen aus.

»Wo ist die Tote?«, fragte der ältere Forensiker, den Wolff schon aus anderen Fällen kannte.

Wolff nickte ihm zur Begrüßung zu und zeigte auf den Tatort.

»Wollen Sie mit reinkommen?«, fragte der Forensiker.

»Nein danke.«

Vor dem Haus traf Wolff auf einen älteren Mann mit einem Dalmatiner an der Leine, der mit offenem Mund die Ermittlungen beobachtete.

»Schulze«, sagte er beflissen. »Hab mich schon gewundert, treff die Frau immer um sieben, wenn ich mit dem Hund gehe, meine übliche Runde hier.« Er strich dem schwarz-weiß gefleckten Hund über den Kopf. »Heute kam sie nicht. Ich würde Ihnen ja gern helfen.« Er hängte die Daumen in seinen Gürtel.

Wolff glaubte nicht, dass der Mann irgendwas wusste, ließ sich aber trotzdem die Personalien geben.

»Sie hat ziemlich zurückgezogen gelebt. Keine Partys, kein Mann, eigentlich seltsam bei so einer hübschen jungen Frau.«

Sven und Katja waren mit Svens Pkw nachgekommen. Katja war ausgesprochen still. Und sie musterte Wolff verstohlen mit einem Blick, den er bis dahin an ihr nicht gesehen hatte: Mitleid.

»Der Täter muss gewusst haben, dass Ivana frühmorgens meditierte und dabei die Tür zum Garten offen ließ«, sagte Wolff. »Er kam von dort und ist sofort danach wieder über den Garten und das Grundstück dahinter verschwunden.«

»Fahnden wir nach einem professionellen Killer?«, fragte Katja mit belegter Stimme.

Wolff zuckte die Schultern. »Nach meinem ersten Eindruck wollte der nur töten und schnell weg. Wenn die Spusi fertig ist, kümmert euch drum, dass Ivana in die Rechtsmedizin gebracht wird. Die Angehörigen müssen unterrichtet werden. Ruft auch bei ihrer Arbeitsstelle an. Ich muss dringend in die Direktion.«

»Sollen wir dich fahren?«, fragte Katja in ungewohnter Besorgnis.

Wolff schüttelte den Kopf. Jetzt mit anderen Menschen zusammen im Auto zu sitzen, wäre ihm unerträglich. Er ging schnell weg zu seinem Roller, setzte den Helm nicht auf, ließ sich den Wind um den Kopf pfeifen. In ihm rumorte es, ein Gefühl des Versagens, obwohl er sich keiner Schuld bewusst war.

Leon, dachte er, Leon Vogel hat den Mörder Sophie Grafs gesehen. Und Ivana war mit Sophie Graf befreundet gewesen. Um seine aufkommende Angst zu beherrschen, sagte er sich immer wieder, dass sie nichts falsch gemacht hätten. Daniel Brandt hatten sie festgenommen. Der Richter war es, der ihn freiließ. Die anderen, die sie befragt hatten? Die Schauspieler Burger und Schwarz, der Aufnahmeleiter Peters, der Regisseur Simon, der Produzent Dietrich, der Geldgeber-Liebhaber Orlandi, sie alle hatten Zoff gehabt mit der Graf. Hätten wir sie härter vernehmen müssen? Hätte, dachte Wolff, war die Form, die er am meisten hasste.

3

Gerardo Orlandi war ein schöner Mann. Er begrüßte Verena Starke in seiner Villa am Griebnitzsee. Sie konnte einen staunenden Blick nicht unterdrücken. Babelsberg war von Wasser umgeben, aber den direkten Seezugang hatte nicht einmal die Villa von Abraham & Partner. Offensichtlich konnte auch ihr Eigentümer seinen Besitzerstolz nicht verbergen, denn er betrachtete mit leichtem Lächeln ihren Rundumblick. Der Mann sah in seinem zartgrauen Trainingsanzug so jung und fit aus, als wolle er gleich im schnellen Lauf den Griebnitzsee umrunden. Seine Haare waren voll und schwarz, seine Stirn fast faltenlos, die Nase kräftig und gerade und die Zähne blendend weiß.

Ohne einen Blick auf ihre Visitenkarte zu werfen, machte er eine einladende Bewegung zur Veranda und bot Verena Kaffee und ein Erfrischungsgetränk an. Sie lehnte höflich ab, schließlich war sie hier in ihrer Eigenschaft als Verteidigerin eines Mordverdächtigen, und dieser schöne Italiener war immerhin der letzte Liebhaber Sophie Grafs gewesen. Sie versuchte, nicht daran zu denken, dass sie im Augenblick im luftleeren Raum agierte, ohne Rückendeckung ihrer Münchener Kanzlei. Stellte sich die Unschuld ihres Mandanten heraus, würde ihr Chef vielleicht umdenken.

Sie konzentrierte sich auf das Hier und Jetzt. Ein Blick auf die auf dem englischen Rasen aufgestellten Fußballtore, den Buddelkasten und das Bobbycar verriet, dass dieser Lover Sophies ein Familienleben führte. Auch die Einrichtung, modern und leicht, in der ein paar alte Möbel besonders schön zur Geltung kamen, und die vielen Pflanzen auf der Veranda ließen vermuten, dass sich eine Frau mit Stil und Geschmack um das Haus kümmerte.

»Ich bedaure dieses schreckliche Ereignis sehr.« Orlandis Sprache war weich und moduliert und zog sich wie Sirup. »Eine Kollegin von Ihnen war auch schon hier, ich glaube, sie hieß Eickelbaum. Mit so einer rosa Haarsträhne«, fügte er hinzu, als erkläre das alles.

»Ah ja?«, sagte Verena, während sie die Informationen verarbeitete, dass die Kripo Sophie Grafs Liebhaber bereits befragt hatte und dass Orlandi offensichtlich keinen Unterschied zwischen polizeilichen Ermittlern und Anwälten machte.

»Ich habe der Kommissarin bereits gesagt, dass ich Samstagabend, als es geschehen ist, mit meiner Frau zu einem Dinner eingeladen war. Aber setzen Sie sich doch.«

Orlandi betätigte eine Klingel, und ein junges Mädchen in schwarzen Jeans und weißer Bluse erschien. Er orderte jetzt doch ein kleines Kaffeegedeck, während Verena eine schlanke Frau mit aufgetürmtem Blondhaar betrachtete, die in eleganter taubenblauer Freizeitkleidung durch den Garten ging, hier und da an einer Blüte roch, dann hinunter zum Seeufer schlenderte und dort wie eine Ikone stehen blieb.

»Mara, meine Frau«, sagte Orlandi. »Ich halte es für besser, wenn wir sie nicht zu unserem Gespräch dazu holen.« Er lächelte verschwörerisch, aber Verena fühlte seine Entschiedenheit.

»Ich verstehe«, sagte sie. »Aber ich habe einen Mandanten, der unter Mordverdacht steht. Unschuldig.« Sie formulierte es wie eine Tatsache, dass der Mörder woanders zu suchen war.

»Ich bin am Boden zerstört«, sagte er, und Verena bemerkte erstaunt, dass seine braungrünen Augen sich mit Tränen füllten. Er blickte kurz zu der Ikone am Seeufer und beugte sich vor. »Die Sache ist delikat.« Ein zaghaftes Lächeln erschien auf seinem Gesicht. »Bitte halten Sie meine Mara heraus.« Er schien sie immer noch für eine Angehörige der Polizei zu halten, und Verena sah keinen Anlass, ihm die unterschiedlichen Aufgaben von Kripo und Verteidigung zu erklären. »Mara ist völlig unbeteiligt, und meine Ehe ist mir heilig.«

Was einen Seitensprung offensichtlich nicht verhindert, dachte Verena, aber sie fragte freundlich lächelnd: »Sie sind Filmliebhaber?«

»Ja. Ich war sehr begeistert von Sophies Projekt. Ein Film über die Filmbranche, und dann noch in den Zwanzigern. Ich liebe die Mode von damals, diese schönen geheimnisvollen Frauen. Ich fördere Kunst, soweit es mir finanziell möglich ist.« Ein bescheidenes Lächeln.

»Darf ich fragen, wie hoch Ihre Beteiligung war?«

»Fünfhunderttausend. Ich war sicher, dass der Film das Geld schnell einspielen würde.« Orlandis Erleichterung, ein anderes Thema als den Mord an Sophie zu haben, war deutlich zu spüren. Er stand auf, ging ins Haus und kam schnell mit einem dicken Ordner zurück. »Hier ist alles drin. Idee, Drehbuch, Finanzierungsplan, Besetzungsvorschläge.«

»Wollten Sie als Koproduzent in Erscheinung treten?«

Diese Frage schien Orlandi komisch vorzukommen, oder er war nervös, jedenfalls stieß er ein lautes, unkontrolliertes Lachen aus, das so schnell wieder abbrach, wie es begonnen hatte.

»Entschuldigen Sie, Ihre Frage ist ja berechtigt. Ich beteilige mich sehr vielseitig an verschiedenen Projekten. Öl in Kanada, Plantagen in Südamerika, Hochhäuser in China. Natürlich bin ich auch an italienischer Kultur beteiligt, will sagen, ich habe Anteil an mehreren italienischen Lokalen und Grundbesitz in Italien, dort wird Wein angebaut, und so weiter. Aber ich bin stiller Teilhaber und trete nicht nach außen hervor. Sophie und ihr Filmprojekt, das war eine neue Herausforderung.« Er strahlte Verena an.

Sie blickte in den Garten und sah, dass die schöne Ehefrau ihren Standort gewechselt hatte und jetzt an der Veranda vorbeiwanderte, hin und her, ohne jedoch einen Blick hineinzuwerfen.

»Herausforderung in jeder Hinsicht? Auch privat?«

Diese direkte Frage wischte Lächeln und Jovialität aus Orlandis Gesicht. »Ich meinte natürlich meine Beteiligung an einem Kunstprojekt.«

»Was ja nur über die persönliche Beziehung zur Urheberin dieses Projekts gelang. Möchten Sie mir etwas darüber sagen?«

Das wollte Orlandi offensichtlich nicht. Er ließ einen Blick über seinen sanft zum See abfallenden Garten und die auf und ab wandernde blonde Schönheit schweifen. Dann schien er einen Entschluss gefasst zu haben.

»Ich kenne Sophie schon seit langem. Bei einem Empfang, gemeinsam mit Mara natürlich, habe ich sie kennengelernt. Sie kam mit Daniel Brandt. Wir trafen uns noch bei verschiedenen gesellschaftlichen Anlässen und sprachen über die Filmwelt. Sophie war eine außergewöhnliche Frau, schön, klug, begabt, ehrgeizig.«

Das stand in gewissem Widerspruch zu der Schilderung Brandts, aber es passte in Verenas Vorhaben:

»Es wäre sehr verständlich, wenn Sie sich in eine so tolle Frau verliebt hätten.«

»Nun ja, es war inspirierend, in ihrer Nähe zu sein.« Orlandi ließ einen Seufzer entweichen. Dann schien ihm ein schrecklicher Gedanke zu kommen. »Gibt es in Sophies … nun, Nachlassgegenständen … etwas, das sie über mich … nun ja, offengelegt hat … Ich meine, auch sie mochte mich, und ich schließe nicht aus, dass …« Ein Teil der selbstsicheren Pose war dem Mann abhandengekommen. »Hat Brandt irgendetwas gesagt?«

»Dass Sie und seine Frau ein Verhältnis hatten«, sagte Verena direkt.

Orlandi riss ein Blatt eines üppigen Zimmerficus ab und zerrieb es zwischen den Fingern. In diesem Augenblick kam das junge Mädchen mit einem silbernen Tablett in den Händen, auf denen ein geblümtes Kaffeegeschirr stand, eine Keksschale und eine Karaffe Wasser. Sie deckte umständlich den Tisch, und Verena hatte das Gefühl, dass sie gern mithören würde.

»Danke, Charlotte«, sagte Orlandi und wartete, bis das Mädchen die Veranda verlassen hatte. Dann faltete er die Hände, senkte den Kopf und sagte wie zu sich: »Ich hätte mir denken können, dass es Indiskretion gibt.« Er sah Verena beschwörend in die Augen. »Bitte, versprechen Sie mir, dass nichts davon herauskommt. Mara …«

»Ich weiß«, sagte Verena mit demonstrativem Blick auf die weiter ruhelos im Garten hin und her gehende Frau. »Sagen Sie mir nur eines: Wollten Sie sich zu irgendeiner Zeit von Ihrer Frau trennen?«

Wieder brach Orlandi in ein wieherndes Lachen aus, das wie eben schnell abbrach.

»Nein«, sagte er. »Ich habe nie daran gedacht, mich scheiden zu lassen.«

4

Wolff war nach Verlassen des Tatorts mit seinem Roller kreuz und quer durch Babelsberg gefahren, um sich wenigstens nach außen hin wieder in den Griff zu bekommen. Ein schwerer Besuch stand ihm bevor.

In der Villa Vogel öffnete ihm ein ernst blickender Mann in den Fünfzigern, dessen dünne weiße Arme aus dem kurzärmeligen Hemd schauten.

»Doktor Affeldt, ich bin der Hausarzt der Familie. Frau Vogel geht es nicht besonders gut, ich habe ihr ein Beruhigungsmittel gegeben.«

Wolff schüttelte die schmale Hand und stellte sich vor.

Frau Vogel saß auf der champagnerfarbenen Couch vor dem offenen Kamin. Sie trug ein auf Figur geschnittenes helles Kostüm, hatte ihre rostbraunen Haare frisch gewaschen und frisiert, ihr Gesicht dick geschminkt und wirkte wie ein Dekorationsstück für ein Babelsberg-Villen-Foto. Wolff versuchte, Blickkontakt herzustellen, aber es gelang ihm nicht.

Der diensthabende Polizist, ein übernächtigt aussehender junger Mann, kam aus der Gästetoilette.

»Bisher keine Lösegeldforderung und kein Anruf eines Entführers«, berichtete er.

Jetzt war Mittag und Leon seit gestern früh verschwunden. Wolff ging ins Wohnzimmer zurück und trat zu Frau Vogel.

»Tut mir leid, dass es nichts Neues gibt. Wir müssen Geduld haben.«

Die Frau blickte abrupt zu ihm auf.

»Geduld! Wie lange noch? Verbrecher haben meinen Sohn entführt. Und die Polizei unternimmt nichts.« In ihren rotgeweinten Augen stand nichts als Vorwurf.

Wolff wusste nichts zu erwidern. Er bemerkte, wie sich seine Finger um die Dienstpistole legten. Wieder stieg das Gefühl des Versagens in ihm hoch und dazu noch Angst.

»Ich hole Ihren Jungen zurück«, sagte er zu Frau Vogel. »Versprochen.«

Auf ihrem Gesicht erschien ein kleines Lächeln.

Der Kollege vom Vermissten-Kommissariat schnaubte unwillig durchs Telefon. Wolff wusste, was der dachte: Söhnchen reicher Babelsberger Eltern trieb sich herum.

»Hab schon zwei Vermisstenfälle, in denen ich Ermittlungsführer bin«, maulte der Kollege. »Und mehrere Abschlussberichte, die dringend zur Staatsanwaltschaft müssen.«

»Und ich hab einen Jungen, der einen Mörder gesehen hat«, sagte Wolff scharf. »Und ich hab eine tote junge Frau, die keinem was zuleide getan hat, und jetzt will ich verdammt nochmal wissen, wer sie getötet hat.« Das leise Aufschluchzen in seiner Stimme konnte er nicht verhindern. Hoffentlich hatte es der Kollege in seiner schlechten Laune nicht mitbekommen. »Du entlastest mich jetzt gefälligst bei der Suche nach Leon.«

Nach kurzer Zeit rief der Kollege zurück. Das Vermissten-Kommissariat stelle Wolff einen jüngeren Kommissar und zwei Kommissariats-Anwärter zur Seite, und aus dem Einbruchs-Kommissariat würden auch noch fünf Kollegen abgezogen.

»Okay«, sagte Wolff, der zum Telefonieren in den Garten der Vogel-Villa gegangen war. Die jungen Männer würden hoffentlich Elan haben und ihre fehlende Berufserfahrung in Kapitaldelikten mit mehr Einsatz ausgleichen. Katja würde er ihnen an die Seite stellen. Wolff hoffte, dass die junge Frau mit ihrem Einfühlungsvermögen vielleicht die erlösende Idee hatte.

Wolff ging wieder in die Villa hinein. Als er ins Wohnzimmer trat, läutete das Telefon.

Frau Vogel fuhr zusammen, als wäre neben ihr eine Bombe in die Luft gegangen.

5

»Sie hatten eine große Chance bei uns.«

»Ich kann meinen Mandanten nicht im Stich lassen«, sprach Verena in den Telefonhörer hinein.

Sie saß an dem großen Schreibtisch in der Babelsberger Dependance von Abraham & Partner und starrte auf das Ölgemälde gegenüber, das einen hohen kegelförmigen Berg zeigte. Dieses Gespräch war unvermeidbar. Ewig hätte sie es ja doch nicht hinausschieben können. Der aufregende Abend mit Benjamin Simon klang noch in ihr nach, und sie hoffte, dass sie jetzt über genügend innere Festigkeit verfügen würde.

Karl Abraham, der Münchener Seniorpartner, am anderen Ende der Leitung sprach weiter. »Wir wollten Ihnen diese Chance geben, nach Ihren persönlichen Problemen, Sie wissen schon.«

Klaus Niedhammer. Ihr persönliches Problem. Die letzten Tage in München war Verena mit hängenden Schultern und einer dicken Schminkschicht auf dem blassen Gesicht durchs Büro gelaufen, hatte mechanisch ihre Fälle abgearbeitet und hätte sich am liebsten eingegraben. Und jetzt, kaum in Babelsberg, stand sie vor dem Rauswurf. Verena glaubte nicht, dass Abraham irgendein Interesse hatte, über ihren Standpunkt zu diskutieren oder sie nur anzuhören. Wahrscheinlich hatte Klaus, der Arsch, über die kleine sture Rechtsanwältin berichtet, die aus falsch verstandener Loyalität an einem unpassenden Mandat festhielt.

»Ich glaube an die Unschuld Brandts«, sagte sie, obwohl es sinnlos war.

»Ich nenne Ihnen eine Handvoll guter Strafverteidiger, die den Fall Brandt gern übernehmen würden.«

»Herr Brandt möchte aber mich.« Verena fühlte Wut hochsteigen, dass ihr Mandant sie in diese missliche Lage gebracht hatte, dass er sich unbedingt im Fernsehen über seine Festnahme hatte auslassen müssen und sie als seine Anwältin öffentlich gemacht hatte. Und natürlich war sie wütend auf Abraham, der an seinen erzkonservativen Vorstellungen von einem angemessenen Mandat festhielt.

»Es ist unmöglich, dass Sie Herrn Brandt einfach während laufender Mordermittlungen erlauben, Fernsehinterviews zu geben. Und sich selbst dabei noch herausstreichen lassen.«

»Ich habe nicht …« Verena verstummte. Ihr Chef hatte sich entschieden, und diese Entscheidung setzte er jetzt um.

»Diskretion ist das höchste Gebot für eine seriöse Anwaltskanzlei«, fuhr Abraham fort. »Frau Graf war lange Zeit unsere Mandantin. Es gibt bereits Kritik vonseiten anderer Mandantschaft, dass unsere Kanzlei einen solchen Fall übernommen hat.«

»Sie kennen die Unschuldsvermutung«, sagte Verena.

»Abraham & Partner übernehmen keine Mordfälle. Entweder

legen Sie dieses Mandat sofort nieder …« Es folgte eine ziemlich lange Pause, »… oder ich kündige Ihren Vertrag fristgerecht.«

Verenas Hände ballten sich zu Fäusten. Wenn sie jetzt das Mandat niederlegte, würde Brandt, verrückt wie er war, wahrscheinlich überall über seine gewissenlose Rechtsanwältin herziehen. Und schlimmer: Er hätte recht damit.

Auch Herr Abraham in München hatte seine Gründe. Als angestellte Anwältin hätte sie die Mandate zu nehmen, die ihr zugewiesen wurden. Eigene Mandate mussten genehmigt werden. Abraham hatte durchaus seine Gründe, aber es waren nicht die richtigen.

»Ich mache es Ihnen leichter, Herr Abraham«, sagte Verena. »Ich schreibe Ihnen meine Kündigung.«

6

Frau Vogel war aufgesprungen und mit schreckensweiten Augen auf das klingelnde Telefon zugegangen.

»Bevor Sie rangehen, denken Sie daran, dass wir ein Lebenszeichen von Leon brauchen«, rief Wolff. »Und: Zeit gewinnen müssen.« Er warf dem Abhörspezialisten einen fragenden Blick zu. Der nickte.

»Gehn Sie ran.«

Frau Vogel nahm das Handgerät.

»Ja, bitte?« Ihre Stimme war kaum zu hören. Sie lauschte kurz, dann schrie sie: »Nein, nichts Neues. Du blockierst meinen Apparat. Ich bekomme noch einen Herzschlag.« Sie steckte das Gerät so unachtsam in die Station zurück, dass es herauskippte und auf den Boden fiel. »Mein Mann«, sagte sie mit ersterbender Stimme. »Ist auf Geschäftsreise.«

»Eine gute Generalprobe.« Wolff hob das Gerät auf und steckte es zurück. »Du hast vergessen, den Lautsprecher einzuschalten«, sagte er zu seinem Kollegen.

Der Abhörspezialist nickte schuldbewusst und betätigte einen Schalter.

Es klingelte. Katja stand vor der Tür.

»Gut, dass du kommst«, sagte Wolff.

Die Kollegin blickte ihn mit großen Augen an und blies sich die rosafarbene Strähne aus der Stirn.

»Schau dich mal in Leons Zimmer um«, sagte Wolff. »Du weißt schon. Bücher, Schulsachen, Kalender, Pinnwand. Und Papierkorb. Wir müssen unbedingt herausfinden, wer Maria ist. Sie geht nicht in Leons Schule, das hat Frau Vogel schon herausbekommen.«

»Was ist mit dem Computer?«

»Nehmen wir mit. Den soll Sven auswerten. Er hat auch schon das I-Phone.«

Im Wohnzimmer saß Frau Vogel wieder auf dem Sofa und starrte in das schwarze Loch des Kamins.

Wolff verabschiedete sich von ihr. »Dringender Fall in der Direktion.« Dass es sich um eine tote Frau handelte, die ebenso wie Leon etwas über den Mörder gewusst hatte, behielt er für sich.

Frau Vogel hielt ihm ihre kalte schlaffe Hand hin. »Was passiert jetzt?«

»Jetzt …« Wolff dehnte seine Worte. »Jetzt warten wir einfach ab.«

Er war schon durch den Vorgarten, da hörte er die Frau kreischen: »Eine SMS von Leon!«

Wolff rannte zurück, so schnell er mit seinem verletzten Knöchel konnte. Frau Vogel hielt ihm keuchend ihr I-Phone entgegen. ›Mach dir keine Sorgen. Es geht mir gut.‹

»Kennen Sie die Nummer des Absenders?« Wolff starrte auf die Nachricht.

Frau Vogel schüttelte den Kopf.

Wolff drückte die Rückruffunktion. Es meldete sich die Mailbox. »Bitte, hinterlassen Sie eine Nachricht …«

Er notierte die Handynummer.

»Schauen Sie bitte alle Adressbücher und Einträge durch«, sagte er. »Ich lasse bei der Telefongesellschaft anfragen. Wir finden raus, wem das Handy gehört.«

»Vielleicht dem Entführer?«, fragte Frau Vogel mit zitternder Stimme.

»Ich denke, nein. Erst kommt die Forderung, dann ein Lebenszeichen des Opfers.«

»Ist das also ein gutes Zeichen?«

Sie blickte so verzweifelt und hilflos, dass Wolff sagte: »Ja, ein gutes Zeichen.«

7

»Wir haben die Stimme des Mörders.«

Der Techniker lehnte sich zurück, schob die Brille in die Haare und rieb sich die Augen.

Wolff betrachtete die Pulte mit blinkenden Lichtern, Knöpfen, Schalthebeln, die Mikrofone auf Ständern, die an verschiedenen Stellen des kleinen grauen Raums standen. Das einzige Nichttechnische war ein halbvoller Kaffeepott vor dem mittleren Pult.

»Lass hören.« Wolff hatte das Gefühl, dass sich das Eisenkorsett, das sich seit dem Anblick der ermordeten Ivana um seine Brust gelegt hatte, ein wenig lockerte. Gleich nach dem Anruf der Technik war er zum Kriminaltechnischen Institut gefahren.

Leons I-Phone war ausgewertet worden. Und herausgekommen war mehr als nur die SMS, Gespräche und heruntergeladene Dateien eines Dreizehnjährigen.

Jetzt hallte das Schlagen einer Kirchturmuhr melodisch durch den Raum. Wolff zählte zwölf Schläge.

»Die Kirche in Babelsberg«, sagte der Techniker.

»Und es ist nicht zwölf Uhr mittags?«

»Nein. Die Aufnahmezeit lässt sich rekonstruieren.«

»Lass es nochmal laufen.«

Wolff lehnte sich zurück, schloss die Augen und dachte, dass Leon ihn belogen hatte, als er gesagt hatte, er habe sein I-Phone nicht dabeigehabt und habe deshalb keine Hilfe rufen können. Wahrscheinlich hatte der Junge sich geschämt, dass er nicht daran gedacht hatte, sofort die Polizei zu holen.

Wieder erklangen die Glocken. Warum macht der nachts Tonaufnahmen, überlegte Wolff. Dann erinnerte er sich dunkel daran, dass seine Exfrau Eleonore und er in ihrer romantischen Zeit mal zu einem Kirchplatz gegangen waren, in einer katholischen Gegend, um dem Mitternachtsgeläut zu lauschen. Hatte Leon sein Treffen mit Maria mit dem mitternächtlichen Schlagen der Kirchturmuhr einläuten wollen?

»Ich mach mal weiter.« Der Techniker drehte sich auf seinem Stuhl. Schnell und geschickt mit langen Armen, die problemlos jedes Pult und jeden Knopf erreichten, ohne dass er aufstehen musste, drückte er ein paar Tasten. »Ich dreh mal auf. Aus der Tonaufnahme ist alles rausgeholt, was möglich war.«

Wolff wartete gespannt. Er hörte die schrille Stimme einer Frau: »Das kannst du dir abschminken.« Dann ein unverständlicher Fluch, offensichtlich hatte sie sich abgewandt. »Ist das die Graf?«

»Eindeutig.« Der Techniker lächelte zufrieden. »Ich hab mit einem Filter die Störgeräusche entfernt und bereits eine Stimmanalyse gemacht mit Filmmaterial von einer Produktionsfirma.« Er stoppte die Aufnahme. »Die Stimme eignet sich eben total gut zur Identifizierung einer bestimmten Person, sie ist ein biometrisches Merkmal wie der Fingerabdruck.«

»Wie weit lag denn das I-Phone vom Tatort entfernt?«

»Circa zehn Meter. Die Stimme lässt sich heutzutage mit modernen Computerprogrammen sogar über Telefon oder Sprechanlage dem Referenzmuster der Testperson zuordnen. Sogar bei verstellter Stimme.«

»Dann könnte ich Verdächtige mittels Stimmanalyse nicht nur überführen, sondern auch ausschließen?« Wolff hatte das Gefühl, dass das Eisenkorsett um seine Brust noch ein bisschen nachgab.

»Genau. Beim Stimmerkennungsverfahren können mehrere Tausend Merkmale auseinandergenommen werden. Aber da du es ja eilig hast, beschränken wir uns auf wenige Einzelmerkmale. Wichtig ist ein aussagekräftiges Referenzmuster der betreffenden Person.«

»Da haben wir bei Sophie Graf ja ausreichend Material.«

»Genau. Es werden Basisdaten als Referenzmuster gebündelt und als Datensatz gespeichert. Dieses Template, das ist ein mathematisches Modell unterschiedlicher Algorithmen, enthält die herausgezogenen Merkmale in Form eines Stimmvektors, auch Hashwert genannt, ist also noch kein Sample, also keine Darstellung der aufgezeichneten Stimme …«

»Ist gut.« Wolff winkte ab. »Was ist denn mit der männlichen Stimme?«

Der Techniker ließ wieder seine Arme über die technischen Anlagen gleiten. Die Aufnahme lief weiter.

»Lass es uns nochmal versuchen«, schallte die vor Aufregung und Wut vibrierende Stimme eines Mannes durch den Raum.

Wolff fuhr zusammen. Das klang ja nicht nach einem geplanten Mord, sondern nach einer Affekttat? Und war das Daniel

Brandts Stimme? Wolff hätte es beim besten Willen nicht sagen können, obwohl er mit Brandt ja in dessen Hütte gesprochen hatte.

»Es handelt sich um einen massiven Streit zweier Menschen, die aufgeregt sind«, dachte Wolff laut nach. »Ist denn das Material genügend aussagekräftig?«

Der Techniker nickte. »Das biometrische Verfahren der Stimmanalyse erkennt nicht nur Übereinstimmungen, sondern berechnet auch Ähnlichkeiten. Wenn du mir Vergleichsmaterial beschaffst, kann ich sozusagen ein Ranking der Merkmale aufstellen. Die Treffsicherheit ist sehr hoch.«

»Gut, dann schicke ich dir erst mal den Daniel Brandt.«

Wolff dachte wütend an die triumphierende Mail dieser Rechtsanwältin Starke nach Brandts Freilassung gestern. Nun hätte die Mailadresse der Starke ja doch einen Nutzen. Als Vermittlerin.

8

Verena verbeugte sich in der Tür zur Kampfsporthalle. Sie brauchte das jetzt, das strenge Gerüst der fernöstlichen Kampfsportart. Regeln anerkennen, dem Gegner Respekt zollen und jede Feindseligkeit beenden. Genau das, was ihr im Telefongespräch mit dem Seniorpartner aus München gefehlt hatte.

Sie begann mit dem Aufwärmen, dribbelte mit ein paar Mädchen und Jungs, die Gürtel von grün bis braun trugen, mit einem Ball herum, machte ein paar Runden Dauerlauf auf den weichen Matten, dann Liegestütze, die sie gern schummelnd auf den Knien absolvierte, das Drehen für die Taillenbeweglichkeit, die Sit-ups für die Bauchmuskulatur.

Der Judolehrer, Schwarzgurt, trat ein. Abknien, verbeugen, das uralte Ritual. Judo, vor langer Zeit entwickelt von dem Japaner Kano, würde ihren Kampfgeist verlagern, ihre Aggression auf den elitären Münchener Senior, der Mordfälle eklig fand, in geordnete Bahnen lenken. Der ›sanfte Weg‹ für einen Wettkampf, bei dem es keine Toten geben sollte.

Verena hoffte, dass der Übungskampf, der *Randori*, ihr die Angst nehmen würde, die sich in ihr ausbreitete. Sie hatte ihre gute Stelle gekündigt. Ab heute war sie allein auf sich gestellt, musste die feudale Kanzlei räumen. Immerhin war sie die Verantwortung für die Baumaßnahmen los. Aber was kam dann – die Rechtsanwaltskanzlei einer Anfängerin in ihrer kleinen Dachmansarde in Babelsberg, wo das Geld residierte?

Sie begannen den *Randori* mit *Seoi-nage*, einem einfachen Wurf. Verena packte die ihr zugewiesene Partnerin, eine Anfängerin mit Gelbgurt, frontal an Ärmel und Jacke, drehte sich ein, bis sie mit dem Rücken vor deren Bauch stand, und warf sie kopfüber über ihre Schulter auf die Matte. Knall. Klatsch. Die Anfängerin war einen Kopf größer und schwer und vergaß, mit dem abschlagenden Arm einen Teil ihres Körpergewichts aufzufangen. Anfängerfehler, auf der weichen Matte nicht schmerzhaft, aber deren Kampfgeist schien erwacht zu sein.

Die Judopartnerin hechtete mit einem Sprung, der mit Judo nichts zu tun hatte, auf Verena, vor deren geistigem Auge schemenhaft das Gesicht des hochmütigen Münchener Seniorpartners erschien, ließ sich auf deren Brustkorb fallen, umklammerte ihre Schultern, bis es knirschte. Gegen diese Masse konnte selbst ein Blaugurt kaum etwas ausrichten, egal mit welcher Befreiungstechnik. Die Gelbe drückte, Verena keuchte und strampelte, während der Meister über ihnen stand und ungerührt die Stoppuhr drückte. Dreißig Sekunden für eine reguläre Niederlage. In der fünfundzwanzigsten Sekunde dachte Verena daran, dass nach ihrer fristlosen Kündigung nur noch für wenige Tage Gehalt aus München eingehen würde. Und da schaffte es ihr Körper mit einer totalen Kraftanstrengung, die Gegnerin abzuwälzen, in die Oberlage zu kommen und sie die letzten paar Sekunden am Boden zu halten.

9

Von der Polizeitechnik kommend, rief Wolff bei Sven Noack an, um zu hören, ob der schon etwas über die Handynummer herausbekommen hat, von der aus Leon seine SMS gesendet hatte. Leider bisher negativ, aber Sven blieb dran.

Einen Augenblick hatte ihn dieses Lebenszeichen Leons von seinen dunklen Gedanken abgelenkt. Jetzt brachen sie wieder über ihn herein. Warum tötete jemand Ivana, eine junge freundliche Frau, die Zeit und Energie für andere aufbrachte und selbst nicht ins Scheinwerferlicht drängte? Einen Raubmord konnte er ausschließen. Ivanas Raum war karg und schlicht eingerichtet, und als Maskenbildnerin und Heilerin hatte sie sicher nicht viel verdient. Die sorgsam geknotete Yoga-Jacke und die akkurat sitzende Hose ließen auch nicht auf einen Sexualmord schließen. Vielmehr hatte die Spusi einen ersten Bericht gemailt und Wolffs Vermutung bestätigt, dass es dem Täter einzig darauf angekommen war, Ivana schnell zu töten und zu verschwinden.

In der Direktion angekommen, loggte Wolff sich in den Polizeicomputer ein. Was er darin über Ivana las, versetzte ihm einen kleinen Schock: Diebstahl, Sachbeschädigung, Verstoß gegen das Betäubungsmittelgesetz, Körperverletzung, Widerstand gegen Vollstreckungsbeamte, uneidliche Falschaussage, Drogenhandel. Das alles passte überhaupt nicht zu ihr, so wie er sie kennengelernt hatte. Es las sich, als sei Ivana Stankovic eine rauschgiftabhängige Kriminelle gewesen. Er fand Querverweise zu einem Mann namens Ramon Sanchez, einem vielfach vorbestraften Drogendealer. Und offensichtlich ihr Freund. Gewesen? Eine Weile saß Wolff starr vor dem PC, unfähig etwas Sinnvolles zu tun. Ivana hatte schließlich die Kurve gekriegt, sagte er sich dann.

»Der unheilige Engel.«

Ohne dass Wolff es bemerkt hatte, war Katja hereingekommen. Sie trat an seinen PC, warf einen Blick ins Register der toten Ivana und schüttelte fassungslos den Kopf. Dann nahm sie auf der Ecke seines Schreibtisches Platz. Er hatte das Gefühl, dass ihr Sitzen dort eine Art Trost spenden sollte. Merkwürdige Art, um Mitgefühl zu zeigen.

»Ivana Stankovic is vor zwei Jahren wegen guter Führung vorzeitig aus dem Gefängnis entlassen worden, und jetzt is ihr Register blank«, sagte Wolff schnell.

Katja nickte und sah ihn wieder mit diesem seltsamen stummen Blick an.

Wolff griff zum Telefon und bat den Kollegen vom Rauschgiftdezernat, über Ramon Sanchez zu recherchieren. Sofort. Wegen Mordverdachts. Aber dann tauchte wieder das Bild der davonstrebenden Ivana auf, gestern, als er nach der Befragung von diesem ASTRA-Produzenten, Dietrich, nochmal einen Abstecher zum Set gemacht hatte. Ivana hatte ihn erkannt und war weggelaufen. Diese geduldige Zuhörerin wusste etwas. Und jemand hatte mit aller Gewalt verhindern wollen, dass sie heute bei der Kripo aussagte.

»Ich mach uns frischen Kaffee.«

Schnell ging Wolff in die Ecke, in der Kühlschrank und Kaffeemaschine standen. Eigentlich wollte er nicht schon wieder Kaffee, aber er musste was mit den Händen tun. Er entsorgte den

Filter mit dem feuchten Kaffeemehl. Die Büchse war leer, und er musste ein neues Paket öffnen. Er nahm sein geliebtes Schweizer Taschenmesser, klappte es mit einer Hand auf. Irgendwie tat es ihm gut, kräftig in die Kaffeefolie hineinzustechen.

Es klopfte. Sven trat diesmal ein, ohne auf ein ›Herein‹ zu warten.

»Ich habe die E-Mails von Frau Graf ausgewertet.« Er setzte sich in die Ecke der senffarbenen Couch, holte Papier aus seiner Aktentasche, schob seine Brille auf dem Nasenrücken hoch und las betont ausdruckslos: »Ich bin wie ausgewechselt. Überall blühen Rosen. Ich möchte den ganzen Tag singen und die Welt umarmen. Gerardo, du musst bei mir sein.«

»Wie romantisch.« Katja pfiff durch die Zähne. »Der Orlandi? Bei mir wollte der mit der Sprache nich so richtig raus.«

»Hatte der Italiener denn auch solche überschwänglichen Gefühle?«, fragte Wolff.

Sven hob und senkte die Achseln. »Immer nur sie hat geschrieben.«

»Der Orlandi fühlte sich von der Graf unter Druck gesetzt.«, rief Katja von ihrem Schreibtischthron quer in den Raum. »Sophie bombardiert ihn mit Mails. Er antwortet nicht. Er will keine Spuren hinterlassen. Mama und Bambini sitzen in der Villa.«

»Ja, verheiratet, drei Kinder.« Sven griff eine andere Mail der Graf an Orlandi. »Deine katholische Kirche verbietet die Scheidung. Aber Ehebruch verbietet sie offensichtlich nicht. Ich werde mit Mara reden, wenn du dich nicht traust, Gerardo.«

Wolff ging zum Whiteboard und legte eine neue Spalte an: ›Orlandi: 1. Beteiligt am Filmprojekt mit 500.000. 2. Liebhaber der Graf. 3. Sie will Affäre aufdecken, mit seiner Frau sprechen, ihn heiraten. 4. Er will das nicht.‹

»Reicht das für Mordverdacht?« Sven wiegte den Kopf.

»Lass den Italiener ruhig stehen«, sagte Katja. »Schreib auch

Marlene Burger auf. Direkte Rollenkonkurrentin der Graf. Hab noch ein besonderes Schmankerl …« Sie machte eine vielsagende Pause. »Die gute Frau Graf hatte nich nur ihren Orlandi. Vorher hatte sie einen Regisseur namens Benjamin Simon.«

»Ach, der aufgeblasene Regiekünstler«, sagte Wolff. »Den hab ich bereits befragt. Der hat immer nur gesagt, dass sich alle gegenseitig brauchen. Produzent, Regisseur, Schauspieler, Drehbuchautor. Keiner tut dem andern weh.«

»Aber nach seinem Verhältnis zu der Graf hast du ihn nich befragt.« Katja zog den Mund zu einem triumphierenden Lächeln breit. »Die Graf hat der Burger nich nur die Hauptrolle weggeschnappt.« Sie glitt von Wolffs Schreibtisch, holte sich einen Kaffee und warf ihrem Chef ein aufmunterndes Lächeln zu. »Hat sie mir anvertraut, gestern im Wohnwagen. Dabei sah ihr Gesicht gar nicht liebreizend aus.«

»Nach der Aussage von Leon, der unser einziger Tatzeuge ist, war der Mörder ein Mann.« Wolff begann mit Spalte drei: ›Dietrich: 1. Geschäftliche Differenzen, weil sie ihren Finanzierungsanteil nicht stemmt. 2. Will Graf aus dem Koproduktionsvertrag werfen.‹

»Die Burger hat doch jetzt diesen Stuntman«, setzte Katja fort. »Der hat Kredite laufen und ist immer abgebrannt.«

»Du meinst Auftragsmord? Aber wie sollte der ins Haus der Graf kommen? Sie war im Bademantel. Sie hat jemanden erwartet, den sie gut kannte.«

»Oder sie hatte gerade geduscht, als der Mörder ins Haus eindrang.« Katja streckte ihre schlanken Beine von sich und rubbelte auf Sonnenmilch festgeklebten Sand ab. Sie kam häufig aus Berlin mit dem Fahrrad und nahm den Weg durch den Wald entlang der S-Bahn-Trasse. »Ein warmer Abend, die Terrassentür stand offen, und bei diesen Riesengrundstücken kannst du lange um Hilfe schreien, bis jemand kommt.«

»Das könnte auch auf diesen Cyber-Stalker der Graf passen«, sagte Wolff genervt. ›Unbekannter Stalker: 1. Droh-Mails. 2. Dringt heimlich ins Haus ein?‹, schrieb er ans Whiteboard. »Scheiße, jetzt haben wir zwei Tote, und es geht einfach nich weiter!« Wolff hieb mit der Faust ins Whiteboard und schleuderte seinen Stift quer durchs Zimmer.

Katja stellte krachend ihren Pott ab, dass der Kaffee überschwappte.

Sven räusperte sich, blickte betont zur Seite und sagte dann ruhig: »Ich bin vorhin noch einmal zur Villa gegangen. Da sah ich einen offensichtlich verwirrten Mann auf dem Rasen stehen und beten. Er sagte, er sei ein Zeuge Jehovas und habe vergeblich versucht, die Schauspielerin von ihrem sündhaften Tun abzubringen.«

»Wie?«, rief Katja. »Is das unser Cyber-Stalker?«

Sven nickte. »Ich denke, ja. Ich habe veranlasst, dass die Kollegen von der Schutzpolizei seine Personalien aufnehmen. Er hat wohl nichts mit dem Mord zu tun. Nach der Auswertung der Aufnahme von Leons I-Phone war der Täter aus der Filmszene.«

»Wir machen jetzt Nägel mit Köpfen«, sagte Wolff, dem sein Wutausbruch peinlich war. Wie konnte er mit Sachen um sich werfen? »Wir haben die Stimme des Mörders. Du holst mir jetzt den Brandt zur Abgabe einer Stimmprobe, Sven. Und ich sag den Kollegen Bescheid, die uns zugewiesen sind. Jeder nimmt sich einen Kerl vom Whiteboard vor.«

»DNA und Stimmprobe geht ohne richterlichen Beschluss nur freiwillig«, bemerkte Sven gereizt.

»Wer unschuldig is, gibt seine Probe freiwillig.« Wolff wusste, dass das gegen jede kriminalistische Lehre war, aber es war seine Berufserfahrung.

»Wenn Brandt nicht mitkommt? Soll ich ihn mit Handschellen vorführen?«

»Verdammt nochmal, jetzt tu einfach, was ich sage.«

Sven griff sein Smartphone und wählte eine Nummer.

»Guten Tag, Frau Rechtsanwältin, wir würden Ihren Mandanten gern zur Stimmanalyse abholen. Was meinen Sie, würde er mitkommen?« Sven sprach eine Weile, während Wolff, immer noch wütend und zugleich beschämt über seinen Ausbruch, den Filzstift vom Board unter dem Schrank hervorholte.

In diesem Augenblick läutete sein Telefon. Katja lief wie selbstverständlich hin.

»Was? Wer? Wo?« An ihren aufgerissenen Augen erkannte Wolff, dass sich im Kopf seiner Kollegin gerade etwas formte. »Die SMS von Leon stammt von einem Handy, das auf eine Maria Dumitrescu zugelassen ist.«

»Die geheimnisvolle Maria«, sagte Wolff. »Hört sich rumänisch an. Konnte man das Handy orten?«

»Nicht genau, aber in der Nähe von Belzig.«

»Bad Belzig?«, fragte Sven verwundert.

Aber Katja antwortete nicht mehr, sondern raste aus dem Raum. Sie warf noch einen Blick zurück und zeigte einen in die Höhe gestreckten Daumen.

10

Verena puderte sich und tuschte die Wimpern. Ihre Augen im Spiegel blickten starr, während sie nachdachte. *Es wird sich alles aufklären.* Sie ignorierte das leichte Zittern ihrer Hand, drehte sich vor dem Spiegel, hob eine Schulter, ließ den Träger probeweise rutschen und verzog den signalrot bemalten Mund zu einem Siegeslächeln.

»Nicht schlecht, altes Mädchen«, sagte sie.

Sie war auf dem Weg zu einem Mann, den sie attraktiv, sympathisch, interessant gefunden und mit dem sie spontan im Babelsberger Park geschlafen hatte. Eine Fahrradtour in die schöne Umgebung hatte sie vorgeschlagen, ein abendliches Picknick am Wasser. Er hätte was Besseres, hatte Benjamin Simon gesagt: ein Filmstudio. Sein Arbeitsplatz. Den Gedanken, dass er seine Wohnung nicht vorgeschlagen hatte, weil da eine andere Frau war, verdrängte Verena.

Simon erwartete sie vor dem Außenstudio, das ein paar Straßenzüge entfernt von dem eigentlichen Studiogelände lag. Er trug rote Jeans, die sie an Männern an und für sich lächerlich fand, bei ihm wirkten sie in Kombination mit dem schwarzen Pullover jedoch stylish.

»Das sind hier ehemalige Lagerhallen.« Er deutete auf das Grundstück, auf dem ein zweistöckiger weiß-grauer Gebäudekomplex stand.

»Sie drehen hier gerade einen Kriegsfilm, der in den Tropen spielt. Das braucht eine sehr aufwendige Kulisse, die mehrere Wochen stehen bleibt, in einem eigenen Gebäude.«

Simon ging voran und schloss eine Metalltür auf mit der Aufschrift: »Unbefugten Zutritt verboten!«

Verena sah in einen langen, mit grünen Notausgangslampen beleuchteten Gang. Schattenhafte Gestalten eilten hin und her. Der Regisseur ging voran und öffnete die Tür zu einem der Studios. Dort drinnen war es gleißend hell. Ein Mann und eine Frau standen einander auf einer Terrasse gegenüber, über die ein Sonnensegel gespannt war. Die zur Dekoration aufgebauten Kübel mit Farnen und Palmen gaben ein Bild, als befinde sich die Terrassenbar mitten im Tropenwald. Die Schauspieler führten eine Debatte, von der Verena nichts verstand, aber an der leidenschaftlich vibrierenden Stimme der Frau hörte Verena, dass es ernst war. Das

Technikpult schimmerte mit rot und grün leuchtenden Knöpfen, davor saß ein Mann auf einem Hocker. Als er Simon entdeckte, winkte er ihm zu.

»Frau Rechtsanwältin Starke«, rief Simon, »eine gute Freundin. Ich würde ihr gerne die Studios zeigen.«

Der Techniker nickte und ein älterer Mann, offenbar der Regisseur, trat zu den beiden Schauspielern und sprach mit ihnen, wobei er wild gestikulierte.

»Nochmal«, schallte es aus einem Lautsprecher, »Stand Nummer drei.«

»Was bedeutet das«, fragte Verena, beeindruckt von der Größe des Ateliers und der fremden Szenerie.

»Eine bestimmte Lichtstimmung, die in einer Szene über eine bestimmte Zeit steht.«

Verena schaute noch eine Weile zu, während die kurze Szene zwei weitere Male wiederholt wurde.

»Der Mann ist zu verhalten«, bemerkte Simon mit Blick auf den Schauspieler im hellen Anzug mit Strohhut auf dem Kopf. »Die Frau wirft ihm schlimme Sachen an den Kopf, und der Typ steht wie gelähmt da. Das muss man vorspielen, so eine Szene, aber der Czerny ist ein ungarischer Regisseur, dem fehlen einfach die Worte.«

»Geh du doch hin und spiel ihnen die Szene vor«, bemerkte Verena scherzhaft.

Simon blickte sie mit gerunzelten Brauen an. »Der Regisseur bestimmt alles. Aber jeder in seinem Film.«

Verena zuckte die Achseln, und sie verließen das Studio. Sie gingen einen langen Gang entlang, vorbei an einem Aufenthaltsraum, in dem Männer in blauen Hosen und weißen T-Shirts mit dem Logo der Studios saßen. Mehrere Frauen, die Arme voll mit Kostümen, gingen vorbei, Studiopersonal stand schwatzend in Grüppchen zusammen. Da schallte eine Stimme aus dem Lautsprecher: »Ruhe, verdammt, wir drehen oder soll ich rauskommen?« Die Leute senkten die Stimmen und murmelten nur noch. Ein neuer Befehl kam über den Lautsprecher: »Achtung! Zum Umbau, Technik, Beleuchtung, Requisiten, bitte kommen.« Die Mannschaft machte sich an ihre Aufgaben, und es wurde still.

Simon führte Verena einen weiteren langen Gang entlang, von dem Türen rechts und links abgingen. Ab und an machte er eine auf und ließ sie in Arbeitsräume, Werkstätten, Garderoben schauen. Die meisten Mitarbeiter begrüßten ihn freundlich. Sie waren beim Abbau und Ordnen ihrer Arbeitsmaterialien. Es war immerhin achtzehn Uhr. Nach einer Weile hatte Verena in dem Labyrinth aus Gängen die Orientierung verloren.

Schließlich blieben sie vor einer Tür stehen. Simon zog einen Schlüssel aus seiner Tasche, öffnete und drückte auf einen Lichtschalter.

Was Verena jetzt sah, war anders als die bisherigen Räume. Kein funktionell ausgestattetes Studio, kein Technikpult mit zuckenden Lichtern, keine Kostümständer. Ein mit alten Möbeln eingerichtetes Wohnzimmer lag hier. Ein Kanapee mit rotem Samt bezogen, ein Teppich, ein Esstisch und mehrere Stühle, eine Vitrine, alles aus massivem Holz.

»Dekorationsmöbel. Wenn sie nicht gebraucht werden, stehen sie hier. Das feine Zimmer der Studios.«

Er verschloss die Tür und zog sie ohne weitere Vorbereitung in seine Arme. Verena fühlte sich merkwürdig unsicher. Lag es an diesem ungewöhnlichen Ort, daran, dass vielleicht jeden Augenblick jemand hereinkommen konnte?

»Ich liebe dieses Ambiente. In dieser Atmosphäre kommen mir die besten Gedanken, wie ich ein Drehbuch in Szene setze.« Er knabberte an ihrem Ohrläppchen. »Nebenan ist ein kleines Bad und auch ein Kühlschrank. Der Letzte stellt immer den Sekt kalt.«

»Lass uns etwas trinken.« Sie entwand sich seinen Armen.

»Nichts dagegen.« Er ging nach nebenan und kam mit zwei gefüllten Gläsern zurück. »Gleich ist Feierabend, dann kann uns niemand mehr stören.«

Er reichte ihr ein Glas und sie stießen an. Simon warf ihr wieder einen seiner dunklen Blicke unter langen Wimpern zu. Sie trat einen Schritt zurück und lächelte.

»Aber, aber Verena, ich glaube, der Sekt in deiner Hand zittert. So nervös?« Er setzte sich auf einen nachgebauten Biedermeierstuhl, das Bein übergeschlagen.

»Warum sollte ich nervös sein?« Unwillkürlich stützte Verena ihr Glas mit der anderen Hand ab. Sie spürte ihr klopfendes Herz. »Es ist hier nur ein bisschen extravagant.« Sie lächelte kokett.

»Trink aus«, sagte er plötzlich mit rauer Stimme, stellte sein Glas ab und trat auf sie zu. Er griff nach ihrem Arm und zog sie zu dem Kanapee. Unter seinem schwarzen enganliegenden Pullover trug er nichts.

»Du bist immer so elegant angezogen.« Sie strich heftig über die weiche Wolle. »Ich möchte dich mal im bunten T-Shirt sehen.« Der Gedanke an Daniel Brandts unkonventionelle Kleidung schoss ihr durch den Kopf, und sie wunderte sich darüber.

Simon lachte laut. »Höchstens wenn ich Großputz mache, aber das möchte ich dir nicht zumuten.«

Dieser Künstler würde bestimmt keinen Putzlappen in die Hand nehmen, aber das war auch egal. Verena fühlte seine Schultermuskeln und die Wölbung seiner Brust, als sie die Arme um ihn legte. Als er sie küsste, war sie überrascht, wie anders sie diesen Kuss empfand im Vergleich zu ihrer Umarmung im Babelsberger Park. Besitzergreifend, beunruhigend.

11

Diesmal begnügte sich Wolff nicht damit, sich vom Pförtner zu irgendeinem Aufnahmeleiter durchstellen zu lassen. »Ich möchte Frau Burger sprechen, und zwar sofort.«

»Sie ist im Dreh.«

Wolff ließ sich von dem schlechtgelaunten Mann den Weg erklären, lief an einem langgestreckten Gebäudekomplex entlang, bog ab in eine Straße, in der Lkws mit Versatzstücken für unterschiedliche Kulissen standen. Im Hintergrund sah er die obligatorische Gruppe laufen, die gerade eine Studioführung machte.

Er betrat das Gebäude, ging einen Gang entlang. Eine Neonleuchte flackerte. Nachdem er eine Weile kreuz und quer durch Gänge gelaufen war, kam er zu dem Studio, das der Pförtner ihm gesagt hatte. Über der Stahltür leuchtete es in Rot: »Nicht eintreten«. Wolff überlegte keine Sekunde, drückte die Klinke herunter und stand im Atelier. Mehrere Scheinwerfer waren auf eine Frau gerichtet, die Wolff nur bei genauem Hinsehen als die schlampige Person im Morgenmantel wiedererkannte, die ihn gestern, als er mit Katja ihren Wohnwagen betrat, mit ihrer intensiven, aufdringlichen Art genervt hatte. Da war Ivana Stankovic noch bei ihr gewesen.

Ivana ... Wolff spürte wieder die Enge in seiner Brust. Ein Gefühl, dass er vor langer Zeit gehabt hatte, als ihm sein Arzt eröffnet hatte, dass es mit der Karriere als Handballer vorbei sei. Und dann noch einmal, als er in die leere Wohnung zurückkam und Eleonores Abschiedszettel fand. Er hätte Ivana einfach packen und mit in die Direktion nehmen sollen.

»Was ist jetzt schon wieder los?«, brüllte ein Mann, der wie alle hier Cargo-Hosen mit gut gefüllten Taschen trug. Papier schaute heraus. Dispo-Liste, dachte Wolff und winkte dem Mann lässig zu. Seine eigene Dispo sah entschieden anders aus. Als der Mann schnell auf ihn zukam, erkannte er den Aufnahmeleiter Peters.

»Sehen Sie nicht, dass wir drehen?!«

»Ich arbeite auch.« Wolff legte die Hand auf seine Pistole, die er als Drohgebärde eingesteckt hatte. »Ich muss Frau Burger sprechen, und zwar sofort.«

»Sie schon wieder«, kreischte die Burger und rang die Hände. Sie trug ein ärmlich wirkendes Kleid mit Blumenmuster, das Wolff an frühe Fotos seiner Mutter erinnerte. Ihre Haare waren hochgesteckt, kunstvoll zerraufte Strähnen hingen herunter. »Wann kann ich endlich in Ruhe spielen?« Die Augen der Schauspielerin füllten sich mit so vielen Tränen, dass sie über die Unterlider sprangen und in Bahnen übers Gesicht liefen.

Dreht gerade 'ne dramatische Szene, dachte Wolff.

Eine junge Frau mit einer Puderquaste in der Hand kam schnell hinzu, zog Kleenex-Tücher aus ihrem Kittel und wollte die Tränen abtupfen.

Die Burger schlug ihr die Hand weg. »Hör auf damit«, schnauzte sie. »Das macht mich noch nervöser.«

Die junge Frau wich erschrocken zurück, blickte sich schüchtern um und lief dann zu einer Gruppe herumstehender Kollegen, die teils missbilligend, teils belustigt die schluchzende Burger betrachteten.

»Okay. Sie haben verstanden«, sagte Wolff zu der Schauspielerin und ließ seine Pistole am Finger herumwirbeln. Sonst machte er diese Spielchen nicht, aber hier schien es ihm ganz passend. »Sie spielen eine Schlüsselrolle in meinen Mordermittlungen.«

12

Der Paradiesvogel glitt in einem Gewand aus roten, gelben und grünen Federn schwerelos durch die Luft. Ein rotes und lila Flirren, als er vorbeischwebte, begleitet von Streichern, Trommeln, Trompetenstößen. Die Artisten in Kostümen, die mit Federn, Perlen und Pailletten bestickt waren, schwangen mit Tempo und Kraft an ihren Trapezen, ließen los, flogen in Saltos und Schrauben durch die Luft, gehalten vom Fänger, der im Kniehang hin- und herpendelte, nahmen oben auf der Plattform atemlos und lächelnd mit ausgebreiteten Armen den aufbrandenden Applaus entgegen.

Gestern Abend hatte Leon wie besessen geklatscht. Jetzt wusste er, dass alles nur Show war. Der glitzernde Paradiesvogel wurde bei seinen kunstvollen Schwüngen an einem Seil gehalten. Und Maria war ohne die goldbraune Schminke klein, ernst und blass. Neben ihrem Training hatte sie für ihn gar keine Zeit. Und richtig gefreut, dass er ihr nachgereist war, hatte sie sich auch nicht.

Der Morgen begann in einer Sporthalle in einem Plattenbau irgendwo auf dem Acker mit Dehnübungen, dann kam das Bodentraining. Spagat, Handstandüberschlag, Radwende, Flugrolle. Und jedes Wackeln, jedes nicht perfekt durchgestreckte Bein, führte zu noch mehr Üben. Gelacht wurde überhaupt nicht.

Maria bot ihm an, mit aufs Trampolin zu kommen, sozusagen eine Spielfläche für ihn, aber Leon lehnte ab aus Angst, darauf blöde herumzuhopsen. Als Maria sich am Seil hochzog, ihr Trapez griff, den Aufschwung machte und hin- und herzuschwingen begann, ging Leon aus der Halle. Maria merkte es nicht einmal. Sie merkte auch nicht, dass er in ihren Wohnwagen kam, als sie dabei war, sich in den funkelnden Paradiesvogel zu verwandeln. Mit konzentriertem starren Blick war sie an ihm vorbei ins Zirkuszelt zu ihrem Auftritt gegangen.

Die Nacht hatte Leon auf einer Matratze im Garderobenwagen verbracht, mit ganz viel Sehnsucht nach Maria, vermischt mit dem Gefühl, dass er hier bei den Artisten überhaupt nichts zu suchen hatte. Außer Fußball konnte er ja nichts. Und, ehrlich gesagt, war sein großes Jungszimmer mit den elektronischen Spielen, seiner Sportecke mit Matte und Hanteln, dem bequemen Bett und dem großen Schrank mit den vielen Klamotten auch nicht schlecht. Was würden seine Kumpels über ihn reden, dass er einfach abgetaucht war? Ja, sogar in die Schule wäre er einigermaßen gern gegangen. Aber jetzt konnte er ja schlecht wieder zurück. Was sollte er dann bloß sagen? Bestimmt wollte ihn niemand mehr, höchstens seine Mutter.

Jetzt saß er unter einem großen Baum am Ende der Wiese, auf der die Wohnwagen der Artisten und das Zelt aufgestellt waren. Hier sah ihn niemand. Warum bist du einfach mit deinem Wohnwagen weitergezogen, ohne mir Bescheid zu sagen, Maria? Weil du mich total blöde findest und nicht wiedersehen wolltest, überlegte er betrübt. Soll ich mich überhaupt von dir verabschieden? Wenn du dann gerade deinen Flickflack nicht perfekt gestanden hast, willst du mich bestimmt gar nicht sehen. Ich bin dir egal. Schnurzpiepegal. Sein Gesicht fühlte sich wie erstarrt an. Wie gern hätte er mal wieder gelacht, sogar heimlich und ganz kurz geweint, aber es ging einfach nicht. Ich werde Maria nie wieder sehen, dachte er traurig. Nie wieder.

»Bist du der Leon Vogel?«

Wer war das jetzt? Eine Frau in hochgekrempelten Jeans und T-Shirt mit einer Menge Ketten um den Hals und einer rosafarbenen Haarsträhne.

»Ich bin die Katja von der Kripo«, sagte die Frau. »Ich soll dir einen schönen Gruß vom Kommissar bestellen, den kennst du doch. Der macht sich Sorgen um dich. Wir kümmern uns gerade um deine Mutter. Ruf sie sofort an.«

Ehe Leon sagen konnte, dass er sein I-Phone gar nicht dabeihatte, drückte ihm die Frau ihr Smartphone in die Hand.

»Wie haben Sie mich denn hier gefunden?«

Die Kripofrau lachte. »Das is eben echt Kriminalistik. Ich hab in deinem Papierkorb zu Hause ein Programm von diesem Zirkus gefunden. Und dann brauchte ich nur mal schauen, ob der sein Zelt vielleicht gerade in Belzig aufgeschlagen hat.«

Eine Viertelstunde später saß Leon neben der Kommissarin im Auto, schaute über die Schulter nach hinten durch die Heckscheibe, bis das Zirkuszelt nur noch ein winziger bunter Kegel auf einem großen Platz war. Maria hatte er nicht mehr gesehen.

13

Auf Wolffs Anweisung war die Schauspielerin Marlene Burger in den Vernehmungsraum der Polizeidirektion Potsdam gebracht worden. Da hatte er sie, unauffällig bewacht, erst einmal in einem leeren Raum sitzen lassen.

In der Zwischenzeit lag der Bericht des Kollegen vom Rauschgiftdezernat über Ramon Sanchez auf seinem Schreibtisch. Was Wolff daraus erfuhr, löste bei ihm eine sehr zwiespältige Stimmung aus. Ivanas Freund saß derzeit in Haft. Er kam als Mörder also nicht in Betracht. Auch waren die beiden seit längerem getrennt, hatte Ramon angegeben. Der Kollege hatte auch keinen aktuellen Kontakt Ivanas zur Szene feststellen können. Es beruhigte Wolff, dass Ivana offensichtlich clean gewesen war. Aber mit dieser Erkenntnis wurde es immer wahrscheinlicher, dass Ivana einem Verdeckungsmord zum Opfer gefallen war. Sie hatte etwas gewusst, das sie keinesfalls offenbaren sollte.

Wolff sagte sich, dass er die Burger nun lange genug hatte schmoren lassen. Er klopfte an, wartete kurz und sagte beim Eintreten: »Tut mir leid, dass ich so spät komme, aber die Arbeit …« Er wischte sich einen imaginären Schweißtropfen von der Stirn. »Bitte folgen Sie mir in mein Büro.«

»Was soll das Ganze?«, sagte die Burger aufgebracht. »Ich werde am Set dringend gebraucht. Jede Stunde Warten kostet Geld.« Die Schauspielerin hatte sich im Gesicht gekratzt, die Schminke zeigte Rillen.

Wolff setzte sich hinter seinen Schreibtisch. Die Märklin-Lok hatte er weggestellt und seinen Tisch mit ein paar hässlichen Fotos aus der Rechtsmedizin dekoriert.

»Bringen wir die Formalitäten hinter uns. Zeugen müssen alles sagen, was sie wissen.« Er machte eine Pause und fuhr fort: »Sie brauchen aber nichts zu sagen, wenn Sie sich selbst damit belasten würden.«

Statt einer Antwort lachte die Burger wütend. »Schöner Witz! Bin ich etwa die Mörderin?«

»Haben Sie die Belehrung verstanden?«

»Verdammt, ja.« Die Schauspielerin starrte böse auf die Akte mit der Aufschrift »Mordsache Sophie Graf«. Daneben lag seit heute Vormittag eine weitere Akte. Wolff hatte es nicht über sich gebracht, sie mit »Mordsache Ivana Stankovic« zu beschriften. »In Sachen Ivana« stand drauf.

»Name und Beruf kenne ich. Wie alt?«, fragte er.

Die Burger zögerte: »Das echte Alter?«

»Ich schätze neunundzwanzig«, sagte Wolff, »aber Sie haben schon recht. Das Alter, das in Ihrem Ausweis steht.«

»Zweiundvierzig. Sieht das jemand, was Sie da schreiben?«

Wolff verneinte. Bisher war es ja nur seine Akte.

»Ich kann mir eigentlich kaum vorstellen, dass jemand vom Set hinter dem Mord an Sophie Graf steckt«, begann er langsam. »Wer tötet denn die Frau, an der das ganze Filmprojekt hängt?«

»Wenn Sie sich da nicht mal irren«, sagte die Burger gehässig. »Das wird auch ohne Sophie durchgezogen. So wichtig war sie nun auch wieder nicht.« Sie schlug die braungebrannten Beine übereinander und lehnte sich im Vernehmungsstuhl zurück. Zur Pose der Grande Dame passte nicht so recht das bäuerliche Kostüm mit den Puffärmeln und die abgelaufenen Turnschuhe.

»Sophie Graf und Sie waren Konkurrentinnen?«, fragte Wolff.

»Was soll das?«

»Nur so. Gleicher Typ, gleiches Alter, gleiche Rollen.«

Die Schauspielerin wandte den Kopf ab und zuckte eine Spur zu beiläufig die Schultern. »Nicht dasselbe Rollenfach. Sophie spielte zuletzt eine Sozialarbeiterin.«

»Sie hätten die Rolle aber gern gehabt?«

»Ich bleibe lieber in dem Fach, das ich beherrsche.« Sie wandte sich wieder Wolff zu und lächelte, wobei sie beide Zahnreihen zeigte.

»Sie haben dafür, dass Sie die Sozialarbeiterin gar nicht spielen wollten, ziemlich viel Wut gezeigt. Ich könnte Sophie umbringen, haben Sie gesagt.« Wolff malte ein ärgerliches Smiley-Gesicht und zog den runden Kopf mehrfach mit dem Kuli nach.

»Himmel nochmal«, schrie die Burger ihn an, »das hab ich doch nicht ernst gemeint.«

»Ach, ich kann mir denken, wie sich Neid anfühlt. Sophie war Ihnen immer einen Schritt voraus. Erst bot man ihr die Hauptrolle an. Wenn sie ablehnte, kam man zu Ihnen.«

Die Burger sprang auf und umkreiste ihren Stuhl. »Ich wollte die Sozialarbeiterin nicht spielen. Und die Sophie hat sich total übernommen. Den Text musste man ihr an Tafeln aufschreiben, und der Regisseur musste ihr ihren Part x-mal vorspielen und …«

»So viel Wut.« Wolff wiegte den Kopf. »Aber die Tierärztin hätten Sie gern gespielt, immerhin eine gut bezahlte Serienrolle.« Mit Dankbarkeit dachte er an die Recherchen Katjas.

»Wie? Soll ich kalbenden Kühen den Arm in den Arsch stecken?« Sie lachte auf.

»Ich wollte nur ein wenig provozieren«, sagte Wolff mit sanfter Stimme und flüsterte verschwörerisch: »Wissen Sie, ich möchte doch auch meine Kollegen zufriedenstellen, junge Kommissare mit tausend verrückten Ideen.«

Die Burger leckte sich über die Lippen. »Und ich bin so eine verrückte Idee, was Herr Kommissar?«

Wolff lächelte breit und sagte nichts.

»Sophies Mörder soll doch ein Mann gewesen sein. Und ich bin keiner, oder ist Ihnen das entgangen?« Sie warf ihm einen filmreifen Augenaufschlag zu.

»Das ist mir keinesfalls entgangen«, sagte er galant. »Es gibt ja auch Auftragsmorde …« Er wartete kurz, bis die Schauspielerin wieder Platz genommen hatte, und warf ihr einen treuherzigen Blick zu. »Hatte sich nicht Ihr Freund, ein Stuntman, wenn ich mich recht erinnere, bei Ihnen Geld geborgt, als meine Kollegin und ich Sie am Set in Ihrem Wohnwagen befragt haben?«

Die Schauspielerin fuhr hoch. »Das ist ja wirklich die Höhe! Mike hatte einfach sein Portemonnaie nicht dabei.« Ihr werbender Blick hatte sich blitzschnell in einen zornigen verwandelt. »Schnappen Sie sich endlich den Brandt. Seit der sich zu fein ist für Drehbücher, der Herr Schriftsteller, ist der doch total durchgedreht. Sophie und er haben sich wieder mal gekracht. Und dann hat er sie die Treppe runtergestoßen. So muss es gewesen sein!« Sie sah ihn herausfordernd an.

Wolff dachte, dass es jetzt an der Zeit wäre.

»Sie kennen doch sicher den Regisseur Benjamin Simon?«, formulierte er höflich.

Die Burger kreuzte die Arme, legte sie um ihren Oberkörper und wiegte sich hin und her. Sie wirkte fast wie verängstigt.

»Es ist ja bestimmt Klatsch«, setzte Wolff ruhig fort. »Als ich mich in den Studios herumtrieb, hörte ich, dass Sophie Ihnen auch bei Simon voraus war. Er soll sich wegen Sophie von Ihnen getrennt haben. Aber da ist sicher nichts dran.« Er beugte sich gespannt nach vorn.

Ebenso schnell, wie sie sich zusammengezogen hatte, richtete sich die Schauspielerin auf. »Mit Herrn Regisseur Benjamin Simon ...«, sie spuckte den Namen geradezu aus, »drehe ich nicht mehr.«

Der Ausdruck in ihren Augen hatte sich verändert. Sie waren dunkel vor Hass.

14

Als Simons Smartphone klingelte und er sich entschuldigte, um kurz nach nebenan zu gehen – ein Produzent –, ergriff Verena die Chance. Schnell zog sie aus ihrer Handtasche ein Wattestäbchen und fuhr damit sorgfältig an seinem Sektglas entlang. Sie verpackte das Stäbchen in einem Zellophanbeutelchen, steckte es ein. Und schämte sich.

Benjamin Simon sollte beim Filmprojekt *Bestes Mädchen* Regie führen, hatte Daniel Brandt ihr gestern beim Spaziergang mitgeteilt, und dass es Streitigkeiten gab wegen seiner hohen künstlerischen Ansprüche, die Sophie nicht erfüllen konnte. Den Rest besorgte Verenas aufgewühlte Fantasie. Brandt hatte ihr vorhin per SMS mitgeteilt, dass er jetzt zur Abgabe einer Stimmprobe gehe. Die Kripo habe von irgendwoher Vergleichsmaterial. Dann werde sich seine Unschuld herausstellen. Aber nachdem ihre Freude über seine Zuversicht abgeklungen war, kamen ganz andere Zweifel in ihr hoch. Sie würde keine Ruhe finden, bis sie Klarheit hätte.

»Auf Spurensuche?« Simon stand in der Tür und sein Gesicht hatte seine Glätte verloren.

»Ich – äh – mache gerade eine Fortbildung in Forensik …«

»Bedien dich ruhig.« Simon reichte ihr sein Glas und lachte zynisch.

»Abraham & Partner haben mir die Verteidigung von Daniel Brandt übertragen.« Egal jetzt, dass das nicht mehr stimmte. Mit einem Auftrag aus München würde sie besser dastehen.

»Ah, ja? Und jetzt suchst du den Mörder bei allen Menschen, die mit dem unsauberen Filmgewerbe zu tun haben?« Seine Stimme war verändert. Ironie und Bitterkeit.

Er trat schnell auf sie zu, packte sie an den Armen und zog sie so nahe heran, dass sie gezwungen war, ihm direkt in die Augen zu blicken. Eine Weile starrte er sie an, dann küsste er sie heftig und biss ihr in die Lippe. Es tat so weh, dass ihr Tränen in die Augen schossen.

»Das war die Strafe«, sagte er mit kehliger Stimme und ließ ab von ihr.

Er ging zum Fenster. Draußen war es dunkel geworden. Erst jetzt bemerkte Verena, dass das Fenster vergittert war. Ein Gemisch aus Angst und Erregung stieg in ihr hoch. Wenn sie jetzt falsch lag, konnte sie froh sein, wenn Simon ihre Entschuldigung akzeptierte. Wahrscheinlicher war, dass er sie für verrückt hielt.

15

Der Pförtner am Glaskasten zuckte zusammen, als Wolff ihm sagte, was er vorhatte. Aber angesichts der drohenden Polizeigewalt blieb ihm nichts anderes übrig, als dem Kommissar den Schlüssel zum Außenstudio auszuhändigen.

Wolff und Sven umrundeten das Studiogebäude auf der Suche nach Fluchtmöglichkeiten. Vorn war die Straße, rundherum Fabrik- und Lagerhallen. Auf der Rückseite des Studios standen mit Containern beladene Hänger. Hier wurden die Bauteile für die Filmkulissen angeliefert, hatte Ivana ihm erklärt. Gestern noch. Wolff dachte daran, wie ihm diese fremde Welt für kurze Zeit nahe gekommen war. Dann gab er über Funk eine Nachricht an die Kollegen in den Streifenwagen durch. »Türen und Fenster sichern.« Katja sollte als Ansprechpartnerin im Wagen bleiben. Wolff hielt es kaum noch aus. Sie hatten doch alles: Tat, Motiv, Gelegenheit. Es fehlte nur der Beweis. Sein Gefühl, dem er immer vertraut hatte, sagte ihm, dass er richtig handelte.

Verena trank den letzten Schluck des schal gewordenen Sekts. Sie hatte diesen Streit nicht gewollt. Gewissheit war es, die sie wollte.

»Es tut mir leid.« Sie räusperte sich.

Simon ging in die kleine Küche, sie hörte, dass er den Kühlschrank öffnete und neuen Sekt herausholte. Ohne darüber nachzudenken, griff sie in ihre Handtasche und schaltete ihr Smartphone auf Aufnahme.

Simon kam zurück, er schenkte ein und sie stießen an. In seinem Gesicht konnte sie nicht lesen, ob er ihre Entschuldigung akzeptierte.

Er zog sie auf das Kanapee. Sie fühlte den Klammergriff seiner Hand. Leidenschaft? Wut?

»Das war ein Schlag unter die Gürtellinie. Zum Glück kein Knock-out.«

Verena lächelte gezwungen. »Ich hatte so ein Misstrauen, weil du mir nicht erzählt hast, dass du der Regisseur in dem Filmprojekt von Sophie Graf sein solltest.«

»Und du hast mir verschwiegen, dass Daniel Brandt dein Mandant ist. Wir sind quitt.«

Verena nickte, obwohl in ihrem Verhältnis zu Simon nichts ausgeglichen war. Aber sollte der Beginn ihrer Karriere als selbständige Anwältin scheitern? Benjamin Simon war ein bekannter Regisseur und kannte in Babelsberg Gott und die Welt. Er konnte sie fertigmachen.

»Wenn nicht einmal die Frau zu mir hält, die sich mir vor kurzem hingegeben hat, kann ich wirklich einpacken.« Simon massierte sich die Schläfen. »Wo soll ich die künstlerische Kraft für meine Regieaufgaben hernehmen? Ich arbeite an einem neuen Projekt als Autor und Regisseur, außerdem läuft der Dreh für eine Fernseh-Soap, dann diese schrecklichen Auseinandersetzungen mit unbegabten Schauspielern.« Er fuhr sich theatralisch durch die Haare als könne er so die lästigen Gedanken abschütteln. »Du hast keine Ahnung, wie anstrengend es ist, den Darstellern vorzumachen, wie sie eine Szene gestalten sollen. Du weißt, dass sie es nicht können. Aber für gute Schauspieler fehlt das Geld. Ich fühle mich für jeden von ihnen verantwortlich, ich möchte das Beste aus ihnen herausholen. Der Film ist mein Leben.«

Verena hatte das Gefühl, dass er fast in Tränen ausbrechen würde. Sie fühlte sich schäbig wegen ihres Misstrauens. Aber sie konnte jetzt unmöglich vor seinen Augen die Aufnahmefunktion ihres Smartphones stoppen.

»Und jetzt machst auch noch du Probleme«, sagte er jammernd.

Verena wollte ihm übers Haar streichen, aber er fasste ihr Handgelenk und hielt es fest. »Ich hatte dir bei unserem ersten Rendezvous ein so gutes Angebot gemacht.« Er packte sie fester. »Ein großer Auftrag im Urheberrecht, erinnerst du dich?«

Verena wusste nichts zu antworten. Was auch? Dass sie Daniel Brandt für unschuldig hielt? Dass sie Klarheit wollte? Dass sie außerdem eine wichtige Entscheidung für ihre Zukunft getroffen hatte, die ihr zugleich Sorgen machte?

»Verena, bitte enttäusche mich nicht.« Simon legte die Hände um ihren Hals und zog sie zu sich. Sein Atem roch nach Alkohol. Meiner sicher auch, dachte Verena. Er öffnete mit einem heftigen Ratsch den Reißverschluss ihres Rocks, zog ihn herunter, riss ihr die Bluse vom Körper. Verena fühlte eine Mischung aus Erregung, Angst und Abwehr. Nach ihrem Treffen gestern hatte sie wach gelegen und sich nach ihm gesehnt. Jetzt wollte sie seine Küsse nicht, wollte nicht die Hand, die sich in ihren Slip schob, und dachte zugleich, dass ihr Stimmungswandel für ihn unverständlich sein musste. Sie strich ihm über den Rücken, versuchte sich zu entspannen, während es in ihr hämmerte: ›Sei vorsichtig. Er ist in keiner guten Stimmung. Er hat getrunken. Wenn er merkt, dass dein Smartphone auf Aufnahme gestellt ist, wird sich seine Wut über dich ergießen. Es macht nichts, jetzt mit ihm zu schlafen. Danach gehst du. Und wenn die Stimmprobe ergibt, dass Benjamin unschuldig ist, dann ist alles gut. Und zwar auch dann, wenn er mit dir nichts mehr zu tun haben will.‹

»Das mit dem Urheberrechtsmandat klingt interessant«, begann sie, wusste aber nicht, wie sie fortfahren sollte.

Er hörte sie auch gar nicht. Seine Zunge fuhr in ihrem Mund herum, seine Hand quetschte ihre Brust, seine Finger wühlten wütend in ihrem Schoß.

»Nein!« Sie drückte ihn mit Wucht weg. »Ich kann das nicht. Nicht jetzt. Nicht so.«

Er musterte sie, auf die Ellenbogen gestützt, mit zusammengekniffenen Augen. »Weswegen bist du hier? Um einen anderen Verdächtigen zu präsentieren?« Er hieb mit der Faust auf auf das Polster des Kanapees. »Bisher dachte ich, dass es Anwaltsermittler nur in amerikanischen Filmen gibt.«

»Ivana Stankovic ist tot«, sagte sie aufgewühlt. »Warum musste eine junge, begabte Frau sterben? Weil jemand verhindern wollte, dass sie in der Mordsache Sophie Graf aussagt.« Es platzte geradezu aus ihr heraus, die schreckliche Neuigkeit, die sich schnell herumgesprochen hatte und ein neues Licht auf den Fall warf.

Simons Gesicht wurde krebsrot, wie das eines wütenden Kindes. »Warum bist du nicht Drehbuchautorin geworden?«, zischte er. »Deine kriminellen Fantasien würden für mehrere Thriller ausreichen.«

Seine heftige Reaktion ließ einen Gedanken reifen, den ihr mühsam aufgebautes Ego nicht wahrhaben wollte. Unter dem Eindruck seines rot angelaufenen Gesichts begriff sie, dass es für Benjamin Simon einen ganz bestimmten Grund gegeben hatte, ihre Nähe zu suchen. Und es packte sie eine Wut, wie sie sie sonst nicht von sich kannte.

Wolff entsicherte seine Waffe und schlich vorsichtig voran. Die Lichtanlage war ausgeschaltet, nur die Notausgangslampen leuchteten grün. Er blieb stehen und lauschte, aber außer einem metallischen Knacken aus dem Rohrsystem war nichts zu hören. Das erregende Gefühl, auf der Spur zu sein, vermischte sich mit Unruhe. Nachdem er eine Weile durch schwach beleuchtete Gänge gegangen war, stand er vor dem Masken- und Garderobenraum, in dem er Ivana befragt hatte. Die Tür war unverschlossen. Er trat ein, nur um noch einmal in diesem Raum zu sein. Eine Fratze mit Reißzähnen und verzerrtem Mund grinste ihn an. Er atmete durch, befahl sich Ruhe. In einem Filmstudio wurde eben öfter umgelagert. Seine Augen nahmen langsam Konturen wahr. Der Schminktisch, die Schemel, auf den fahrbaren Kleiderständern Safarianzüge, Tropenhelme, bunte Kostüme mit Perlen und Federn, überall unausgepackte Kartons. Er trat zu dem kleinen Fenster und orientierte sich. Da war die Straße, also Westen. Er sah die Kollegen von der Schutzpolizei, die das Haus umstellten. Und hörte sein schnell klopfendes Herz.

Wolff verließ den Raum und versuchte sich zu merken, in welche Ecke des Gebäudes der Flur führte. Plötzlich hörte er Geräusche, als renne jemand weit entfernt einen Gang entlang. Eine Tür knallte, und Wolff hörte eine Männerstimme: »Bleib stehen, verdammt!« Die Geräusche schienen hinter einer Tür zu einem Studio herzukommen. Er überlegte, ob er über Funk Verstärkung anfordern sollte. Vielleicht proben die hier auch eine dramatische Szene, dachte er und unterließ es.

Er öffnete die Studiotür mit gezogener Waffe. Die Tropenlandschaft lag im bläulichen Licht der Nachtbeleuchtung. Einige technische Geräte trugen jetzt orangefarbene Überzieher. Wolff suchte Schutz hinter einem Kübel mit Farnen. Er hatte keine Lust, eine Zielscheibe vor einem plötzlich aufflammenden Scheinwerfer abzugeben. Kein Laut war zu hören. Wolff versuchte sich einen Überblick zu verschaffen, was schwierig war. Überall standen Kulissen, Gestelle mit mehreren Etagen zur Positionierung von Lichtquellen und Kameras, dazwischen das viele Grünzeug. Er erkannte den riesigen Felsen, von dem sich ein Wasserfall stürzte. Den hatte er gestern bereits gesehen, als Ivana ihm das Studio zeigte. Wieder stieg Trauer in ihm hoch und viel Aggression. Am liebsten würde er dieses ganze tropische Pappmaschee-Paradies zerschlagen.

In diesem Augenblick hörte er unterdrückt Stimmen, Schreie, Poltern.

»Du bist paranoid.« Simon packte Verena bei den Schultern und hielt sie gewaltsam fest. »Verfolgungswütige Anwältin diffamiert Filmleute. Auf der Suche nach dem Mörder, ha, ha!«

»Lass mich hier raus«, schrie Verena ihn an. Hätte sie nur die Kripo über ihr Vorhaben unterrichtet. Aber sie dumme Pute hatte allein herausfinden wollen, dass ihr neuer Liebhaber unschuldig war. Es war zu spät. Sie hatte sich gründlich verkalkuliert.

Ihr Smartphone summte.

»Bestimmt ein Mandant«, sagte Simon mit gestellt hoher Stimme und lachte hässlich.

Verena versuchte, an ihre Handtasche zu kommen. Aber Simon kam ihr zuvor. »Willst du dein Spionagewerkzeug für die Kripo retten?«

Wenn er ihr Handy herausholte, würde er sehen, dass sie die Sprachaufnahme gestartet hatte. Er schien auch so zu begreifen, dass sie einen Verdacht gegen ihn hegte. Sein Gesicht verzerrte sich wütend.

»Gib mir meine Tasche.« Verenas Herz hämmerte so wild, dass sie den Puls in den Ohren pochen hörte.

Simon schwenkte ihre Handtasche wie eine Trophäe.

Das hier war kein Gegner, auf den man langsam zuging, vor dem man sich verneigte und den man dann mit der Hand am Rand der Judojacke und am Ärmel griff. Verena stürzte sich auf ihn und versuchte, ihm die Tasche zu entreißen.

»Verena, verdammt!«

Es gelang ihr, die Tasche zu erbeuten. Sie raste zum Fenster, riss es auf und schleuderte sie zwischen den Gitterstäben weit nach draußen. Wo sie landete, konnte sie im Dunklen nicht sehen.

Jetzt war Simon hinter ihr, seine Hände schrammten über ihre Schultern, krallten sich um ihren Hals. Sie schaffte es, seine Finger mit einem Griff aus dem Jiu Jitsu zu lösen und versuchte, den Mann zu Sturz zu bringen. Er riss an ihren Haaren. Sie hatte das

Gefühl, als würde er ein Büschel mitsamt den Wurzeln ausreißen. Sie hieb ihm den Arm weg. Sein Faustschlag traf sie an der Schläfe. Feuerräder vor ihren Augen. Mit der Automatik jahrelangen Judotrainings schaffte sie es, ihr Bein zwischen seine Knie zu schieben und ihm das Bein wegzusicheln. Er stürzte, aber er riss sie mit. Sie rollten auf dem Boden herum. Hier gab es keine weiche Matte. Kein Abklopfen wenn man nicht mehr konnte.

Wolff hatte Schritte gehört, als laufe jemand durch die Tropenkulisse. Er versuchte auszumachen, woher die Schritte kamen. Schemenhaft sah er jetzt eine Gestalt durch eine Szenerie laufen, im Zickzack schlängelte sie sich an den Pflanzenkübeln vorbei, verschwand hinter einer Kulisse mit aufgemalten Lianen. Die Gestalt kam zurück, offensichtlich gab es keinen Weg nach draußen. Sie blieb einen Augenblick desorientiert auf einem kleinen Stück Boden mit weißem Sand stehen. Im bläulichen Dämmerlicht erkannte er eine kleine blonde Frau. Die Anwältin? Brandt hatte nach der Stimmprobe die Starke gesucht und gesagt, dass sie vielleicht am Set ermittelte. Aber die Frau da in den Kulissen trug nichts als BH und Slip. Und die Telefonstimme der Anwältin hatte bei ihm den Eindruck einer resoluten Mittvierzigerin hervorgerufen. War das doch eine Probe für eine Filmszene? Wolff kam nicht dazu, weiter zu spekulieren, denn jetzt rannte ein Mann mit nacktem Oberkörper quer durch die Kulissen und verschwand hinter dem Felsen aus Pappmaschee.

Wolff machte ein paar schnelle Schritte auf ein hohes Podest mit Kameras zu und suchte Deckung. Da stieß er gegen einen Stuhl, der zusammenklappte und krachend auf den Boden fiel. Nun würden sie wissen, dass jemand in der Nähe war.

»Hilfe!«, schrie die Frau.

In diesem Augenblick trat der Mann hinter dem Felsbrocken hervor, packte die Frau und drehte ihr den Arm nach hinten.

Wolff hörte sie vor Schmerzen aufschreien.

»Raus hier!«, ertönte eine kehlige Stimme. »Sonst geht's der Frau schlecht.«

Wolff hörte die Frau stöhnen.

»Polizei! Lassen Sie die Frau los oder ich schieße!«

Verdammt, in welche Gefahr habe ich mich gebracht, dachte Verena. Sie war vor Angst und Ungläubigkeit wie gelähmt. Hab doch nur meinen Zweifel ausräumen wollen. Wie ist die Polizei hierhergekommen?

»Benjamin, hör auf, bitte«, stieß sie hervor, »lass uns reden.«

»Vorbei«, zischte er. »Du hast mich ausgeliefert.«

Wolff sah, dass der Mann die Frau fester packte und diese vor Schmerzen aufschrie.

»Hände hoch!« Er gab einen Warnschuss ab.

In diesem Augenblick rollte etwas auf ihn zu. Eine Sprungwand schob sich zwischen ihn und die Verfolgten. Grüne Palmen, blaues Meer. Er musste die Wand umlaufen, und als er hervortrat, konnte er nichts mehr sehen. Blendendes Licht umfing ihn. Scheinwerfer waren voll auf ihn gerichtet.

»Hauen Sie ab«, hörte er die laute Männerstimme. »Sonst passiert der Frau was!«

Plötzlich war das gleißende Licht von ihm weg, dafür wurde die Frau angestrahlt. Der Mann hielt sie fest, den Arm um ihren Hals. Jetzt sah Wolff, dass er ihr ein Messer an die Kehle hielt. Die Frau unter der Hitze des Scheinwerfers stöhnte.

»Noch einen Schritt näher und ich steche zu.«

»Okay. Ich bleibe stehen.«

»Die Waffe«, sagte der Mann drohend. »Wegwerfen, dass ich sie sehe.«

Wolff schätzte seine Chancen ein. Wenn er jetzt schoss, würde er vielleicht den Mann treffen. Oder die Frau. Oder daneben. Er warf die Pistole so weg, dass er sie im Blick hatte. Der Mann konnte nicht darankommen, ohne die Frau loszulassen.

»Simon, machen Sie sich nicht unglücklich«, sagte Wolff. Wenn sich sein Verdacht bestätigte, hatte dieser Mann Sophie und Ivana auf dem Gewissen. Wolff wäre am liebsten losgehinkt, so schnell er konnte, egal ob er eine Chance hatte. »Mann, bisher ist nichts passiert«, sagte er um Ruhe ringend. »In Kürze wimmelt es hier von Polizei. Dann haben Sie keine Option mehr. Wir können reden.«

»Lassen Sie mich gehen.« Das Gesicht des Regisseurs erschien kurz im Scheinwerfer. Es machte einen abgespannten, zugleich entschlossenen Eindruck, seine Augen leuchteten manisch. Der Mann würde um sein Leben in Freiheit kämpfen. Es gab dieses gefährliche Gefühl, dass es nicht mehr drauf ankam.

»Seien Sie vernünftig. Lassen Sie die Frau los. Bisher ist es nur Freiheitsberaubung.« Über die Tötung von Sophie und Ivana reden wir später, dachte Wolff, falls es ein später gibt.

»Erst geben Sie Order über Funk: Freier Abzug.« Wolff sah, wie sich der Körper des Mannes spannte. »Na los!« Er riss den Kopf der Frau nach hinten. Sie schrie auf.

Freier Abzug? Wolff überlegte hektisch. Wie weit? Bis zum Ausgang des Studios? Bis zur Autobahn? Die Kollegen würden es nicht schaffen, die Abfahrten zu sichern, um den Mann zu ergreifen, bevor der über die Grenze nach Polen geflohen wäre.

»Hilfe«, rief die Frau mit absterbender Stimme. Wolff sah im Scheinwerferlicht Blut ihren Hals herabrinnen. Es konnte ein harmloser oberflächlicher Schnitt sein. Es konnte die Schlagader sein.

»Okay, Mann. Sie können gehen. Lassen Sie die Frau los.«

»Kommando über Funk!«

Wolff wollte seinen Befehl an Noack durchgeben. Die Polizisten sollten den Mann passieren und wegfahren lassen.

In diesem Augenblick sank die Frau zu Boden.

Wolff rannte los, stolperte über eine Schiene im Boden, fiel aufs Knie, und ein heftiger Schmerz schoss ihm durch und durch.

Als er sich aufrappelte, sprang ihn jemand an. Obwohl er alle Fasern seines Körpers anspannte, ging er wieder in die Knie. Simon warf sich auf ihn, packte ihn am Hals. Wolffs Hände flogen zur Kehle, er versuchte, den Mann abzurollen, fand nicht die richtige Position. Er spürte den Daumen auf der Luftröhre, sah in Augen, die vor rasender Wut funkelten.

»Verfluchte Bullen, ihr linkt mich nicht!« Simons Stimme kiekste.

Der Druck auf Wolffs Kehle verstärkte sich. Er rang nach Luft, holte mit der Hand aus, schlug ins Leere. Blitze tanzten vor seinen Augen, sein Ohr dröhnte, als wollte das Trommelfell zerspringen. Seine Hand fuhr in die Hosentasche. Das Schweizer Messer. Oft mit einer Hand geöffnet, zum Orangen schälen, Flaschen öffnen. Nicht, um es in einen Menschen zu stechen.

Mit aller Kraft stieß er dem Mann das Messer in den Rücken, traf erst eine Rippe, rutschte ab und drang in die Weichteile. Simon jaulte auf und schrie dann wie ein Tier.

Sie lebte noch. Verena presste ihren Handrücken an die Wunde am Hals. Nicht panisch werden. Sie blutete, aber es war nicht schlimm. Der Scheinwerfer blendete furchtbar, und ihre Beine zitterten so sehr, dass sie nicht aufstehen konnte. Keuchend krabbelte sie aus dem gleißenden Licht, unfähig wahrzunehmen, was um sie herum geschah. Sie roch ihr Blut. Es strömte über Auge und Wange und vom Hals. Hilfe, dachte sie, sie konnte nicht mehr schreien. Da war ein Fenster, sie zog sich hoch und winkte, ohne zu erkennen, ob da jemand war, der ihr helfen konnte.

Wolff lag da, nach Luft ringend. Etwas geschah. Er sah schemenhaft die Frau zum Fenster kriechen und mit einem Arm winken. Glas klirrte. Eine Eisenstange donnerte von draußen gegen die Scheibe, ließ sie zerbersten. Dann fasste eine Hand von draußen durch die Öffnung, entriegelte das Fenster. Ein Polizist stieg herein, ein anderer folgte und noch mehrere. Der Regisseur taumelte hin und her, das Gesicht schmerzverzerrt, die Augen weit aufgerissen. Blut rann über seinen nackten Rücken.

»Nicht rausziehen, sonst bluten Sie noch mehr«, rief Wolff.

Dann stand er schwankend auf. Allmählich klärte sich sein Blick, und er bekam wieder Luft.

Von dem, was dann geschah, bekam Verena nicht mehr viel mit. Alles verschwamm zu einem Brei aus lauten Geräuschen. Glas barst, Türen schlugen, Menschen rannten umher, Kommandos wurden geschrien. Jemand drückte mit einem Tuch auf ihre Halsschlagader. Zum Glück habe ich zwei davon, dachte sie noch, es fließt genügend Blut ins Gehirn.

Montag, 7. September

I

»Das kannst du nicht mit mir machen, Sophie.«

»Ich kann alles machen. Ich gebe das Geld.«

»Geld! Um Kunst geht es. Filmkunst. Du weißt ja gar nicht, was das bedeutet.«

»Du und deine Scheißkunst. Damit hast du mich immer nur gequält.«

»Sophie, Liebes, ich kann nicht verzichten. Ich brauche diese eine Chance nach meinem Flop.« Die Stimme des Mannes zitterte. »Sonst bin ich erledigt.«

»Aus. Schluss. Ich will dich nicht mehr.«

Einen Augenblick war Stille. Dann begannen Glocken zu läuten. Mitten in das Läuten hinein schrie der Mann: »Du spielst die Diva. Für dich zählst nur du. Dein Erfolg. Deine Karriere.« Er schluchzte auf. »Du nimmst dir, was du brauchst, und den Rest wirfst du weg. Aber ich bin nicht dein Abfall, an dem du dir die Finger schmutzig machst!«

Die Glocken läuteten. Der Schrei der Frau war furchtbar.

Kommissar Wolff drückte die Stopp-Taste und lehnte sich zufrieden in seinem Stuhl zurück.

Das war ihr Retter. Verena sah, dass sein rechtes Bein von einer Orthese gestützt wurde. Sie senkte den Kopf. »Es tut mir leid, dass Sie verletzt wurden.«

»Och, nur 'ne alte Sportverletzung, die immer mal muckt. Sie hat's deutlich schlimmer erwischt.«

»Die Nacht ist in meinem Kopf nur noch bruchstückhaft vorhanden. Und die Wunden heilen schon.«

Simon hatte mit seinem Messer seitlich die Haut ihres Halses zerschnitten, ihre Halsschlagader zum Glück nur angeritzt. Nach zwei Tagen war Verena mit einem dicken Pflaster am Hals und einer Naht über der Augenbraue aus dem Krankenhaus entlassen worden.

»Sie hatten die Lösung vor mir«, sagte sie leise.

Der Kommissar verzog amüsiert den Mund. »Ja, und trotzdem zu spät. Sonst hätte ich Sie in die Arrestzelle genommen. Wie konnten Sie so was Idiotisches tun?«

Verena schluckte. »Ich wollte Gewissheit haben.«

Der Kommissar schien einen Augenblick zu überlegen und sagte dann: »Ach so. Ich glaube, ich fange an zu verstehen.« Dann zwinkerte er.

»Wie haben Sie mich in dem Außenstudio aufgespürt?«, fragte Verena, beschämt über den Großeinsatz, den sie veranlasst hatte.

»Der Brandt kam nach seiner Stimmprobe hierher und …«

»Es ist also wirklich ausgeschlossen, dass Daniel Brandt seine Frau umgebracht hat?«, unterbrach sie ihn unruhig.

»Eindeutig ausgeschlossen. Ich muss zugeben, dass ich mich geirrt habe.« Wolff hob die Brauen und zog den Mund breit.

Verena fühlte, wie ein Knoten in ihr sich auflöste. Daniel Brandt hatte es ihr schwergemacht. Aber sie hatte einen unschuldigen Menschen verteidigt.

»Ja, und dann machte der Brandt sich Sorgen«, fuhr Wolff fort. »Sie waren nicht im Büro und sind nicht ans Handy gegangen. Sie würden vielleicht am Set ermitteln, sagte er. Und da dachte ich, dass es Zeit ist, loszugehen.«

»Ich musste das einfach tun.« Hoffentlich würde der Kommissar das verstehen. »Auch wenn es ein großes Risiko war.«

»Tja, manchmal muss man eben eine Dummheit machen. Ich hab da was für Sie.« Er zog Verenas Handtasche aus einer Schublade seines Schreibtisches und hielt sie hoch wie eine Trophäe. »Lag draußen neben einem Container. Tut mir leid, dass Sie ein paar Tage darauf verzichten mussten, aber sie enthielt wichtige Beweise.«

»Mein Smartphone mit der Aufnahme?« Mit einem Ruck streckte Verena ihren Kopf nach vorn und bereute es sofort. Ein scharfer stechender Schmerz fuhr ihr durch die Verletzung am Hals. Und zugleich die Erinnerung, wie sie halbverrückt vor Angst und Schmerzen die Tasche aus dem Fenster geworfen hatte.

Er nickte zufrieden. »Teile Ihrer Unterhaltung sind drauf. Die Qualität ist unterschiedlich, aber es genügt.«

»Was wird jetzt mit Simon?« Verena brachte es kaum über die Lippen.

»Er ist ziemlich schwer verletzt und liegt im Haftkrankenhaus. Wenn er haftfähig ist, werden wir ihn dem Richter vorführen.«

»Bedeutet das …« Sie konnte vor Herzklopfen nicht weitersprechen.

Der Kommissar nickte. »Mein Kollege Noack hat bereits eine Kopie Ihrer Aufnahme gezogen, und die ist schon ausgewertet.«

Verenas Mund war wie ausgetrocknet. Sie traute sich nicht, nach dem Ergebnis zu fragen.

»Dank Ihrer Aufnahme haben wir das Ergebnis schon. Simon könnte eine Stimmprobe verweigern.«

Verena merkte, wie ihre Beine weich wurden, und sie setzte sich schnell auf einen senfgelben Sessel in der Besprechungsecke.

»Sie sind ganz schön fertig«, bemerkte der Kommissar, hinkte in seine Küchenzeile und brachte ihr ein Glas Mineralwasser und einen Kaffee.

Ja, sie war fertig. Wie hatte sie sich so in einem Menschen irren können? Als Benjamin Simon auf der Premierenfeier ihre Nähe gesucht hatte, hatte sie geglaubt, er wäre an ihr als Frau interessiert. Verena fühlte, wie sich ein Schmerz in ihr breitmachte, der nichts mit ihrer körperlichen Verletzung zu tun hatte. Sie senkte schnell den Kopf.

»Ich habe Ihnen etwas mitgebracht«, wechselte Verena das Thema, um von sich abzulenken. Sie zog ein Päckchen aus einer Papiertüte und stellte es dem Kommissar auf den Schreibtisch.

Er öffnete es, ohne sich zu zieren. Eine Märklin-Dampflok.

»Den Tipp habe ich von Ihrem Herrn Noack.«

»Wissen Sie, was ich damit mache? Ich nehme das Geschenk einfach an. Und frage nicht den Polizeipräsidenten.«

Der Kommissar stand auf und hinkte zu seinem Schrank. Dort stand eine Spielzeugeisenbahn, die er herausholte und auf seinen Schreibtisch stellte. Er koppelte seine Lok ab und setzte die neue an die Spitze des Zugs.

Dann nahm er die Akte mit der Aufschrift »Mordsache Sophie Graf« vom Schreibtisch und legte sie auf einen Aktenbock.

»Geklärt«, sagte er. »Das Gericht muss nur entscheiden, ob das Mord war oder Totschlag. Der Simon war in einer verzweifelten existentiellen Krise.«

Dann nahm er eine weitere Akte: »In Sachen Ivana«. Er betrachtete sie, nickte traurig und legte sie auf die Graf-Akte.

»Und Ivana musste sterben, weil sie ahnte, dass Simon der Täter war. Sophie hat nur ihr alles über ihr Zerwürfnis mit Simon offenbart. Sophie hatte ihm seine letzte Regie-Chance genommen.«

Dann legte er Verena zwei Blätter Papier hin.

»Mein Geschenk für Sie. Als Anwältin sind Sie zwar raus, aber vielleicht interessiert Sie das noch.«

›Zeugenprotokoll:

Anwesend: Kriminalhauptkommissar Wolff und Frau Marlene Burger, 42 Jahre, wohnhaft in Potsdam, Schauspielerin.

Wolff: Ich weise Sie darauf hin, dass Sie sich nicht selbst belasten müssen.

Burger: Weiß ich, habe bereits eine Kommissarin gespielt.

W: Stimmt es, dass Sie mit dem Regisseur Benjamin Simon ein Verhältnis hatten, das er wegen Sophie Graf gelöst hat?

B: Wegen so was bringe ich niemand um.

W: Wer könnte ein Motiv haben, Sophie Graf und Ivana Stankovic zu töten?‹

»Lesen Sie jetzt den Schluss«, unterbrach der Kommissar Verenas Lektüre. Sie nahm das zweite Blatt.

›W: Sie sind sich ganz sicher?

B: Hundertpro. Simon stand in der Garderobe, und ich kam dazu, weil ich meinen Stein vergessen hatte, meinen Talisman, ohne den ich nicht spielen kann. Er telefonierte. Es ging um die Übergabe von zehntausend Euro. Simon regte sich furchtbar auf, dass ich ihm hinterherspioniere. Ich sagte das mit meinem Talisman. Er sagte, dass er mit den Zehntausend einem Aushilfstechniker im Filmpark aus der Klemme helfen wollte.

W: Ich danke Ihnen für Ihre Aussage, Frau Burger.‹

»Simon hat einen Killer engagiert?«, fragte Verena erschüttert. »Und der hat Ivana Stankovic getötet?«

»Vermutlich.« Der Kommissar lehnte sich zurück und wippte mit seinem Stuhl. »Wir haben uns die Technikerliste vom Filmpark geholt. Einer kam plötzlich nicht zur Arbeit. Er ist weg in Richtung Polen. Aber ich bin zuversichtlich, dass wir ihn mit Hilfe der polnischen Kollegen noch schnappen. Die Fahndung läuft.«

Es klopfte. Als Wolff ›Herein‹ sagte, trat Sven ein. Er hielt einen Strauß aus rosa und blauem Phlox in der Hand.

»Kommissar Noack«, sagte er zu Verena. Der Strauß zeigte Richtung Boden. »Ohne Ihre Tonaufnahmen hätten wir Simon nicht überführen können. Es gab zu viele menschliche Spuren in der Villa Graf, und die Scherbe von der Flasche hatte nur einen unzureichenden Fingerabdruck«, sagte Noack. »Die Auswertung des Videos in der Überwachungskamera zeigte einen Mann in buntem T-Shirt mit Baseball-Cap. Hätte Daniel Brandt sein können. Aber auch Simon. Ähnliche Statur. Und vom Hauspersonal wissen wir, dass Simon sich bei seinen Besuchen wie Brandt kleidete, wegen der Nachbarn.«

Er hob den Strauß und hielt ihr die Blumen hin.

Verena war so verdutzt, dass sie ihren Mund öffnete, ohne etwas zu sagen.

»Wir möchten uns bei Ihnen bedanken. Meinem Chef fällt es ein bisschen schwer, etwas Nettes zu sagen, da dachte ich …«

»Der Chirurg hat Ihnen wirklich ein paar attraktive Stiche über der Braue verpasst«, sagte Wolff scherzhaft zu Verena. »Der Faden passt in der Farbe wunderbar zu Ihrem blauen Auge.«

2

Verena wartete im Hintergrund, während die anderen Zuhörer ihn nach der Lesung umringten. Es waren um die hundert gewesen. Daniel Brandt saß noch immer an dem kleinen Tisch, zog ein Exemplar seines neuen Buches nach dem anderen vom Stoß und signierte es. Sein Gesicht war entspannt, die Haare gut geschnitten, und er trug ein gebügeltes Markenhemd.

»Hallo, Herr Brandt.«

Sie trat zu ihm, als der Letzte gegangen war. Brandt lächelte erfreut und überrascht. »So viel Publicity habe ich noch nie gehabt. Aber so richtig genießen kann ich es nicht.« Er stand auf und umarmte sie vorsichtig. »Wie geht es Ihnen, Frau Starke?«

»Ganz gut. Fäden gezogen, aber die Wunde juckt ein bisschen. Waren ja auch ein paar turbulente Tage, falls Ihnen das entgangen sein sollte.« Sie lachte. »Und Sie sind jetzt berühmt, was gibt's Besseres für einen Schriftsteller?«

Brandt seufzte. »Geld interessiert mich nicht so. Ruhm auch nicht. Aber er hilft mir vielleicht, um mein Projekt zu verwirklichen. Ein ruhiges Buch über eine fast gescheiterte Existenz, die das Leben im Grünen an einem Brandenburger See probt.«

»Das wird vielen Menschen Mut machen, auch außerhalb Brandenburgs.«

Er zuckte die Achseln. »Schreiben ist das Einzige, was mich interessiert und was ich ein bisschen kann. Auch wenn es keinen messbaren Wert besitzt.«

»Es wird Ihnen innere Ruhe bringen, das auszudrücken, was Sie zu sagen haben.«

»Bleiben Sie in Babelsberg?« Er packte die restlichen Bücher zusammen und wirkte plötzlich hektisch.

Verena zuckte die Schultern. Sie wusste im Augenblick selbst nicht, was sie wollte. Hier war sie nicht richtig angekommen. Nach München wollte sie nicht zurück.

»Ich habe bei Abraham & Partner gekündigt«, sagte sie ruhig.

Brandt fuhr hoch. »Mussten Sie etwa meinetwegen da rausgehen?«

»Die Kanzlei übernimmt halt keine Mandate in der Strafverteidigung.«

»Wie dumm von Ihnen. Machen Sie Ihre Kündigung rückgängig.«

Verena runzelte die Stirn. »Wieso rückgängig?«

»Damit die Kanzlei eine Anwältin mit einem Gewissen hat.« Er streckte die Hände aus und legte sie ihr auf die Schultern, zart und gleichzeitig bestimmend. »Bleiben Sie sich treu.«

»Treue bis zum Zerwürfnis mit meinem Arbeitgeber.« Sie lachte gequält.

»Wenn die in München nur einen Funken Verstand haben, nehmen sie Sie zurück.«

Nachdem sie sich verabschiedet hatte, machte Verena sich auf den Weg zu ihrer kleinen Mansardenwohnung. Nicht mal zum Judo konnte sie mit ihrer Verletzung gehen. Es würde Zeit brauchen, bis sie sich wieder erholt hätte. Sie dachte an Daniel Brandt und an seine junge Freundin. Würde Angela jetzt mit ihm seinen Erfolg feiern? Gegen einen erfolgreichen Schriftsteller hatte Dr. Belling vielleicht nichts einzuwenden. Tränen traten ihr in die Augen.

Ihr Smartphone klingelte. »Versprechen Sie mir, dass Sie morgen bei Abraham & Partner anrufen«, sagte Daniel Brandt. »Und geben Sie Ihrem Chef einen Hinweis auf ein Feature im Fernsehen Berlin-Brandenburg. Da geht es um einen erfolglosen Schriftsteller, der im Verdacht stand, seine erfolgreiche Frau umgebracht zu haben.«

Zeitfracht Medien GmbH
Ferdinand-Jühlke-Straße 7,
99095 - DE, Erfurt
produktsicherheit@zeitfracht.de

FSC
www.fsc.org
MIX
Papier | Fördert
gute Waldnutzung
FSC® C083411